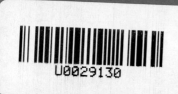

AGATHA CHRISTIE

尼羅河謀殺案

阿嘉莎・克莉絲蒂——著
宮英海 譯

DEATH ON THE NILE

尼羅河
謀殺案

在美商二十世紀影業出品的電影《尼羅河謀殺案》中，艾瑪 · 麥基飾演賈桂琳 · 貝弗，艾米 · 漢默飾演賽門 · 多伊爾。本片導演為肯尼斯 · 布萊納，劇本為麥克 · 葛林，改編自阿嘉莎 · 克莉絲蒂一九三七年的作品。攝影：Rob Youngson。

蓋兒 · 加朵飾演琳妮 · 瑞奇威（圖左者），艾瑪 · 麥基飾演賈桂琳 · 貝弗（圖中者），艾米 · 漢默飾演賽門 · 多伊爾（圖右者）。攝影：Rob Youngson。

蓋兒 · 加朵飾演琳妮 · 瑞奇威（右二），艾瑪 · 麥基飾演賈桂琳 · 貝弗（右一）。照片提供：美商二十世紀影業。

肯尼斯 · 布萊納飾演赫丘勒 · 白羅。攝影：Rob Youngson。

尼羅河
謀殺案

珍妮佛・桑德絲飾演瑪麗・史凱勒（圖左者），唐・弗蘭奇飾演鮑爾斯小姐（圖右者）。攝影：Rob Youngson。

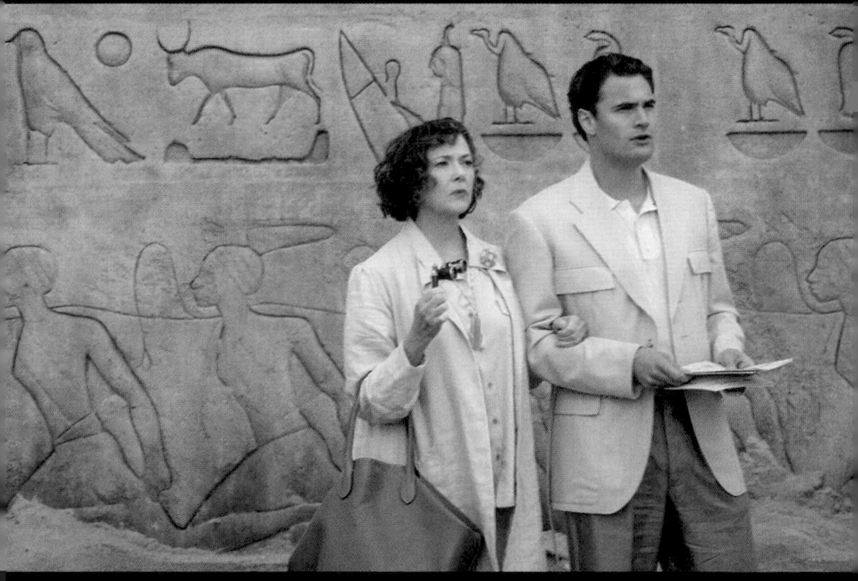

賽門 · 多伊爾（艾米 · 漢默飾）和琳妮 · 瑞奇威（蓋兒 · 加朵飾）是一對完美的夫妻，本來要在尼羅河上度蜜月，卻不幸被縮短了。在這個驚心動魄的故事裡，因為癡戀引起感情糾葛，甚至最後有人因此喪命。登上豪華郵輪來參加婚禮的賓客，有偵探白羅和人人都有嫌疑的豪華巨星卡司。攝影：Rob Youngson。

《尼羅河謀殺案》由美商二十世紀影業出品。照片提供：美商二十世紀影業。

肯尼斯 · 布萊納飾演赫丘勒 · 白羅。照片提供：美商二十世紀影業。

尼羅河謀殺案

DEATH ON THE NILE

獻詞

阿嘉莎・克莉絲蒂是世界讀者最眾，也最廣受喜愛的女作家。
身為克莉絲蒂的孫兒，我相信奶奶會非常樂見這次出版，
因為她極以自己作品中的趣味與娛樂性為豪。
歡迎所有喜歡本系列的台灣新讀者參與這場饗宴！

～馬修・培察～

Agatha Christie is the most widely read
and, more importantly,
the most widely enjoyed authoress in the world.
As her grandson, I can tell you
that she would have been delighted about this,
as she was very proud of the entertainment
and enjoyment her books provided.
I would like to welcome all the new readers
in Taiwan this series will attract. You are in for a treat!

~Mathew Prichard~

電影珍藏版推薦1

故事大網中的人性反思

吳曉樂（作家）

我與阿嘉莎．克莉絲蒂的緣分來得很遲。二十歲左右，一次與推理發燒友閒談，我表白自己對於「暴風雨山莊」（意即封閉空間，事發場景與外界孤立，難以聯繫和求援）的迷戀，朋友不假思索地說：「那你一定讀過阿嘉莎．克莉絲蒂的《一個都不留》，這本書可是暴風雨山莊的首創。」我微微一愣，坦言即使這位「謀殺天后」盛名遠播，我卻還沒有讀過她的半本著作。朋友目瞪口呆地說：「她是經典的經典，真意外你對她不熟悉。」

事後，我賭氣地從書店裡抱回一大落的阿嘉莎．克莉絲蒂作品，細細咀嚼，也漸漸地明白朋友著實言之成理，「經典的經典」一語，道出了克莉絲蒂在推理文學史上「開山」的特性，許多我認為饒富巧思與計謀的推理作品，顯然曾經給這位「祖師爺」的靈光點過。

克莉絲蒂使用的語言平易近人，主要是以角色與情節的對應來斧鑿出故事的深度，堆疊出讓讀者回味的迂迴空間。而她筆下的角色往往性別、階級、性格、族群各異，塑造出多元又豐富的人物群像。

以兩度登上大銀幕的《尼羅河謀殺案》來說，主角琳妮是個天真浪漫的富家少女，她繼承大筆財富，才剛買下一座莊園，打算耗費鉅資悉心整修。家道中落的好友賈桂琳哀求琳妮能讓她失業不久的未婚夫賽門管理莊園，心想只要他經濟獲得保障，他們倆就能步上紅毯。孰料幾個月後，竟是琳妮挽著賽門的手登上郵輪，展開埃及蜜月之旅。郵輪上除了琳妮的女僕，痛心疾首的賈桂琳、長期為琳妮管理鉅額遺產的美國律師，還有祕密進行諜報活動的上校、富有又勢利的美國婦人、奧地利醫生，義大利考古學家，以及一對英國貴族母子……等等，當然還有讀者最鍾愛的白羅偵探。克莉絲蒂以琳妮、賽門和賈桂琳的畸戀為圓心，郵輪上眾多人物的情感糾葛為半徑，織寫出一張大網，精準捕捉每個角色在網格中的每一步進退，讓他們的行動既合於理性計算，更有感性的推波助瀾；更高妙的是，每個角色的抉擇都將連帶地擾動其他人的抉擇，角色間從此息息相關、命運連帶，一場場謀殺案於焉誕生。

文學作品不問類型，若要流傳於世，最終仍得上溯至「人性」的理解與反思。而阿嘉莎．克莉絲蒂的作品中，我們可以看到人類屢屢得和自己的人生討價還價，或千方百計讓主觀意識與客觀條件達成某種程度的整合，讀者在重建人物的心理軌跡時，也見識到自身的是非成敗，我認為，這也是阿嘉莎．克莉絲蒂的作品能夠璀璨經年、暢銷不衰的主因。

電影珍藏版推薦2

殺人不難，難的是要猜中克莉絲蒂是怎麼殺

重點就在括號裡（人氣影劇評論粉絲團）

阿嘉莎・克莉絲蒂，不用對推理稍有研究，單單只要對文學有些認知的人，一定都聽過這位暢銷女作家的名字。不似日後各國的推理文化，將作家描寫如何謀殺這件事，分成好幾種讓人眼花撩亂的派系，她無需分類，幾乎就能代表「推理」這樣的小說主題，等身著作，她就是「謀殺天后」。

一戰時期曾在護理隊參與協助救助傷兵，後來轉調至醫院的藥房，因為身處於只需分毫之差就能殺人的毒藥環境之中，所以開始構思故事的謀殺天后克莉絲蒂，只在故事裡專注寫好兩件事：「為何而殺」、「如何殺人」，前者是動機，後者是手法——推理對她來說像是一道算式，只是她的加減乘除往往帶著子彈與割喉。

不過，第一次聽到克莉絲蒂的名號不是在書上，而是電影。她的各種「殺人事件」，一直是許多影視創作者喜歡改編的故事，最有名氣也是日後成為「克莉絲蒂電影」濫觴的，是由擅長在密閉室內場景勾勒角色形象的名導薛尼・盧梅（Sidney Lumet）的《東方快車謀殺案》。看完電影，對於最後白羅揭開真相的瞬間感到非常佩服，出人意表但又合情合理，欽佩的不是眼前改編後的影視作品，而是你會深感這故事的高明：居然在那時代就構思出這麼超前的殺人手法！

這種感覺一直延續到我看了比利・懷德（Billy Wilder）導演改編的《控方證人》（Witness for the Prosecution, 1957），這也是我目前看過黑白畫面的克莉絲蒂電影。這部電影最優秀的出人意表，在於當時連演員自己都沒拿到最後十頁的劇本，所有演員都不知道結局——正是因為結尾太驚奇，所以必須保密——導演利用了這點，讓這個謀殺故事的收尾更加震撼，因為演員演出了觀眾的反應，演出了我們從開頭就已經被克莉絲蒂騙到最後一刻的驚訝神情。

這像是一種相輔相乘，克莉絲蒂在二十世紀初寫下的殺人手法，如今仍有電影公司不斷推陳出新，以拍莎劇經典成名的導演肯尼斯・布萊納（Kenneth Branagh）在改編《東方快車謀殺案》之後，如今改編《尼羅河謀殺案》，以新科技的拍攝手法講述克莉絲蒂的殺人手法。特別是《尼羅河謀殺案》帶有「旅情推理」的氛圍，讓案件發生於充滿異國風情的豪華郵輪上，而人人都是嫌疑犯（連白羅自己也是）。

這讓我們體悟到，就算時代不斷地往前走，科技與時俱進，但克莉絲蒂的故事是不會過時的，她的推理、她的動機、她的手法，永遠都能讓我們被嚇一跳。

電影珍藏版推薦3

看完一場虛構謀殺後，重新學習了愛

許皓宜（心理學作家）

學心理諮商多年，明白「自知之明」是人生最重要的能力之一，這也是我們在受訓的過程當中不斷被培養的「覺察力」。我記得自己還在念諮商研究所時，某堂課老師與我們討論：你會做什麼來增進自己的覺察力呢？

大部分學習專業的人會回答：去找有經驗的同行來諮商，或躺上躺椅做心理分析。老師聽聞後點點頭，卻說他有一個訓練「覺察力」比較特殊的撇步，那就是「看偵探推理小說」。

聽了這個奇特的答案，我心有戚戚焉。小時候我最喜歡的讀物是亞森羅蘋，走進婚姻諮商後更是迷戀上「謀殺天后」作家阿嘉莎·克莉絲蒂的作品，她的《東方快車謀殺案》膾炙人口，《尼羅河謀殺案》更是一部描繪人性情感至深的小說。

人，會為了什麼而殺人呢？在經典的推理小說中，我們看見的往往不是殺人的這個結果，而是深刻體會到人的情感推到極致時會出現的瘋狂。身為讀者，我最喜歡的是，克莉絲蒂筆下的故事看似在談人性的醜惡，實則像一位披著小說家靈魂的心靈引導者，用她的文字訴說著人們得不到「愛」時的痛苦。於是在故事終了的剎那，你不得不對人生多了幾分「看透感」：原來，我們心裡的那些痛苦、報復與自我折磨的慾望，不是因為「憤恨」，而是起於對「愛的失落」。這或許是我們在情感世界中最珍貴且深刻的一種覺察了。

推理小說荒謬驚悚嗎？不，它其實很寫實。它幫我們說出心裡的苦、怨、醜陋的慾望，於是，我們可以重新學習愛了。

電影珍藏版推薦4

謀殺天后的秘密

陳祺勳（個人意見）（專欄作家、時尚評論者）

有此一說，克莉絲蒂是有史以來作品最暢銷第三名的作家，第一名是聖經，第二名是莎士比亞。聖經與宗教是一個套組，莎士比亞與英語教育是一個套組，嚴格來說，聖經是上帝寫的，上帝不是人類作者，莎士比亞與課程掛鉤，沒人上課在教克莉絲蒂，所以她是古往今來世界上出於自由意志買書的讀者中最受歡迎的作家（大概也是買來以後真的手不釋卷、讀完率最高的作家）。

她的推理作品謎題精巧，人物塑造生動，而且幾近嚴守古典推理的原則。她不以作者身分蒙蔽讀者，讀者得到的資訊與偵探在書中得到的一樣多，幾乎是身歷現場，但每次謎底揭曉時還是出乎意料，卻又在情理之中。

這個說了一輩子故事的女人，這個說故事給全世界聽的女人，她自己的故事呢？在她的故事裡面，有沒有身為作者的秘密？有沒有身為一個人的弱點呢？

那可能得從她的人生來找線索。在第一次婚姻觸礁、搞出千古疑案的失蹤事件之後，阿嘉莎（在這裡親切一點，我們叫她名字）決定去旅行，跟女兒一起去了嘉納利群島，回國後訴請離婚。離婚後不久再度出行，搭上了從伊斯坦堡到巴格達的東方快車。她在伊拉克認識了一對考古學家夫婦，夫婦邀請她再度造訪他們的考古挖掘地點。

在第二次到達東方的時候，她認識了小她十三歲的英國考古學家馬克斯・馬洛溫（Max Edgar Lucien Mallowan）。我想像克莉絲蒂像浪漫喜劇的女主角一樣，帶著塵沙的風吹拂她二〇年代風格的女帽和白色的亞麻裙襬，在金色的考古挖掘現場再度找到真愛。於是，謀殺天后的愛情生活再度輝煌。

不只愛情，東方旅行的靈感讓她寫出了幾部生涯最重要的作品，包括《東方快車謀殺案》及《尼羅河謀殺案》。這一系列的白羅異國探案出版順序與書中的時間序是相反的，按照書裡的時間順序，白羅先搭了尼羅河的郵輪，再搭了東方快車。《東方快車謀殺案》是繽紛的眾生相，作品探討的最大主題其實是人性，屍體不只是冷冰冰的必備道具，對於一個人究竟怎樣才會走上殺人之路，而那個人究竟怎樣走上屍體之路，這都是人性。

然而《尼羅河謀殺案》除了人性，還有一個顯眼的主題，就是愛情。在書的前段，偵探白羅看見一個沉浸愛河的景象，他默默地感覺到「愛太深」的危險。由此我才明白，身為全知全能的作者，克莉絲蒂還是有她的弱點，那便是愛情，是人性，但正因為對人性的心軟，她作品裡的人個個生動。

《尼羅河謀殺案》裡有的是人間煙火，有細瑣對世間精美細節的執迷，她那樣細細描寫衣料，那樣描寫珠寶，那樣描寫尼羅河的沿岸風光，但我們在旅行裡遇見的總是更原始的自己、更真實的自己，就像愛情，就像死亡，都是最接近自我人性的那一刻。

不管是在異域的快車、在英國的莊園，或者在尼羅河上，人性永遠不變。她的小說謎題精巧，結構嚴密，但逸出那嚴密結構開出花來的，是愛情，是躍然紙上的人性。

1

「琳妮·瑞奇威！」

「就是她！」伯納比先生說。

這位先生是「三王冠」旅館的老闆。他用手肘推推他的同伴。這兩個人鄉巴佬似的睜大眼睛盯著，嘴巴微微張開。

一輛深紅色的勞斯萊斯停在郵局門口。

有位女孩跳下汽車，她沒戴帽子，穿一件看似簡單（只是看起來）的上衣。她頭髮金黃，相貌端正而露出獨斷獨行的神氣，她體態窈窕——這樣的女孩在莫爾頓這個地方難得看到。

她傲慢地快步走進郵局。

「就是她！」伯納比先生又說了一遍，他肅然起敬地低聲說：「她有幾百萬英鎊的財產……正打算花個幾萬英鎊來重修那座莊園。要蓋游泳池，還有義大利式的庭院、舞廳；房屋有一半要拆掉重建……」

「她會讓鎮上的人賺點錢。」老闆的朋友說。這人是個瘦子，臉色憔悴，話裏有些羨慕和嫉妒。

伯納比先生表示同意。

「對呀，這對我們莫爾頓來說是件大事，是件大事呀。」他十分得意。「使我們大家都振作起來。」

「對喬治爵士就不是了。」另一位說。

「啊，是賭馬害了他，」伯納比先生幫他說話，「他運氣老是不好。」

「他那座莊園賣了多少錢？」

「聽說是足足六萬英鎊。」

瘦子吹了聲口哨。伯納比先生又得意地說：

「他們說完工以前她還要花六萬英鎊！」

「真了不起！」瘦子說。「她從什麼地方弄來那麼多錢？」

「聽說是從美國。她母親是個百萬富翁的獨生女，就像電影裏的劇情，是吧？」

那個女孩從郵局裏出來，上了汽車。

瘦子目送她開車離開，低聲的自言自語：

「太不應該了，她長得那麼漂亮。既有金錢，又有美貌——這太過份了！像她那樣有錢的女孩沒有權利長得漂亮，但她卻是個美人兒……這女孩什麼都有。真不公平……」

摘自《每日笑談報》專欄：

在「姑姑筵」餐廳就餐的人士中，我看到了美麗的琳妮．瑞奇威。和她在一起的有知名的喬安娜．索伍德女爵，溫德遜勳爵和托比．布萊斯先生。眾所周知，瑞奇威小姐是安娜．哈茨與梅伊許．瑞奇威所生的女兒，她繼承了她外祖父利奧波．哈茨的鉅額財產。美麗的琳妮目前在社交界是轟動一時的人物，謠傳她即將訂婚。當然，看起來溫德遜勳爵對她一往情深！

喬安娜．索伍德女爵說：

「親愛的，我想一定會美得不得了！」

她坐在沃德莊園中琳妮．瑞奇威的臥室裏。

朝窗外望過庭院，是一片林地蓊鬱的開闊鄉野。

「這地方太棒了，是不是？」琳妮說。

她雙臂倚在窗台上，臉上的神情是雄心勃勃、生氣盎然、充滿活力的。不知怎麼地，在她身旁，喬安娜．索伍德就顯得有些黯然失色。喬安娜芳齡二十七，年輕苗條，有個聰明的長臉蛋，但修過的眉毛顯得有些古怪。

「這些時間你做了這麼多的事！你請了不少建築師之類的人吧？」

「請了三個。」

「建築師是什麼樣子？我從來沒有見過任何建築師。」

「他們還不錯，但我發現他們有時候不切實際。」

「親愛的，你絕對很快就會把他們糾正過來！你這個人最講究實際了！」

喬安娜從梳粧台上拿起一串珍珠。

「我想這些珍珠是真的，對嗎，琳妮？」

「當然是真的。」

「我知道對你來說是『當然』，親愛的，可是對大多數人卻未必如此，他們的珍珠可能是人工養殖的，甚至是假的！親愛的，這些珍珠簡直太漂亮了，一顆顆相配得如此美妙。價格一定貴得驚人！」

「你覺得它們很俗氣，是嗎？」

「不，一點也不會——真的很美。到底值多少錢呢？」

「大約五萬英鎊。」

「這麼多的錢！你不怕被人偷走？」

「不怕，我經常戴著這串珍珠；而且，我給珍珠保了險。」

「讓我戴戴這串珍珠，吃晚飯的時候就還你，可以嗎，親愛的？讓我快樂一陣子。」

琳妮笑了。

「當然可以，你高興就好。」

「你知道，琳妮，我真羨慕你。你要什麼有什麼。你今年才二十歲，自己的事就可以自己做主，要多少錢有多少錢，長得漂亮，身體也健康。你甚至還挺聰明的！你到什麼時候滿二十一歲？」

「明年六月。到時我要在倫敦舉行一個盛大的成年慶祝宴會。」

「然後你就要和查爾斯・溫德遜結婚了吧？對於這件婚事，那些可怕的八卦專欄作家已經是望眼欲穿了。他對你的確是一往情深哪。」

琳妮聳聳肩。

「我不知道，我現在還不想和任何人結婚。」

「親愛的，你說得沒錯！結婚之後就再也不會和以前一樣了，不是嗎？」

電話鈴聲響起，琳妮走過去接電話。

「喂？喂？」

回答她的是男管家的聲音：

「貝弗小姐打電話來，要我接過來嗎？」

「貝弗？哦，當然，好的，把電話接過來。」

喀噠一響，電話接通後，是一個熱切、溫柔、有點氣喘吁吁的聲音：

「喂，是瑞奇威小姐嗎？琳妮！」

「賈姬，親愛的！我好久好久沒有聽到你的消息了！」

「我知道，真是段可怕的時光，琳妮，我好想見到你。」

「親愛的，你能到這裏來嗎？這座莊園是我的新玩具，我想讓你看看。」

「我正想到你那裏去。」

「那你趕快坐趟火車或開車來吧。」

「好，我一定來，我會開一輛破舊不堪的雙座汽車來，是花了十五英鎊買的。算來這車子走得很好，可是它喜怒無常，如果下午茶時間我還到不了，那你就知道是車子發脾氣了。再見，親愛的。」

琳妮放下電話，走回喬安娜身旁。

「是我的老朋友賈桂琳・貝弗打來的。我們一起在巴黎的一所修道院裏待過。她的運氣壞透了。她父親是個法國伯爵，母親是美國人——南方人。她父親跟一個女人跑了，母親在那次華爾街股市大崩盤時，把全部的錢輸個精光。賈姬被拖累得身無分文，我不知道她最近兩年是怎樣應付過來的。」

喬安娜用她朋友的指甲油塗出血紅的十指。她朝後傾，頭偏在一邊，端詳著效果如何。

「親愛的，」她慢吞吞地說，「這豈不令人討厭？如果我的朋友遇到倒楣的事，我馬上和她們斷絕往來！這聽起來是蠻冷酷無情，但是將來可以省掉許多麻煩！她們會老想著向你借錢，要不就去開間服飾店，那你就不得不在她們店裏買些難看的衣服；她們還喜歡畫燈罩啦，或是去做蠟染之類的。」

「所以，如果我破產了，你明天就會和我斷絕往來？」

「對，親愛的，我會的。你不能否認我很坦白吧！我只喜歡成功的人。其實幾乎人人都是如此，只不過他們不承認罷了。他們只會藉口說，他們再也受不了瑪麗、艾蜜麗或是潘蜜拉了！『遭遇不幸使她的脾氣變得那樣壞、那樣古怪，可憐的人！』」

「你真殘忍，喬安娜！」

「我只不過是追求名利，大家都這樣。」

「我可不追求名利！」

「想也知道！你當然可以自命清高，每一季你那個美國財產託管人帥哥都會給你寄來一大筆錢。」

「你也把賈姬看錯了，」琳妮說，「她不是靠朋友過日子的那種人。我曾經想幫助她，可是她不願意。她像魔鬼一樣自傲。」

「那她為什麼急於要見你？我敢打賭她有求於你！等著瞧吧！」

「聽上去好像有什麼事使她挺興奮的，」琳妮承認，「賈姬是很容易激動的，有一次她曾拿小刀戳人！」

「親愛的，太可怕了！」

「那時有個小伙子在戲弄一條狗，賈姬要他住手，他不肯。她一把拉住他，可是他力氣比她大得多，後來她拔出小刀一下子就刺進他的身體。結果大家亂成一團！」

「我想也是。這事聽起來叫人非常不舒服！」

琳妮的貼身女僕走進房來。她低聲說了句道歉的話，從衣櫥裏取出一件衣服，然後拿著走出了房間。

「瑪麗怎麼啦？」喬安娜問，「她哭了。」

「可憐的人！你知道，我和你說過，她想和一個在埃及工作的男人結婚。她對那個人的情況不太了解，因此我想最好去調查一下。結果我查出他結婚了——而且有三個孩子。」

「你看你製造了多少敵人呀，琳妮。」

「敵人？」琳妮感到驚訝。

喬安娜點點頭，幫自己點了一根煙。

「對，敵人，親愛的。你的效率高得使人受不了，而且你太擇善固執了。」

琳妮笑了。

「瞧你說的！我在這世上可沒有敵人。」

溫德遜勳爵坐在一棵杉樹下。他的眼光停留在沃德莊園某一處優雅的角落。沒有任何俗物可以破壞這座房子的古典美——拐彎過去才是新房子和加蓋的部份。沐浴在秋陽下，觸目所及一派美好。可是凝神細看，他，查爾斯・溫德遜看到的卻不再是沃德莊園的老屋了，他似乎看見一座更富麗堂皇的伊麗莎白式建築，看見一大片園林，看見更蕭瑟的背景……那是他自己的老家查爾頓伯瑞莊園，而在這幅畫面的前景上站著一個人，一個有著閃亮金髮和自信臉龐的女子……查爾頓伯瑞莊園的女主人琳妮！

他覺得這樁婚事大有希望。她沒斬釘截鐵地拒絕他，只不過要他給她一些時間。好吧，他還能再等待一下……

這樁婚事簡直是天作之合！娶個有錢的女人，這當然是上上之策；但他倒並未違背自己的感情。他愛琳妮，即使她一文不名，不是英國最有錢的女人，他也願意娶她。幸運的是，她剛好就是個英國最有錢的女人……

他腦子裏想著未來的美妙計劃。也許弄個羅克斯戴爾狩獵俱樂部的會長當當，把西側的房子修一修，這樣一來就沒有必要把蘇格蘭的獵場租出去了……

查爾斯・溫德遜在陽光下做著美夢。

四點鐘的時候，那輛破舊的雙座小汽車停了下來，車輪壓在石子路上嘎吱地響。一個女孩從汽車裏出來——她的身材小巧而苗條，有一頭黑髮。她奔上石階，猛拉門鈴。

幾分鐘後，她被帶進那個寬敞而富麗堂皇的客廳。有著牧師神態的男管家用他特有的哀傷聲調報道：

「貝弗小姐到了。」

「琳妮！」

「賈姬！」

這個熱情的小女人伸開雙臂投入琳妮的懷抱，溫德遜站在一旁頗有所感地看著。

「溫德遜勳爵，這是貝弗小姐，我最要好的朋友。」

是個漂亮的小女孩，他想，並不真正漂亮，可是確實迷人，有一頭黑色的鬈髮和一雙大眼睛。他低聲說了幾句得體的應酬話，然後謙抑地離去，讓這一對朋友在一起敘舊。

賈姬撲了過來，琳妮記得這是她的招牌動作。

「溫德遜？溫德遜？哦，就是報紙上一直說要和你結婚的那個人！琳妮，你打算和他結婚嗎？是這樣嗎？」

琳妮低聲說：

「也許。」

「親愛的，我真高興！他看來不錯呀。」

「哦，你先別下定論，我還沒有決定哩。」

「當然！女王選配偶總是要三思而行哪！」

「別說傻話了，賈姬！」

「你確實是個女王啊，琳妮！你一直是個女王。金髮的琳妮，我的女王陛下！而我——我是女王的密友！女王的心腹宮女。」

「你在說些什麼呀，親愛的賈姬！這些日子你都在什麼地方？你一聲不響就失蹤了，不寫信來。」

「我討厭寫信。你說我在什麼地方？哦，我差不多要給淹沒了，親愛的。你知道，淹沒在各種工作裏，和討厭的女人們在一起做種種討厭的工作！」

「親愛的，我希望你能夠——」

「能夠接受女王的賞賜？好吧，坦白說，親愛的，這正是我來的目的。不，不是要借錢，還沒到這個地步！可是我來請你幫個大忙！」

「說下去。」

「如果你打算和那個溫德遜結婚，也許你會明白。」

琳妮一時大惑不解，然後她臉上的疑問消失了。

「賈姬，你的意思是——」

「對，親愛的，我訂婚了！」

「原來是這樣！我才在想，你怎麼看起來特別興奮。當然，你一直是這樣，但是今天你甚至比平常更有活力。」

「我的確覺得如此。」

「把他的一切都告訴我。」

「他的名字是賽門・多伊爾。一個寬肩膀的大塊頭，人很單純，非常孩子氣，有種說不出的可愛！他很窮，沒什麼錢。他是那種所謂的『名門子弟』——但是個很窮的名門子弟。他是家裏最小的兒子，大概是這樣。他們家是德文郡人。他喜歡鄉下，喜歡鄉下的東西。他在倫敦一家死氣沉沉的公司裏工作了五年，現在他們在裁員，他沒有工作了。琳妮，如果我不能和他結婚，我就會死！我會死！我會死！我會死……」

「別說傻話了，賈姬。」

「我跟你說，我真的會死！我愛他愛得發狂，他也愛我愛得發狂。我們誰沒有誰，就都活不下去了。」

「親愛的，你陷得太深了！」

「我知道。這樣不好，不是嗎？一旦愛情這東西找上了你，你就毫無招架能力。」

她停了一會兒，睜大黑眼睛，眼神突然顯得悲傷，身子微微地一顫。

「這種感覺——有時真叫我害怕！賽門和我是天生的一對，我再也不會喜歡別人了。你一定要幫助我們，琳妮。我聽說你買下了這座莊園，我就有了個主意。你聽我說，你一定需要一個田產管理人——也許兩個，我要你把這個工作交給賽門。」

「哦！」琳妮一怔。

賈姬趕快接著說：

「他對那些事很在行的，田莊裏的事他都懂——他是在田莊上長大的。他還受過產業管理的訓練。哦，琳妮，為了我，你會給他一個工作，是嗎？如果他做得不好，就辭掉他，可是他會做得很好的。我們可以住在一幢小房子裏，我可以經常和你見面，到那時候，莊園裏的每一樣東西都會變得非常美妙。」

她站起身來。

「說你答應了，琳妮。告訴我，你答應了。美麗的琳妮！了不起的琳妮！我最要好的琳妮！說，你答應了！」

「賈姬——」

「你答應了？」

琳妮放聲大笑。

「這真胡鬧，賈姬！把你的心上人帶來讓我看看，然後我們再商量。」

賈姬衝過去，興高采烈地吻了琳妮。

「親愛的琳妮，你是個真正的朋友！我早知道你是真正的朋友。你不會讓我失望，永遠不會。你真是世界上最可愛的人，再見！」

「哦，賈姬，你在我這兒小住一下吧。」

「我？不，我不住這兒，我要回倫敦去，明天我把賽門帶來，我們再把一切都談妥。你會喜歡他的，他很討人喜歡。」

「可是你等一等，喝了茶再走，好嗎？」

「不啦，我不能等，琳妮。我太高興了，我得回去告訴賽門。我知道我瘋了，親愛的，可是我沒有辦法。我想等結了婚，我這毛病會好的，結婚似乎總能使人們清醒過來。」

她走到門口又轉過身來，站了一會兒，然後跑回來，像小鳥揮翅似的和琳妮很快地再擁抱一次。

「親愛的琳妮，沒有人像你這樣好。」

加斯東·布隆丹先生是「姑姑筵」那家時髦小餐廳的老闆，他不是一個喜歡奉承顧客的人。不論是有錢的闊佬、漂亮的女人、聲名狼藉的人或出身名門的人士，這些人若想要布隆丹先生對他們另眼相看，並給予特殊的款待，可能只會落得大失所望。只有在極為罕見的情況下，布隆丹先生才會紆尊降貴來招呼一位客人，陪他到一張特別的桌子面前，以最得體的言辭和他交談。

這天晚上相當特別，布隆丹先生曾三度施展他的上上之禮——一次是招呼一位公爵夫人；一次是一位貴族，他是個著名的賽馬迷；另一次是對一位相貌滑稽、嘴上留著一大把黑鬍子的矮個兒。漫不經心的旁觀者也許會認為這位先生光臨「姑姑筵」餐廳，並非老闆的光榮。

可是布隆丹先生對這位先生似乎周到得過了頭。儘管半小時前他就已經對上門顧客宣佈沒有空位了，但現在一張空桌子卻神秘地出現了，而且是在最好的位置上。布隆丹先生體貼入微地把這位客人帶到這張桌子前面。

「當然，我們永遠有空桌子留給您，白羅先生！真希望你能多多光臨本店。」

赫丘勒・白羅微笑，他記起了一件往事，那次事件牽涉到一具死屍，一名侍者，布隆丹先生本人和一位很可愛的小姐。

「你太客氣了，布隆丹先生。」他說。

「就您一個人嗎，白羅先生？」

「對，就我一個人。」

「哦，好，朱爾斯將為您安排一席像詩一樣的美食——一首完美的詩！和女伴共餐有個缺點，不管她多麼迷人，都會叫你注意力分散，食不知味！但在這兒你一定會大飽口福的，白羅先生，我可以保證。啊，至於用什麼酒——」

接下來是有關烹調的對話，餐廳的總管朱爾斯也幫著出主意。

布隆丹先生在離開前停留了片刻，壓低聲音神秘地問：

「你手頭有重要案件嗎？」

白羅搖搖頭。

「哎，我是個清閒的人，」他輕聲地說。「我工作了一輩子，稍稍有點積蓄，現在總算有資格享受一下悠閒的生活了。」

「我真羨慕你。」

「不，不，你要是羨慕我那就不聰明了。我可以向你保證，悠閒的生活並不像看起來那麼愉快。」他歎了一口氣。「這話說得真好：工作是避免胡思亂想的良方。」

布隆丹先生兩手一翻。

「可是有許多事情可做！可以去旅行！」

「對，可以去旅行，我蠻常去旅行的。今年冬天我想去埃及觀光。他們說那裏的氣候極好，可以逃避那濛濛大霧，灰暗的天空，和單調乏味的雨季。」

「啊！埃及。」布隆丹先生吸了一口氣。

「現在搭火車就可以到那裏去，除了渡過英吉利海峽這一段之外，都不必搭船。」

「啊，搭船，這對你不適合吧？」

赫丘勒・白羅搖搖頭，身體微微一顫。

「對我也不適合，」布隆丹先生深有同感地說。「它會引起胃部不舒服。」

「還只對某些人的胃起作用！有些人對大海的搖晃根本不在乎，實際上他們覺得很舒服。」

「這是上帝不公平的一面哪。」布隆丹先生說。

他傷心地搖搖頭，然後走開，回想著他那對上帝大為不敬的念頭。

侍者們步伐輕巧，動作熟練，正伺候著上菜。梅爾巴式烤麵包、奶油、冰香檳酒用的小桶，這頓精美晚餐的附屬品皆屬上乘。

黑人樂隊演奏起令人忘我的、有些怪異而協調的音樂。倫敦這城市正翩翩起舞。

赫丘勒・白羅冷眼旁觀，把這些的印象記錄在他那井井有條的腦子裏。

大部份的面孔顯得多麼厭倦而疲乏呀！比方有些矮胖的男人，跳得很快活，但他們的舞伴卻露出耐心忍受的表情。那個穿紫衣裳的胖女人看上去容光煥發……毫無疑問，夜生活給胖子帶來了補償，那種熱情，那種興致勃勃，都是時髦一族、身材苗條的人所不具備的。

餐廳裏的年輕人，有的心不在焉，有的神情厭倦，而有些十分不快樂。人們常把青春年華說成是人生最歡樂的階段，這是多麼荒謬啊——人在年輕時期最是脆弱的呢。

他看到一對年輕男女，頓時目光變得柔和了。這一對十分相配，男的高大，女的嬌美，兩人的身體隨著節奏移動，充滿快樂；他們為此時此地感到快樂，也為彼此感到快樂。

舞曲突然停止，人們鼓掌，接著舞曲又響起了。在跳完安可的第二支舞曲後，這一對情侶回到他們的桌子，這桌子離白羅很近。女孩的臉上發紅微笑著。當她坐下仰頭面對著伴侶時，白羅有機會研究她的表情。

她的眼裏除了笑意之外，還有些別的什麼東西。赫丘勒・白羅疑惑地搖搖頭。

「她愛得太深了，這個小女孩，」他自言自語，「這可不妙；不，這有點危險。」

接著他聽到兩個字：「埃及」。

他們的聲音清晰地傳入他的耳中。那女孩的聲音年輕、清新、高傲，帶有那麼一點點柔和的外國捲舌音；那男人的聲音悅耳、低沉，是一種有教養的英國腔。

「我並不是太過樂觀，賽門。我告訴你，琳妮不會讓我們失望的！」

「但我可能會令她失望。」

「胡扯，這個職務正適合你。」

「我也這麼覺得……我不懷疑自己的工作能力，而且我打算好好地做——為了你！」

那女孩笑了，笑聲裏充滿真正的快樂。

「我們要等待三個月——確定你不會被炒魷魚，然後……」

「然後我就把我的一切交給你。這就是重點，對嗎？」

「我們到埃及去度蜜月如何？管它要花多少錢！我這一生一直夢想到埃及去。去看尼羅河、金字塔、沙漠……」

他應和著，聲音有點含糊：

「我們一起去旅行，賈姬……我們一塊兒去，這不是很棒嗎？」

「我不知道，這對你也像對我一樣美妙嗎？你真的愛我像我愛你一樣深嗎？」

她的聲音突然變得激動起來，眼睛睜大，幾乎露出害怕的表情。

那男人馬上明快地回答：

「別說蠢話了，賈姬。」

可是那女孩重覆地說：

「我不知道……」

最後她聳聳肩：

「我們去跳舞吧。」

赫丘勒低聲地喃喃自語：

「女孩深愛著男孩，男孩卻是被動回應，唉，我不禁要懷疑這樣的愛情。」

「假如他是個可怕的粗漢怎麼辦？」喬安娜・索伍德說。

琳妮搖著頭說：

「哦，不會的，我相信賈姬的眼光。」

喬安娜低聲說：

「啊，可是人在談戀愛的時候，是不會露出真面目的。」

琳妮不耐煩地搖搖頭，然後換了個話題。

「我該去找布萊斯先生研究那些新計劃才是。」

「新計劃？」

「對，村子裏那些髒的嚇人的舊房子，我要把那些房子拆掉，把居民遷走。」

「你是多麼重視清潔而又有公益精神啊，親愛的！」

「不管怎樣，他們都得搬走。那些房子居高臨下，會看見我的新游泳池。」

「住在那些老房子的居民願意搬走嗎？」

「其實大部份的人都很高興，只有一兩個人講不通，真叫人不耐煩，他們似乎不明白自己的居住環境會得到多大的改善！」

「我看這件事你很堅持己見。」

「我親愛的喬安娜，真的，這是為他們好。」

「對，親愛的，我相信這是為他們好，這是強迫的善行。」

琳妮皺皺眉。喬安娜大笑。

「得啦，承認你是個暴君吧。仁慈的暴君，如果你接受這說法！」

「我才不是個暴君哩。」

「可是你喜歡為所欲為！」

「並不見得！」

「琳妮・瑞奇威，你能正眼看著我告訴我，有哪一次你沒有照你的意思辦事？」

「有許多次呀。」

「是啊，『有許多次』。說得倒輕鬆，可是卻舉不出任何具體的例子。你連一個例子也想不出，親愛的，不管你怎樣使勁地想！琳妮一直坐在她的黃金馬車裏，從勝利走向勝利。」

琳妮尖聲地說：

「你覺得我很自私？」

「不，我認為你只是不能抗拒。當金錢和魅力結合在一起時，一切都會拜倒在你面前的。遇到無法用金錢買到的東西，你就用微笑來弄到手，於是你就成了『要什麼就有什麼的琳妮・瑞奇威。』」

「別說傻話了，喬安娜！」

「好吧，你難道不是什麼都有了嗎？」

「我想我是什麼都有了……不知怎麼的，還有點叫人厭煩呢！」

「當然叫人厭煩，親愛的！也許你不久就會玩膩了，感到非常無聊。可是同時你又坐在黃金馬車裏為勝利而高興。不過我想知道，真的想知道，如果有天讓你去走一條有著『禁止通行』標幟的道路，那將會如何？」

「別傻了，喬安娜。」琳妮說。這時溫德遜勳爵走向他們，她轉身對他說：「喬安娜正在責備我。」

「沒有惡意，親愛的，我沒有惡意。」喬安娜含糊地回應，一面起身離開座位。

看到溫德遜的眼睛微光一閃，她沒有道歉就離開了他們。

他沉默了一兩分鐘，然後開門見山地問：

「你做出決定了嗎？琳妮？」

琳妮慢吞吞地說：

「我是不是太無情了？我想，如果我沒拿定主意，我就應該說『不』——」

他打斷她：

「別說了，我會給你時間的——要等多久就等多久。但我認為，你知道，我們在一起應該是快樂的。」

「你知道，」琳妮用幾乎帶點孩子氣的抱歉語調說，「我過得很幸福——特別是有了這一切。」她把手一揮：「我要使沃德莊園成為我理想中的鄉間別墅，而且我認為我做得不錯，你說對嗎？」

「好極了。你規劃得很好，一切都無懈可擊。你非常聰明，琳妮。」

他停了片刻，又接著說：

「你也喜歡查爾頓伯瑞莊園，對吧？當然，我們需要使它更現代化，以及做點整修等等——在這方面你是那麼地精明，你喜歡做這些事情。」

「啊，當然，查爾頓伯瑞莊園非常美麗。」

表面上顯得熱情奔放，可是她內心突然感到一陣冰涼。一個不協調的音調響起，破壞了她對目前生活的滿足。當下她沒有仔細分析這種感覺，可是事後，等溫德遜走了，她試圖去探索內心深處真正的想法。

查爾頓伯瑞莊園——對，原因就在這裏！她討厭人家提起查爾頓伯瑞莊園。可是為什麼？查爾頓伯瑞莊園頗有名聲。溫德遜的祖先從伊莉莎白時代起就擁有這座莊園。當上查爾頓伯瑞莊園的女主人，就是社交界的第一把交椅。毋庸置疑，溫德遜是最有價值的英國單身貴族。

他當然不可能把沃德莊園放在眼裏，沃德莊園怎麼也比不上查爾頓伯瑞莊園。

啊，可是沃德莊園是她的！她看中它，買了它，重建它，裝潢它，在上面花了大筆的錢。這是她的財產，她的王國。

可是如果她和溫德遜結婚，在某種意義上，沃德莊園就不值得考慮了。他們何必擁有兩個鄉間別墅？而且這二者之中，要放棄的一定是沃德莊園。

她，琳妮•瑞奇威，將不復存在。她將會是溫德遜勳爵夫人，為查爾頓伯瑞莊園和它的男主人帶來一大筆嫁妝。她將成為皇后，但不再是女王。

「我太荒唐了。」琳妮自言自語。

可是很奇怪，她的確厭惡那種放棄沃德莊園的想法……

此外，是不是還有其他的東西使她心神不寧呢？

她想到賈姬那不同以往的模糊聲調：「如果我不能和他結婚，我就會死！我會死！我會死……」

如此肯定，如此認真。她，琳妮，對溫德遜是否也有這種感情呢？她應該沒有。也許她永遠不可能對任何人有這種感情。這種感情，一定是，很美妙的……

敞開的窗外傳來汽車引擎的聲音。

琳妮不耐煩地抖動了一下。那一定是賈姬和她的情人，她得出去迎接他們。

她站在門口，賈姬和賽門・多伊爾正走出車子。

「琳妮！」賈姬朝她奔過來。「這是賽門。賽門，這是琳妮，她是世界上最棒的人。」

琳妮看見一個身材瘦高的年輕人，他有深藍色的眼睛，鬈曲的棕髮和方正的下巴；他那純樸的微笑帶著點孩子氣，十分動人……

她伸出一隻手，那隻握住她的手有力而且溫暖……她喜歡他那樣看她，一種天真、誠懇的愛慕。

賈姬對他說過她很棒，此刻，他打心底認同她確實很棒了……

一陣溫暖、甜蜜、使人陶醉的感覺流遍琳妮全身。

「太好了！」她說。「進來吧，賽門，讓我好好招待我新來的田產管理人。」

當她轉身帶路時，心裏想著：「我太……太快樂了。我喜歡賈姬的男朋友……我好喜歡他……」然後她突然感到一陣痛苦：「幸運的賈姬……」

❧ ❧ ❧

提姆·阿勒頓傾坐在柳條椅上，一面眺望大海，一面打呵欠，並朝著他母親斜看了一眼。

阿勒頓夫人五十多歲，有一頭漂亮的白髮。每次她看向自己兒子時，都緊閉著嘴，裝出一副嚴厲的表情來掩蓋她對他深切的愛。這種伎倆連素不相識的人都騙不過，提姆對此更是完全心裏有數。他說：

「你真的喜歡馬約卡島嗎，媽媽？」

「嗯，」阿勒頓夫人考慮了一下說，「這地方生活消費便宜。」

「而且很冷。」提姆說，微微地發抖。

他是個瘦長的年輕人，黑頭髮，胸膛窄小。他的嘴唇看來挺可愛的，雙眼則顯得悲哀，下巴看來優柔寡斷，一雙手修長秀氣。

兩年前他患過肺結核，身體一直不健康。據說他在「寫作」，但是他的朋友都知道，他不喜歡人家問他有多少作品。

「你在想什麼，提姆？」

阿勒頓夫人警覺起來，她那明亮的深棕色眼珠露出懷疑的表情。

提姆·阿勒頓朝她笑笑。

「我在想埃及。」

「埃及？」阿勒頓夫人懷疑自己聽錯了。

「那兒氣候溫暖，親愛的媽媽，有懶洋洋的金色沙漠，還有尼羅河。我想去遊覽尼羅河，你想去嗎？」

「啊，我想去。」她的聲音冷淡，「可是到埃及去花費很大，親愛的。那不是花一個小錢都得計算的人能去的地方。」

提姆笑了，他站起來，伸伸懶腰。突然間他變得活潑而起勁，聲音裏透露些許激動。

「旅費我來負責，親愛的媽媽。我在證券交易所牛刀小試了一下，結果完全令人滿意。今天早上我聽到了一些新聞。」

「今天早上？」阿勒頓夫人尖聲說，「你只收到一封信，而那封信——」

她停住了，咬著嘴唇。

一時看不出提姆是在笑還是在生氣，應該是在笑。

「而那封信是喬安娜寫來的。」他冷靜地把她的話接著說完。「你猜得很對，媽媽，你一定可以成為一個高明的女偵探！有你在旁邊，鼎鼎大名的赫丘勒·白羅可要留心他的桂冠哪。」

阿勒頓夫人似乎給惹惱了。

「我只不過碰巧看見信封上的字跡。」

「所以你知道那不是證券經紀人寫來的？沒錯。其實我是昨天從他們那裏聽到消息的。喬安娜的字跡的確很容易讓人認出來，簡直就像一隻喝醉酒的蜘蛛在信封上亂爬。」

「喬安娜說了些什麼？有什麼新聞？」

阿勒頓夫人盡量說得輕鬆、自然。她兒子和遠房表妹喬安娜・索伍德之間的友誼一直使她惱火。他們之間並沒有——她一直這樣告訴自己——「私情」，她很清楚並無此事。提姆從未對喬安娜表露情意，她對他也是如此。他們兩人意氣相投是由於他們都愛談流言蜚語，而且有許多共同的朋友和熟人。他們都喜歡和人接觸，喜歡議論別人。喬安娜說話雖然尖刻，但卻常能引人發笑。

不過並不是害怕提姆愛上喬安娜，才使得阿勒頓夫人在喬安娜在場或收到她的來信時，態度變得有些僵硬。

是由於那種難以捉摸的感情——不承認的嫉妒，嫉妒提姆和喬安娜在一起時真心感到快樂。提姆和母親相處得極好，因此每當阿勒頓夫人看到他全神貫注於別的女人，並對她感到興趣時，她總是有些吃驚。同時她也感覺每當提姆和喬安娜在一起時，她一露面就使這兩個年輕人之間產生一重障礙。她經常遇到這樣的情況，他們兩人促膝談心時，一看見她來就支支吾吾，而且似乎是出於對長輩的禮貌，不得不請她也來一起聊聊。很明顯的，阿勒頓夫人不喜歡喬安娜•索伍德。她認為她虛偽、做作，而且生性膚淺。她很難使自己不直率地提出這些看法。

提姆從衣袋裏拿出信打開看，做為對她的回應。他母親注意到那是封長信。

「新聞不多，」他說，「德凡尼夫婦離婚了。老蒙帝因為酒後駕車而受審。溫德遜到加拿大去了。琳妮把他甩了似乎使他很傷心，她確定要和她的田產管理人結婚了。」

「這太不尋常了！這男人可怕嗎？」

「不，不，一點也不。他是德文郡多伊爾家族的人。當然，他沒有錢——實際上他和琳妮最要好的朋友訂過婚。這就有點過份了。」

「我認為這太糟了。」阿勒頓夫人說，她的臉頰泛紅。

提姆深深地瞥了她一眼。

「我知道，親愛的老媽，你不贊成女人搶走別人的丈夫或諸如此類的事情。」

「從前我們有我們的道德標準，」阿勒頓夫人說。「這可是件好事，現在的年輕人似乎認為他們可以到處胡來，高興做什麼就做什麼。」

提姆微笑說：

「他們不僅僅這樣認為，而且也真的做了。你看琳妮•瑞奇威就是！」

「唉，我認為這很糟糕。」

提姆朝她眨眨眼。

「高興點吧，你這個老頑固！不過我同意你的看法，不管怎樣，我可還沒有搶過別人的太太或是未婚妻呢。」

「我相信你永遠不會做這種事。」阿勒頓夫人說。接著她又高興地說：「我可是把你規規矩矩教養長大的。」

「所以功勞歸於你，而不是我。」

他一面把信折起來，一面和她打趣。阿勒頓夫人腦子裏有個念頭一閃：「大部份的信他都給我看，喬安娜的信他卻只給我唸些片斷。」

可是她把這種沒意義的想法放在一邊，像過去那樣，決心做一個有教養的女人。

「喬安娜過得愉快嗎？」她問。

「像平常一樣。她說她打算在倫敦『梅非爾』的貴族住宅區開一家熟食店。」

「她總是說，她手頭拮据，」阿勒頓夫人說，語調間帶著一點憎恨。「可是她又到處旅行，而且她在穿著上一定花了很多錢，我看她總是穿得很漂亮。」

「啊，她那些衣服恐怕是用不著付錢的——」提姆說，「媽媽，不是你的舊腦袋想的那樣，我不是那個意思。我是說，她收到了帳單卻不去付錢。」

阿勒頓夫人歎了口氣。

「我真不明白他們怎麼有本事買東西不付帳。」

「這是一種特殊才能，」提姆說。「只要你作風海派，而且不具金錢概念，店家就會讓你任意賒欠。」

「是嗎？可是到頭來你得到破產法庭上去，就像可憐的喬治・沃德爵士那樣。」

「你倒同情那個老馬販——大概因為他在一八七九年的一次舞會上稱讚你是一朵含苞待放的玫瑰吧。」

「一八七九年我還沒有生下來哩。」阿勒頓夫人起勁地反駁，「喬治爵士風度翩翩，我不許你說他是馬販。」

「我從知道內情的人那裏聽到他的好多鮮事。」

「你和喬安娜談起天來，只要能損人，不管什麼話都說得出口。」

提姆豎起眉毛。

「老媽，你很激動，我不知道你這麼喜歡老沃德。」

「你不明白出售沃德莊園他有多麼難過，他非常喜歡那個地方。」

提姆壓下脫口反駁的衝動。歸根究柢，他又有什麼資格去批判別人？相反的，他體貼地說：

「你知道，我想你說得很對。琳妮曾經邀請他去看看她把房子修得如何，他很不客氣地拒絕了。」

「當然。她應懂得不該去邀請他。」

「我知道他非常恨她。每次看見琳妮，他都要低聲罵她。他不能原諒她，因為她出了最高價買下他那讓蟲蛀了的祖產。」

「難道你連這也不懂嗎？」阿勒頓夫人尖聲說。

「坦白說，」提姆平靜地說，「我不懂，人為什麼要生活在過去？為什麼老留戀著過去的事？」

「那我們用什麼來代替過去呢？」

他聳聳肩：

「刺激、新奇的事物吧，那種期待每天有新變化的快樂。無需繼承一片無用的土地，而是去追求自己賺錢的喜悅——用自己的腦子和本領去賺錢。」

「最好是，在證券交易所大賺一筆！」

他笑了：

「為什麼不可以？」

「如果輸了，那又該怎麼辦？」

「親愛的老媽，這可說得不得體，今天說這話尤其不恰當……你覺得到埃及去的事怎麼樣？」

「這——」

他打斷她的話，對她微笑：

「就這麼決定，我一直都想看看埃及的風光。」

「那你說什麼時候去？」

「哦，下個月。那裏的一月最棒，我們還可以有幾個星期在這家旅館享受『社交』的樂趣。」

「提姆。」阿勒頓夫人有點責怪的語氣。然後她心虛地接著說：「我答應了利奇太太讓你陪她到警察局去，她不懂西班牙語。」

提姆做了個鬼臉。

「為了她的戒指？那個貪心鬼的一只紅寶石戒指？她還堅持說戒指是讓人偷走的？你要我去我就去，但這根本是浪費時間，她只會給可憐的服務生惹麻煩。那天她下水游泳時，我清清楚楚看見戒指戴在她手上，戒指掉進水裏了，只是她一直沒有發覺。」

「她說她分明記得曾經脫下戒指放在梳粧台上。」

「她沒有脫下。我是親眼看見的。那女人是個傻瓜，在這種十二月天，偏要神氣活現地朝海裏跑，還假裝說海水很暖和，簡直是傻瓜，其實只是那時候湊巧陽光比較強罷了。不管怎麼說，應該不准胖女人游泳，她們穿上泳衣的樣子真叫人倒胃口。」

阿勒頓夫人低聲說：

「那我覺得我似乎不該再游泳了。」

提姆放聲大笑。

「你？你比許多年輕女孩漂亮得多。」

阿勒頓夫人歎了口氣說：

「我倒希望你能在這裏多遇見些年輕女孩。」

提姆堅決地搖頭：

「我可不希望。沒有外人來打擾，你和我兩個人相處得很愉快。」

「如果喬安娜在這裏，你會高興嗎？」

「我不會高興。」他的聲音出乎意料地堅決，「你全弄錯了，喬安娜能逗我開心，可是我並不是真的喜歡她，她老是在旁邊會使我心煩。謝天謝地她不在這裏。如果要我再也不和喬安娜見面，我也無所謂。」接著他低聲地悄悄說：「世界上只有一個女人值得我對她尊敬和讚美。我想，阿勒頓夫人，你一定知道這個人是誰。」

他母親臉紅了，似乎有些慌亂。

提姆認真地說：

「世界上真正完美的女人並不多，你正好是其中之一。」

在一間俯瞰紐約中央公園的公寓裏，羅布森夫人高聲說：

「這簡直太完美了！科妮莉，你真是個最幸運的女孩。」

科妮莉・羅布森一聽臉馬上紅了。她是一個身材高大、有點笨手笨腳的女孩，一雙棕色眼睛像小狗似的。

「哦，這真是太好了！」她喘了口氣說。

老史凱勒小姐頭斜在一邊，看到窮親戚出現這種反應深感滿意。

「我一直夢想到非洲去旅行，」科妮莉歎了口氣說，「以前我還覺得永遠沒有機會到非洲去哩。」

「當然，鮑爾斯小姐跟我一起去，」史凱勒小姐說，「但是讓她陪我到交際場合上，我就發現她見識有限——十分有限。我想，有許多小事情科妮莉倒是可以幫忙。」

「我很願意幫忙，瑪麗表姐。」科妮莉急切地說。

「好吧，好吧，那就說定了。」史凱勒小姐說，「去找鮑爾斯小姐，親愛的，喝蛋酒的時間到了。」

科妮莉走開了。她母親說：

「親愛的瑪麗，我非常感激你！我想你是知道的，科妮莉的社交生活不太順利，因此她感到很難過。我知道她心裏委屈，如果我有錢能帶她去旅行該有多好。可是自從奈德死了以後，我們的情況你也知道。」

「我很高興帶她同行，」史凱勒小姐說，「科妮莉做些瑣事倒很不錯，她願意跑腿，不像現在有些年輕人那樣自私。」

羅布森夫人站起身來親吻她那闊親戚微黃且發皺的臉。

「我太感激了。」她說。

在樓梯上她遇見了一位幹練的高個兒女人，手上端著一杯有泡沫的黃色飲料。

「啊，鮑爾斯小姐，這回你要到非洲去？」

「是呀，羅布森夫人。」

「多美妙的旅行啊！」

「是呀，我相信一定會很有趣的。」

「你曾到國外去嗎？」

「哦，是的，羅布森夫人。去年秋天我陪史凱勒小姐到巴黎去，可是我從來沒有去過埃及。」

羅布森夫人猶豫了。

「我希望，不會出什麼——事情。」

她放低了聲音。鮑爾斯小姐仍然平靜地回答：

「哦，不會的，羅布森夫人；我會留神那種事的，我總是非常小心的。」

可是當羅布森夫人緩步繼續走下樓梯時，似乎仍有一片陰影籠罩在她臉上。

安德魯・潘尼頓先生在他市區的事務所裏，正在打開他的私人信件。突然他緊握拳頭，砰的一聲打在辦公桌；他脹紅著臉，前額上的兩根青筋暴起。接著他按了寫字台上的電鈴，一個漂亮的速記員馬上出現。

「請羅克福先生到這裏來。」

「是的，潘尼頓先生。」

幾分鐘後，潘尼頓的合夥人史坦達・羅克福走進辦公室。這兩人頗有相似之處，都是瘦高身材，頭髮開始變白，鬍子刮得很乾淨，臉上一副精明的樣子。

「出了什麼事，潘尼頓？」

潘尼頓正在讀第二遍。他抬起頭來說：

「琳妮結婚了……」

「什麼？」

「你聽見了我的話！琳妮・瑞奇威結婚了！」

「怎麼結的婚？什麼時候結的婚？為什麼我們沒有聽說？」

潘尼頓朝辦公桌上的日曆瞥了一眼。

「她寫這封信時還沒有結婚，但是她現在結婚了。四號上午，就是今天。」

羅克福倒在一張椅子裏。

「啊！事先完全沒有通知！沒有消息！那男的是誰？」

潘尼頓查閱那封信。

「多伊爾。賽門・多伊爾。」

「他是怎樣的人？你聽說過他嗎？」

「沒有。她講的不多……」他掃視信上一行行整齊而清晰的筆跡，「我覺得這事有些古怪……但這無關緊要，最重要的是，她結婚了。」

兩個人目光交會，羅克福點了點頭。

「這件事需要好好想一想。」他輕輕地說。

「我們該怎麼辦？」

「我正要問你。」

兩人悶坐著。然後羅克福問：

「你想出好點子了嗎？」

潘尼頓慢吞吞地說：

「『諾曼第』號郵輪今天開船，我們兩人其中一個還趕得上。」

「你瘋啦！這是幹什麼呀？」

潘尼頓開始說：

「那些英國律師——」然後停住了。

「他們怎樣？你不會去和他們打交道吧？你瘋啦！」

「我並不是說，你——或者我要到英國去。」

「那你有什麼高見？」

潘尼頓把信攤平在桌上。

「琳妮要到埃及去度蜜月，打算待一個多月……」

「埃及——呃？」

羅克福考慮了一下，抬頭遇上了潘尼頓的目光。

「埃及，」他說，「這就是你的主意！」

「對，在旅途中偶然相遇。琳妮和她的丈夫——蜜月氣氛，也許會奏效。」

羅克福懷疑地說：

「她很精明，琳妮是……但是——」

潘尼頓輕輕地接下去說：

「我想會有辦法的。」

四目交接，羅克福點了點頭。

「好吧，老傢伙。」

潘尼頓看了看鐘。

「不管我們兩人誰去，都得趕快。」

「你去，」羅克福急忙說。「琳妮很欣賞你，『安德魯叔叔』再合適不過了！」

「希望我能成功。」潘尼頓的面色凝重。

「你一定得成功，」他的合夥人說，「情況很緊急……」

威廉・卡邁克朝開門詢問的瘦個子年輕人說：

「請吉姆先生過來。」

吉姆・范索普走進房間，疑惑地看著他叔父。老人朝他點點頭，咕噥著：

「嗯，你來了。」

「您叫我？」

「你來看看這個。」

年輕人坐下來，把一疊文件拿過來，老人看著他。

「怎麼樣？」

年輕人回答得很快：

「先生，這其中似乎有鬼。」

「格蘭特與卡邁克」事務所的資深合夥人又咕噥了一聲。

吉姆・范索普把剛從埃及寄來的航空信箋重讀了一遍：

……在這樣的日子裏寫商業書信似乎太掃興了。

我們已經在米納旅館住了一個星期，並去參觀了法尤姆（埃及北部城市，位於尼羅河西岸）。後天我們將搭船沿尼羅河上溯到魯克索爾（埃及北部城市，位於尼羅河西岸）和亞斯文，也許再下去到喀土穆（蘇丹首都）。今天上午我們到湯瑪斯・庫克旅行社去訂票時，你猜我看到誰？我那美國財產託管人安德魯・潘尼頓。我想兩年前他到英國來的時候你看過他。我沒想到他也在埃及，他也沒想到我會在埃及，更不知道我結了婚！想必他沒接到我告訴他我結婚的那封信。他將和我們同船去遊覽尼羅河，這是不是很巧？謝謝你在這段忙碌的日子裏為我做的一切。我——

當那年輕人剛要翻過這一頁時，卡邁克先生把信從他面前拿過去。

「就這些，」他說，「其餘的部份無關緊要。好吧，你是怎麼想的？」

他的侄子考慮了一會兒，然後說：

「啊，我想，這並不是巧合……」

老人家點頭贊同。

「想到埃及去旅行一趟嗎？」他大聲問。

「你覺得這樣做妥當嗎？」

「我認為我們該把握時間。」

「可是，為什麼要我去？」

「用腦子想，孩子，用腦子想，琳妮・瑞奇威從來沒有看過你，潘尼頓也沒有看過你，如果搭飛機，你可以及時趕到。」

「先生，這——我不是很喜歡。我該做些什麼？」

「用眼睛看，用耳朵聽，用腦子想——如果你有腦子的話。如果需要，就行動。」

「我不喜歡這份工作。」

「也許你不喜歡，但是你必須去做。」

「有必要嗎？」

「我認為，」卡邁克先生說，「絕對必要。」

* * *

奧伯恩夫人理了理戴在頭上的穆斯林頭巾，生氣地說：

「我真不明白為什麼我們不到埃及去，我討厭耶路撒冷。」

見她女兒不回答，她又說：

「我對你說話，你至少得答應一聲。」

羅莎莉・奧伯恩正在看報紙上的一張照片，照片下面印著：

賽門・多伊爾夫人，婚前是社交界的名媛琳妮・瑞奇威小姐。多伊爾先生和夫人正在埃及度假。

「你想到埃及去，媽媽？」羅莎莉說。

「對，我想去，」奧伯恩夫人氣沖沖地說。「我認為這裏的服務人員對我們太傲慢。我住在這旅館等於替他們做廣告，我的住宿費應該有特別的折扣以示優待。當我向他們做這樣的暗示時，我認為他們非常——非常無禮，我也把我的想法告訴他們了。」

那小姐歎了口氣說道：

「哪兒都是一樣的，真希望我們能馬上就走。」

「今天早晨，」奧伯恩夫人接著說，「那個經理竟然敢對我說，所有的房間都預訂一空，他要在兩天後收回我們的房間。」

「因此我們就得到別處去。」

「沒這回事，我已準備為我的權利而戰鬥。」

羅莎莉低聲說：

「我想不如到埃及去，這也沒有什麼關係。」

「當然，這不是什麼生死攸關的決定。」奧伯恩夫人同意。

可是這回她大錯特錯了——因為，這正是個生死攸關的決定。

2

「那就是赫丘勒・白羅大偵探。」阿勒頓夫人說。

她和她的兒子在亞斯文的「瀑布」飯店外面，坐在漆得光亮的紅色柳條椅上。他們注視著走過去的兩個人——一個穿白綢服裝的矮個子男人，和一位苗條的高個兒女孩。

提姆・阿勒頓身體坐直，聚精會神地看著。

「就是那個古怪的小個子？」他不相信地問。

「就是那個古怪的小個子！」

「他到這裏來幹嘛？」提姆問。

他的母親笑了：

「親愛的，你好像很激動。人們為什麼對犯罪那樣感興趣？我討厭偵探故事，我從來不看。我認為白羅先生此行並沒有秘而不宣的目的，他賺了很多錢，我想他是出來看看世界。」

「他好像看中了我們這裏最漂亮的小姐。」

阿勒頓夫人把頭微微偏向一邊，打量著白羅先生和女伴走遠的背影。

他身旁的女孩比他高大約三英寸，走路的姿態很美，既不呆板，也不懶散。

「我覺得她十分漂亮。」阿勒頓夫人說。

她悄悄地斜看提姆一眼，感到有點好笑，魚兒上鈎了？

「不只是漂亮。可惜她看起來脾氣很壞，老是繃著臉。」

「也許只是表面如此吧，親愛的。」

「一定是個惹人嫌的年輕女孩，我想。可是她確實很漂亮。」

他們所議論的對象正在白羅先生身旁慢慢走著。羅莎莉・奧伯恩轉動著一把沒有撐開的陽傘，她的表情恰如提姆所說，既繃著臉，又顯得脾氣很壞。她緊皺著眉頭，嘴唇向下撇。

他們出了飯店後向左轉，走進了公園裏陰涼的濃蔭。

赫丘勒・白羅輕聲地閒聊著，他的表情和藹可親、使人愉快。他身穿一套燙得很仔細的白綢服裝，頭戴一頂巴拿馬草帽，手上拿著一根假琥珀柄，是帶點裝飾意味的驅蠅拂塵。

「真使我著迷，」他說。「象島（尼羅河中的小島，面對亞斯文）上這些如大象般巨大的黑色岩石、和煦的太陽以及河上的小船。啊，活著真好！」他停頓了一下，然後又接著說：「你不覺得嗎，小姐？」

羅莎莉・奧伯恩簡略地回答：

「我認為還好。我覺得亞斯文是個沉悶的地方，飯店裏有一半房間是空著的，所見之人都年近半百——」

她停了下來，咬著嘴唇。

赫丘勒・白羅眼睛一閃。

「是這樣，你說得對，我已經是一隻腳踩在墳墓裏的人。」

「我——我不是指你，」那小姐說，「對不起，我太不禮貌了。」

「沒有關係。很自然，你希望有像你一樣的年輕人做伴。啊，至少那裏有一個年輕人。」

「就是老和他母親坐在一起的那個？我喜歡他母親，可是我覺得他很討厭，非常自以為是！」

白羅微笑。

「那麼我——我也自以為是嗎？」

「哦，我不覺得。」

她顯然對這話題不感興趣，但這似乎並沒有使白羅生氣。他只是安靜自得地說：

「我最要好的朋友說我非常自大。」

「哦，」羅莎莉悶悶地說，「再怎麼說，你總有足以自傲的本領。只是很遺憾，我對犯罪毫無興趣。」

白羅嚴肅地說：

「很高興你沒有邪惡的秘密需要隱瞞。」

她疑惑地朝他快速看了一眼，就在這一瞬間她繃著的臉變了形。但白羅似乎沒有注意到她臉上的變化，他接著說：

「你母親今天沒有吃午飯。我想，該不是身體不舒服吧？」

「這地方對她的身體不好，」羅莎莉簡短地回答，「我很樂意早點離開。」

「我們會同船遊河，是不是？就是去瓦迪哈法（今蘇丹北部邊境城市）和第二大瀑布吧？」

「是的。」

他們走出公園的濃蔭，來到河邊一條滿是塵土的路上。一羣眼睛死盯著遊客的小販（有五個賣念珠的，兩個賣明信片的，三個賣刻有聖甲蟲符號護身符的），兩個出租驢子的，和自成一夥但懷著希望的小乞丐朝他們圍了過來。

「先生，你要念珠嗎？品質很好的，先生。很便宜……」

「小姐，你要護身符嗎？你看，上面有女王的名字，會帶給你好運……」

「你看，先生，真正的寶石。很好，很便宜的……」

「先生，你要騎驢嗎？這是頭好驢，這隻驢子叫『威士忌蘇打』，先生……」

「先生，你要去採石場遺址嗎？這隻驢子很好。別的驢子很壞，先生，騎牠們會跌倒……」

「你要明信片？很便宜，很美的……」

「你看，小姐，只要十個皮亞斯特（埃及的輔幣單位），很便宜，還有寶石……這塊象牙……」

「這是很好的拂塵，全是琥珀……」

「你搭船，先生？我有很好的船，先生……」

「你回飯店，小姐？這是隻頭等的驢……」

赫丘勒・白羅胡亂做了些手勢，趕走這些蒼蠅似叮著他們不放的人。羅莎莉像個夢遊者似的，大步從這些人中間走過。

「這時裝聾做啞最好。」她說。

小乞丐並排跟著他們跑，悲哀地低聲說：

「有沒有零錢？有沒有零錢？祝你萬萬歲！大好人，大善人……」

那羣穿著五顏六色、破破爛爛的人落在後面了，但蒼蠅卻成羣成羣地叮在他們的眼皮上，這些蒼蠅最為固執。那些人繼續向下一批客人展開新的攻勢。

白羅和羅莎莉走過一家家商店，聽到的盡是討好的勸誘聲：

「今天要不要進來看我的鋪子，先生？」

「你要象牙雕的鱷魚嗎，先生？」

「我的鋪子你沒有來過，先生？我給你看很美麗的東西。」

他們走進第五家商店，羅莎莉交給他們幾卷底片沖洗，這是這次散步的目的。

出來後他們朝河邊走去。

一艘尼羅河郵輪剛剛停泊妥當，白羅和羅莎莉很感興趣地看著那些遊客。

「人不少，不是嗎？」羅莎莉評論說。

這時提姆・阿勒頓走過來加入他們，她回過頭來看他。他有些氣喘，可能是快步走來的。

他們在那裏站了一會兒，然後提姆開口了。

「亂糟糟的一羣人，就像往常一樣。」他不屑地指著走下郵輪的客人說。

「看來是很可怕。」羅莎莉表示同意。

三個人都有那種先來者對後到者品頭論足的優越感。

「嘿！」提姆大聲說，聲音突然興奮起來，「如果那不是琳妮・瑞奇威，我就不是人。」

雖說這個消息白羅聽來無動於衷，但它可是引起了羅莎莉的興趣。她身體朝前傾，繃著的臉鬆懈下來，她問：

「在哪裏？是那個穿白衣服的嗎？」

「對，她和一個高大的男人在一起，他們正在上岸。我想他就是她新婚的丈夫。我一時記不起他的姓名。」

「多伊爾，」羅莎莉說，「賽門・多伊爾。報紙上都登了。她簡直是一身奢華，不是嗎？」

「因為她是英國最有錢的女人。」提姆興奮地說。

三個人默不做聲地看著遊客們上岸。白羅很感興趣地注視著他那兩個同伴所議論的對象，他低聲說：

「她真漂亮。」

「有些人就是什麼都有。」羅莎莉憤憤地說。

當她看著那個女孩走上踏板時，臉上出現了一種十分嫉妒的表情。

琳妮・多伊爾的打扮、姿態無可挑剔，好像正走在輕歌劇的舞台中央。她就像知名的女演員那樣有自信，她習慣於受人注目，讓人讚賞，習慣於在她行蹤所到之處成為焦點。

她知道大家在盯著她瞧，但她看來卻似感覺不到他們的存在；人們的這種獻讚已成為她生活的一部份。

她走上岸，自然地扮起一個角色——雖是無意識的：社交界知名、富有又美貌的新娘正在度蜜月。她微笑著轉向她身旁的高個子男人，和他說了些什麼。他回應著。他的聲音引起了赫丘勒・白羅的興趣。他眼睛一亮，皺起雙眉。

這對新婚夫婦從他身邊經過，他聽見賽門・多伊爾說：

「我們想辦法擠出時間，親愛的。如果你喜歡這地方，我們可以隨性地待上一兩個星期。」

他的臉轉向她，熱切、深情，還有點低聲下氣。

白羅若有所思地用眼睛打量他：寬肩膀、曬黑的臉、深藍的眼睛和孩子般單純的微笑。

「走運的傢伙，」提姆等他們走過去之後說。「竟然能找到一個沒有腺組織肥大症加扁平足的女繼承人！」

「他們似乎非常快樂。」

羅莎莉說，聲音裏露出妒意。突然她又說了一句「這不公平」，但聲音很低。提姆沒有聽到，可是白羅聽到了。剛才他還有些困惑地皺著眉頭，可是現在他朝她很快地看了一眼。提姆說：

「現在我該去替我母親買點東西了。」

他舉帽示意後就走了。白羅和羅莎莉慢慢朝飯店的方向走回去，揮手打發掉新一批擁上的租驢小販。

「小姐，不公平，是嗎？」白羅輕輕地問。

那女孩生氣地脹紅著臉。

「我不懂你在說什麼。」

「我是在重覆你剛才低聲說過的話呀。哦，沒錯，你說過。」

羅莎莉・奧伯恩聳了聳肩。

「一個人擁有那麼多，真有點太過份了。有錢，有漂亮的容貌，有優美的身材，還有——」

她停住了，白羅接著說：

「愛情呢，呃？愛情呢？這你就不知道了，是不是？他很可能是為了錢才和她結婚的！」

「你沒有看見他注視她的樣子嗎？」

「哦，看見了，小姐，該看的我都看見了。事實上，我還看見了你沒有看見的東西。」

「是什麼？」

白羅慢慢地說：

「小姐，我看見一個女人雙眼下的黑眼圈。我看見那隻緊緊握著陽傘的手，看到它的指關節都變白了……」

羅莎莉驚訝地看著他。

「你這是什麼意思？」

「意思是，閃閃發光的不一定都是黃金。我是說，雖然那位夫人有錢、美麗而且備受寵愛，可是，有些事情很不對勁。而且我還知道一些別的事。」

「哦？」

「我知道，」白羅皺著眉頭說，「我在某時某地曾聽過那個聲音，我是指多伊爾先生的聲音。但願我能記起是在什麼地方。」

羅莎莉並未留神聽他說話。她呆站著，讓陽傘傘尖在鬆軟的沙地上打轉。然後她突然尖聲叫道：

「我真可恥，十分可恥。我就像一隻野獸，想要扯掉她身上的衣服，一腳踩在她可愛、傲慢、自信的臉上。我是一隻吃醋的貓——但我就是這種感覺。她出盡了風頭，又那樣泰然自若。」

赫丘勒．白羅似乎對她的情緒爆發感到有點驚訝，他溫柔地搖搖她的手臂。

「好，說出那些話你會覺得好過一些的！」

「我好恨她！我從來沒有這樣憎恨過一個初次見面的人。」

「好極了！」

羅莎莉疑惑地朝他看，然後她的嘴唇微動，她笑了。

「很好。」白羅說，他也笑了。

他們愉悅地走回飯店。走進涼爽而微暗的門廳，羅莎莉說：

「我該去找我媽了。」

白羅從另一邊穿過，走上俯瞰尼羅河的陽台。陽台上鋪好一張張小桌子準備下午茶用，但現在時間還早。他站著，朝尼羅河望了一會兒，然後信步走下陽台穿過花園。有人在炎熱的陽光下打網球。他停下來看了一會兒，然後繼續走下陡峭的山路。然後，他竟然看到在「姑姑筵」見過的那個女孩，她正坐在一張俯瞰尼羅河的長椅上。他立即認出了她。那次看見她時，她的臉龐就牢牢刻在他的記憶裏。現在這張臉上的表情很不相同。她變得蒼白一些，瘦一些，臉上的皺紋顯示出她的精神極端疲憊，並承受著巨大的痛苦。

他退後幾步，她沒有看見他。他朝她看了一會兒，她絲毫未曾察覺有人在旁。她那小巧的腳不耐煩地在地上拍打，暗藏怒火的眼睛閃爍著晦澀的勝利光芒。她朝著尼羅河遠望，河上有一些揚著白帆的船在水波間上下飄行。

這張臉，這個聲音……兩者他都記起來了。這女孩的臉和他剛才聽到的聲音，那新郎的聲音……

就在他端詳這個未曾發現他的女孩時，有一幕戲開演了。

有些聲音從上面傳來。坐在長椅上的女孩跳了起來。琳妮·多伊爾和她的丈夫正走下小路。琳妮的聲音快樂而親膩，臉上的壓力和肌肉的緊張都消失了，她真的很快樂。

那女孩向前走一兩步，兩個人突然僵住了。

「你好，琳妮，」賈桂琳・貝弗說，「你也來這裏了！我們真是冤家路窄哪。喂，賽門，你好嗎？」

琳妮・多伊爾輕叫了一聲，縮靠在一塊大石頭上。賽門・多伊爾勃然大怒，那俊俏的臉抽搐著。他走上前去，好像要毆打這個身材細瘦的女孩。

她小鳥似的把頭一轉，發出信號，表示她察覺有陌生人在一旁。賽門回頭，看到了白羅。他尷尬地說：

「你好，賈桂琳，沒有想到會在這裏遇見你。」

這話說得極為勉強，誰也不會相信。

那個女孩朝他們露齒一笑。

「很意外吧？」她說。

然後，她點了點頭，沿小路朝上面走。白羅悄悄地向相反方向走去，在路上他聽見琳妮・多伊爾說：

「賽門，看在上帝的份上！賽門，我們該怎麼辦？」

3

晚飯時間已過。柔和的燈光照亮了瀑布飯店外面的陽台。此刻飯店裏的客人大部份都待在陽台上，坐在一張張小桌子旁邊。

賽門和琳妮・多伊爾走了出來，一個身材高大、風度翩翩、頭髮灰白的人跟在他們旁邊，這人有一副精明的美國面孔，鬍子刮得乾乾淨淨。一行人在門口猶豫了一下，坐在一旁的提姆・阿勒頓站起來走上前去。

「我想你不記得我了，」他優雅地對琳妮說，「我是喬安娜・索伍德的表哥。」

「啊，是的，我真笨！你是提姆・阿勒頓。這是我丈夫——」聲音有點顫抖，不知是驕傲，還是害羞？「這是我的美國財產託管人潘尼頓先生。」

「你一定要和我的母親見見面。」提姆說。

幾分鐘後他們坐在一起。琳妮在角落，提姆和潘尼頓在她兩邊，兩人都在和她說話，爭相引起她的注意。阿勒頓夫人則和賽門・多伊爾聊天。

旋轉門給推開了。優雅美麗地坐在兩個男人之間的琳妮突然一陣緊張。然而看到走進陽台的是一個矮個兒男人之後，她的心情旋即鬆弛下來。

阿勒頓夫人說：

「你不是這裏唯一有名的人，親愛的。那位好玩的矮個兒是赫丘勒·白羅。」

她輕輕地說，只是為了打破某陣令人難堪的沉默，可是琳妮聽了卻一怔。

「赫丘勒·白羅？原來，他這人我聽說過……」

她忽然開始發愣，身旁的兩位男士一時不知所措。

白羅緩步走到陽台上，可是立刻有人邀他同坐。

「請坐，白羅先生。多麼美麗的夜晚！」

「的確很美麗。」他附和著。

他彬彬有禮地朝奧伯恩夫人微笑。她那身黑色的薄綢披紗和古怪的頭巾看來有些可笑！奧伯恩夫人用她高昂的聲音抱怨說：

「在這裏聚集了不少社會名流，不是嗎？我想我們不久就會在報紙上看到相關的新聞了。社交界的美女，著名的小說家——」

她停了一下，故作謙虛地一笑。

白羅感覺到他對面那位板著臉、皺著眉的女孩在退縮，她的嘴唇繃得比以前更緊了。

「你正在寫一部小說嗎，夫人？」他詢問。

奧伯恩夫人頗有自知之明地一笑。

「我這人非常懶，我應該開始動手才是，我的讀者等得都不耐煩了——還有我的出版商，可憐的傢伙！每一封信都在催我，甚至還打電話來！」

他再一次感覺到那個女孩的身子在黑暗中移動。

「我可以告訴你，白羅先生，我到這裏來是為了擷取當地風情。《白雪黃沙》，這就是我新書的名字。內容強烈而帶點挑逗，白雪在沙漠上——被初次引燃的情慾所融化。」

羅莎莉站起身來，嘴裏低聲咕噥些什麼，跑到下方暗沉沉的花園裏去了。

「情感的表達必須強烈，」奧伯恩夫人接著說，一邊擺動頭巾加強她的語氣。「我的書特別強調這些，因為這些東西最重要。圖書館不收我的書，無所謂！我說的是真話。情慾，噢！白羅先生，為什麼大家都那樣害怕情慾？它是宇宙的中心！你看過我的書嗎？」

「很抱歉，夫人，你知道，我不大看小說。我的職業是……」

奧伯恩夫人堅決地說：

「我一定要給你一本《無花果樹下》。我想你會覺得這本書很有內涵，大膽坦白，但絕對是很真實！」

「太感激你了，夫人。我很樂意看這本書。」

奧伯恩夫人沉默了一兩分鐘，玩弄著那條在脖子上繞了兩圈的珍珠，又朝四處眼快地看了看。

「也許——我現在就上樓拿來給你。」

「哦，夫人，請不要麻煩，晚點……」

「不，不，不麻煩。」她站起身來，「我想給你看看——」

「怎麼回事，媽媽？」

羅莎莉突然出現在她身旁。

「沒什麼，親愛的。我想上去拿本書給白羅先生。」

「是《無花果樹下》？我去拿。」

「你不知道書在哪兒，親愛的，我去吧。」

「我知道在哪兒。」

那小姐快步穿過陽台走進飯店。

「我真為你高興，夫人，你有一個很漂亮的女兒。」白羅說，並向她鞠躬致敬意。

「羅莎莉？是的，是的，她長得很漂亮。可是她心腸硬得很，白羅先生，而且對病人毫不同情。她總是認為她最懂，認為她比我自己還了解我的身體——」

白羅朝走過的侍者打了個手勢。

「想喝點什麼，夫人？香草白蘭地？薄荷酒？」

奧伯恩夫人使勁搖搖頭。

「不，不，我是個禁酒主義者。你可能已經注意到我什麼都不喝，除了水——還有檸檬水。我受不了酒精的味道。」

「那麼可以幫你點一杯檸檬蘇打嗎，夫人？」

他點了飲料，一杯檸檬蘇打，一杯本尼迪甜酒。

旋轉門給推開了。羅莎莉手裏拿著一本書，向他們走來。

「這就是那本書。」她說。

她的聲音毫無表情，幾乎是呆板了。

「白羅先生幫我點了一杯檸檬蘇打。」她母親說。

「小姐，你要喝點什麼？」

「不要。」突然她意識到自己的無禮，再補上一句：「我什麼也不用，謝謝你。」

白羅接過奧伯恩夫人遞給他的書。這本書還罩著書套，封面色彩鮮豔，畫著一個短頭髮、紅指甲、穿一身夏娃服裝的女人坐在老虎皮上。女人的頭上是一棵橡樹，結滿顏色失真的大蘋果。

書名是《無花果樹下》，作者「莎樂美・奧伯恩」。內頁是出版商寫的簡介，它吹捧這本書是剖露現代女性愛情生活的大膽寫照，還有「無畏的」、「脫俗的」和「逼真的」等形容詞。

白羅鞠躬致謝道：

「拿到這本書我很榮幸，夫人。」

他抬起頭時，正好和作家的女兒目光相遇。他不自覺地微微一顫，那女孩眼睛裏所流露的痛苦，令他驚訝又悲傷。

這時候，飲料送來了，適時地打開了僵局。

白羅殷勤地舉杯。

「女士們，為你們的健康乾杯。」

奧伯恩夫人輕輕地啜飲著檸檬蘇打，低聲說：

「好清爽、真可口！」

三個人都不做聲，俯看著在尼羅河中發亮的黑色岩石。在月光下，那些石頭顯得很怪異，像是巨大的史前怪獸躺在那裏，還有半個身子露出水面。突然一陣微風吹來，又很快的停息，空氣中似乎有一種感覺——某種沉默和期待。

白羅把他的目光轉回陽台和其他的客人們身上。是他的錯覺？還是陽台上也有那種怪異的期待？彷彿觀眾正等待著舞台上的女主角上場那般。

這時旋轉門又一次被推開，像是重要的時刻來臨，每個人都停止了談話，目光移向那兩扇門。

一位身穿酒紅色晚禮服的苗條女子走出來。她停頓了一下，然後故意穿過陽台走到一張空桌子旁坐下。她的舉止並不過份招搖，可是不知怎麼的，竟有那種主角上場的精心設計效果。

「好哇，」奧伯恩夫人說，她把那纏著頭巾的腦袋一仰，「瞧那個女孩，好像自以為是個大人物！」

白羅沒有應答，他正在觀察。那個女孩故意選了個位置以方便盯視琳妮・多伊爾。白羅注意到琳妮傾身，低聲說了些什麼，片刻之後她站起來換位子，面對另一個方向。白羅若有所思地點點頭。

大約五分鐘後，那個女孩又換了一個在陽台另一邊的座位。她坐著抽煙，安靜地微笑，完全是一副怡然自得的神氣。可是，她那沉思的目光，似乎不自覺地總是落在賽門・多伊爾的妻子身上。

一刻鐘後，琳妮・多伊爾突然站起來走進飯店，她的丈夫立即在她後面跟著。

賈桂琳・貝弗微笑著把椅子轉過來。她點了一根煙，遠望尼羅河的風景，仍然自顧自地笑著。

4

「白羅先生。」

白羅匆忙站起來。在大家都離開陽台後，只有他還坐在那兒，兩眼瞪著烏黑發亮的岩石冥想，直到聽見有人叫他的名字，他才驚醒過來。

這聲音彬彬有禮，沉著自信，聽來甜美動人，但也有點兒傲慢。

赫丘勒・白羅立刻站起身，直視著琳妮・多伊爾那一對炯炯有神的眼睛。她身穿雪白的緞子便袍，披上一塊深紫色的絲絨披肩，簡直超乎白羅所能想像的嬌媚可人、雍容華貴。

「您是赫丘勒・白羅先生？」琳妮說。

這句話不像是個問題。

「是的，請指教，夫人。」

「也許你知道我是誰？」

「是的，夫人，我聽過你的大名，我知道你是誰。」

琳妮點點頭，這是她意料中的事。她以迷人又帶點專斷的表情說：

「白羅先生，請你跟我一起到玩牌室去，我很想和你談談。」

「好的，夫人。」

琳妮和白羅一前一後走進了旅館。她把他帶入空無一人的玩牌室，示意他把門關上，然後在一張牌桌邊的椅子上坐下來，白羅坐在她對面。

她開門見山，毫不猶豫地切入主題：

「白羅先生，我聽到很多人談論你，我知道你是個聰明絕頂的人。正巧我急需有個人幫助我，我想也許你就是最佳的人選。」

白羅微微點頭：

「夫人，你非常客氣，可是你知道，我正在度假，這段期間我是不接案子的。」

「這有辦法安排的。」

這句話並不令人感到冒犯，而且說得從容自信，可知這是一位手腕高超的女人。

琳妮接著往下說：

「白羅先生，我正受到迫害，這種迫害令人無法忍受，非制止不可。本來我想告到警察局去，可是我的——我的丈夫似乎認為警察局對這件事也無能為力。」

「也許。請你把事情再說得更詳細一些，好不好？」白羅有禮貌地低語道。

「哦，我會的。這整件事其實很簡單。」

沒有猶豫也沒有含糊其辭，琳妮的思路清楚，像個精明的商人。她只略微停頓了一下，思考如何盡可能把事情說得簡明扼要。

「我丈夫在認識我之前跟一位叫做貝弗的小姐訂婚了，她也曾經是我的朋友。後來我丈夫和她解除了婚約——他們倆根本不相配。遺憾的是，從此她懷恨在心……對於這件事，我……也感到很抱歉，可是那也是沒辦法的事。最近她進行了一些——呃，威脅，我並不打算理會，或者說，她也不想把威脅付諸實行，可是她卻以一種怪異行徑來執行——我們走到哪兒，她就跟到哪兒。」

白羅雙眉豎起，表示驚訝。

「啊，確實是一種很不尋常的——呃，報復。」

「很不尋常，而且也很可笑，叫人討厭。」琳妮咬一咬自己的嘴唇。

白羅點點頭。

「是的，我可以想像。你們夫妻倆是在度蜜月吧？」

「是的，她跟蹤我們。第一次，是在威尼斯。她到那兒，也住在丹尼爾飯店，我以為這不過是個巧合，雖然感到尷尬，但也僅止於此。後來，在布林迪西（義大利南部一個濱海城市）登船時，我們發現她也在船上，我們知道她將繼續乘船到巴勒斯坦，因此在這裏上岸後，以為她會留在船上。可是當我們到了米納飯店，發現她又在那兒等著我們了。」

白羅點點頭。

「那麼現在呢？」

「我們搭船遊覽尼羅河，我……我猜很有可能會在船上看到她。可是她並沒有出現在船上，我當下以為她不再那麼孩子氣了。可是當我們到了這兒才發現，她……她也在這兒，正等著呢。」

白羅銳利的眼光看了她一會兒。

她依然鎮定自如，可是抓住桌子邊緣的手指關節，卻因為太用力而發白了。

「你是擔心這種情況會繼續下去？」白羅說。

「是的。」她停頓了一下。「當然這實在太愚不可及！賈姬根本是在出自己洋相，我真想不到她竟會不顧體面、不顧尊嚴到這種地步。」

白羅揮了揮手。

「夫人，有時候體面和尊嚴必須拋到大海裏去，因為有了更強烈的慾望。」

「是的，可能是。」琳妮不耐煩地說，「可是她做這些事究竟有什麼好處呢？」

「這不是跟『好處』有關的問題，夫人。」

白羅的語氣裏有些東西使琳妮感到不快。她臉上泛起了紅暈，急促地說：

「你說得對，可是現在討論慾望什麼的是浪費時間，問題的關鍵是，這件事情必須被制止。」

「那麼你說該怎麼辦呢?」白羅問。

「呃,當然,我丈夫和我不能再繼續受這種氣,這種事一定要拿法律來制裁才可以。」她急躁地說著。

白羅若有所思地瞅著琳妮,問道:

「她有沒有當眾說過什麼話來威脅你?有沒有使用過侮辱性的字句?或是企圖傷害你?」

「沒有。」

「那麼,坦白說,夫人,我看不出你能有什麼辦法。如果一位小姐高興到某個地方旅行,而那剛好是你和你丈夫旅遊的地點,你能怎麼樣呢?空氣是大家自由取用的,她不需要強迫自己來遷就你們的個人意願,畢竟這些巧遇是常常發生的。」

「你的意思是,我對這件事一點辦法也沒有?」琳妮似乎不以為然。

白羅心平氣和地說:

「在我看來是這樣的,貝弗小姐有她的自由。」

「但她的行徑太瘋狂,我受不了!」

白羅冷冷地說:

「我很同情你,夫人,尤其是想到你一向不習慣受委屈。」

琳妮皺起了眉頭。

「一定有辦法解決的。」她喃喃地說。

白羅聳了聳肩。

「你們可以隨時離開，到別處去呀。」他建議說。

「那她會跟著我們。」

「很有可能。」

「真是荒謬！」

「的確。」

「不管怎麼說，我……我們何必逃跑呢？好像，好像——」她不說了。

「是啊，夫人，好像——原因就在這裏，不是嗎？」

琳妮抬起頭來盯著白羅。

「你這是什麼意思？」

白羅改變了語氣。他微微傾著身子，聲調坦率、懇切：

「為什麼你這麼介意這件事，夫人？」他說。

「為什麼？這件事太氣人！可惡到極點！我已經解釋了為什麼。」

白羅搖搖頭。

「你並沒有全部說出來。」

「你這是什麼意思？」

白羅身子往後一靠，兩臂交叉在胸前，用一種客觀不帶感情的語氣說：

「請聽我說，夫人，我想講一段小插曲。有一天，大概是一兩個月前，我在倫敦的一家餐廳裏吃飯。我隔壁的那張桌子坐了兩個人，是熱戀中的一對情侶，看起來非常幸福。他們談著未來，樂觀而且自信。我並非有意要偷聽那些與我無關的話，可是他們才不在乎呢。雖然男的背對著我，可是我能清楚看到那位女孩的臉，一張熱切的臉蛋。她的心、她的靈魂和肉體沉浸在愛情中。她不像那種水性楊花或朝三暮四的女人，對她來說，愛情就意味著生與死。我猜想，這一對男女已經訂了婚，他們討論著要到什麼地方去度蜜月，似乎打算到埃及來。」

白羅停頓下來。琳妮隨即問道：

「然後呢？」

白羅又往下說：

「雖然是一兩個月以前的事，但是那女孩的臉我並未忘記。我知道如果再見到她，我仍認得出來，而且我還記得那個男子的聲音。我想你已經猜出來，夫人，什麼時候我再次看到了那張臉，再次聽到了那個聲音——正是在這兒，埃及。那男的是在度蜜月，不是嗎？但他卻是和另一個女人在度蜜月。」

琳妮敏感地說：

「那又怎樣呢？這些事我剛才就提過了。」

「沒錯，這是實情。」

「所以呢？」

白羅慢吞吞地說：

「那位小姐提到了一位朋友，一位她確信永遠不會讓她傷心失望的好朋友。我想那位朋友就是你了，夫人。」

「沒錯，我跟你說過我們曾經是朋友。」琳妮的臉紅了。

「而她很信任你，是不是？」

「是的。」

她猶豫了一會兒，不耐煩地咬著自己的嘴唇。然後，當白羅似乎不想再多說的時候，她突然開口：

「當然這一切很令人遺憾，可是它就是發生了，白羅先生。」

「啊！說得對，夫人，它就是發生了。」白羅停了一下。「你是英國國教派的吧？」

「是的。」琳妮有點兒迷惑。

「那你一定聽過牧師在教堂裏朗讀《聖經》中的某些章節。你應該聽過大衛王的一則故事，有一位富人擁有大批的羊羣，卻搶奪了一位只有一頭羔羊的窮人。你可以說，它就是發生了，夫人。」

琳妮挺起身子，眼睛裏灼燒著怒火。

「我完全懂得你的意思了，白羅先生！說得難聽一點，你認為我搶走了我朋友的心上人。你們這一輩的人總是免不了以感情論事，也許這是對的，但是事實的真相並不是如此。我不否認賈姬深愛著賽門，可是你沒有考慮到，賽門對她也許並不如她對他那麼一往情深。他的確很喜歡她，但是我認為在他認識我之前，他就感到所愛非人。白羅先生，請你認清事實，當賽門發現他愛的人是我，不是賈姬，那他該怎麼辦？維持騎士風度地去跟一個自己並不喜歡的女人結婚，因此而毀了三個人的一生？在這種情況下，很難判斷他能不能使賈姬幸福。如果他在認識我的時候已經和賈姬結婚了，我承認，對賈姬忠誠是他的義務，雖然我並不認同這一點。我覺得男女間如果有一方不幸福，那另一方也會感到痛苦；婚約並不是真正具有約束力，如果犯了錯誤，當然是面對事實及早修正比較好。我承認這使賈姬很難受，我也為此深感遺憾，但是木已成舟，這也是不得已的。」

「我懷疑。」

「你這什麼意思？」

「你說的這一切，都非常合情合理！可是有一件事你沒說清楚。」

「什麼事？」

「你自己的態度，夫人。你看，賈姬追蹤你們，你可能產生兩種感受，它可能使你感到討厭，也可能激起你的憐憫——因為你的朋友受傷太深，才使她全然不顧自己的顏面。但你的反應不是這樣。當然，對你來說，這種折磨令人難忍——那為什麼你仍願意忍耐？只有一個理由，因為你問心有愧。」

琳妮倏地站起來。

「你竟然敢這麼說？白羅先生，你太過份了。」

「是的，夫人！我要坦誠地告訴你，我認為，雖然你極力自欺欺人，但事實上，你確是用過一番手段才把賽門從你朋友的手裏搶過來的。我猜你也深深愛上了賽門，但我認為你曾猶豫過一陣子，你知道自己必須有所選擇——你可以克制自己，或是一意孤行。我認為整件事的主動權在你，而不是多伊爾先生。你長得很美，夫人，而且你有錢，又有聰明才智，並且深具魅力。你可以施展這種魅力，也可以收斂起來。夫人，你天生擁有一切，而你朋友的生命卻只和一個人緊密相連，這點你很清楚，即使你曾經猶豫，但卻沒有縮手，就像《聖經》裏的那個富人，把窮人僅有的一頭羔羊搶走了。」

一陣沉默，琳妮努力控制著自己，她冷冷地說：

「這些話離題太遠了。」

「不，並不離題。我只是在說明，為什麼你和貝弗小姐的幾次不期而遇會使你心煩意亂。因為她的所作所為或許不夠莊重，有失女性尊嚴，但你內心深處卻知道公道站在她那一邊。」

「這不是事實。」

白羅聳聳肩。

「你不願意誠實的面對自己。」

「絕不是這樣。」

白羅溫和地說：

「夫人，我想你擁有了幸福的生活，你也一直很慷慨大方，而且待人和善。」

「我一直在努力。」琳妮說。

此時她臉上那種不耐煩的怒氣已經消失，說起話來幾近絕望。

「所以，當你察覺自己確實不是無心傷害別人，你會感到不安，而且遲遲不肯承認這個事實。恕我冒昧，心理狀態才是這件事的關鍵所在。」

琳妮慢吞吞地說：

「就算你說的是真的——當然我不願意承認——現在又有什麼辦法呢？一個人無法改變過去，處理事情時，應該正視現實。」

白羅點了點頭。

「你的頭腦很清楚。是的，一個人無法回到過去，必須接受現實。而且，夫人，有時候也只能——自食其果。」

「你的意思是，」琳妮表示懷疑地問，「我已經束手無策了？」

「你必須要有勇氣去承擔，夫人，在我看來，只能如此了。」

琳妮緩緩地說：

「你能跟貝弗小姐談談嗎？跟她講講道理？」

「可以，我很樂意，如果你希望我這樣做。可是你別指望有多大的效果。我想貝弗小姐正被一種執拗的想法緊緊地控制著，要她改變念頭是徒勞無功的。」

「可是一定有什麼辦法能幫我們脫身吧？」

「當然，你可以回到英國，在家裏好好過日子。」

「即使那樣，賈姬也會住到我們村子裏來，因此每一次我走出院子都會看到她。」

「說得對。」

「而且，」琳妮緩緩地說，「我想賽門也不會同意我逃回去。」

「他對這件事的態度如何？」

「他非常惱火，簡直是氣急敗壞。」

白羅若有所思地點點頭

琳妮以懇求的口氣說：

「你願意……跟賈姬談談吧？」

「是的，我願意。可是我認為不會有任何成效的。」

琳妮怒沖沖地說：

「賈姬是個怪物！誰也不知道她會幹什麼！」

「你剛才談到，她曾威脅你們。能不能告訴我是什麼樣的威脅？」

琳妮聳了聳肩。

「她威脅——呃，要把我們兩個都殺掉。有時候賈姬的性子是相當暴躁的。」

「我明白了。」白羅的語調相當低。

琳妮向白羅懇求說：

「你願意幫我處理這件事嗎？」

「不，夫人。」白羅的口氣堅定。「我不會接受你的委託，我只會基於人道立場做這種事，那樣，就可以。的確，目前的狀況困難重重、危機四伏。我會盡力弄清楚事實，至於能不能成功，我不太樂觀。」

琳妮・多伊爾緩緩地說：

「所以你不願意為我出面？」

「是的，夫人。」赫丘勒・白羅說。

5

赫丘勒・白羅看見賈桂琳・貝弗坐在石頭上眺望著尼羅河。剛才他的直覺告訴他，賈姬還未就寢，一定在旅館的某處。

她兩手托著下巴坐著，雖然聽到白羅走近她，仍然沒有回頭。

「是貝弗小姐吧？」白羅問道，「方便和你談一會兒嗎？」

賈桂琳輕輕地轉過頭，露出一絲淡漠的微笑。

「當然，」她說，「你是赫丘勒・白羅先生吧？讓我猜猜看，你是替多伊爾夫人跑腿的。如果你達成了使命，她答應給你一大筆酬勞。」

白羅在她身旁的一張長椅上坐下來。

「你猜對了一部份。」他微笑著說。「我剛從多伊爾夫人那兒來，但我不打算接受她的報酬，嚴格地說，我不是為她工作。」

「哦！」賈桂琳小心地打量著白羅。「那你來幹什麼？」她突然問道。

赫丘勒・白羅卻提出了另一個問題。

「你以前見過我嗎，小姐？」

她搖搖頭。

「我想沒有。」

「可是我看過你。有一次在『姑姑筵』餐廳，我就坐你隔壁桌，你和賽門・多伊爾先生在一起。」

這位小姐的臉上露出了一種不同的表情，前後判若兩人。她說：

「我還記得那天晚上……」

「從那以後，」白羅說，「發生了許多事情。」

「就像你說的，發生了許多事情。」

她的聲音低啞，隱藏著難以忍受的苦痛。

「小姐，我以一個朋友的立場勸告你，揮別那些痛苦的過去吧！」

她顯得有點吃驚。

「你是什麼意思？」

「忘掉過去，迎向未來！你要知道，覆水難收，再痛苦也挽回不了過去。」

「是啊，這樣對親愛的琳妮當然是最稱心如意了。」

白羅做了個不同意的手勢。

「我並不是為了她著想，而是為了你。你受了傷害，可是你現在的行為只會延長這種痛苦。」

她搖搖頭。

「你錯了，有時候我似乎覺得很快活。」

「而最糟的也就是這一點，小姐。」

她迅速地抬起頭。

「你不笨。」她說，接著她慢吞吞地又說：「我相信你是一番好意。」

「回家吧。你還年輕，你很聰慧，全新的世界就在你面前。」

賈桂琳慢慢地搖搖頭。

「你不明白，或者你永遠也不會明白，賽門就是我的一切。」

「愛情並不是生命的一切，小姐。」白羅小聲說，「只有年輕的時候，我們才會這樣想。」

但是賈桂琳還是搖頭。

「你不明白。」她很快地看了他一眼。「當然這件事的來龍去脈你全都知道，你也跟琳妮談過了吧？而且那天晚上你也在餐廳裏……賽門跟我是彼此相愛的。」

「我知道你是愛他的。」

她馬上聽出白羅這句話的弦外之音，便加重了語氣重覆道：

「我們是彼此相愛的。我也愛琳妮……我信任她，她是我最好的朋友，她這輩子要什麼就有什麼，她也從不委屈自己。所以她看到賽門，想要賽門，也一把就把他奪走了。」

「而他，就讓自己被——買過去了？」

賈桂琳慢慢地搖動她那烏黑的長髮。

「不，不是這樣的。如果事情真是那樣，我也不會在這兒了……你是說賽門這樣的人不值得愛……如果他是為了她的錢而跟她結婚，那的確是。可是他不是為了她的錢跟她結婚的，事情沒那麼簡單。世界上有一種魔力，白羅先生，而金錢會助長它的惡勢力。你要知道，琳妮有一種特別的魅力，她像是一個王國的女王，或者是年輕的公主，生活窮極奢華。這件事就好像戲劇情節一般：一位擁有全世界的女孩，被一位家財萬貫、極受女孩崇拜的英國貴族所追求，並向她求婚，但她卻選擇屈就出身卑微的賽門・多伊爾……你不覺得他當然會意亂情迷嗎？」她突然做了個手勢。「請看看天空中的月亮，現在看得非常清楚，是不是？這月亮，它很真實。可是如果這時候太陽出來了，你就根本看不見月亮了。這就像我們的關係。我就是月亮，太陽出來了，賽門就再也看不見我了，他眼花撩亂什麼都看不見，只看見太陽——琳妮。」她頓了頓又往下說：「所以你看，這就是魔力。她使他著了魔，還有她那種極度自信，那種支配的氣勢，她自己是那麼的確信，能使別人也深信不疑。也許賽門有點軟弱，但他是個頭腦簡單的人，要不是琳妮自己將他一把搶到她的金馬車裏去，他還是愛著我，而且只愛我一個人。我確確實實知道，要不是她作怪，賽門是絕不會愛上她的。」

「這就是你的想法。我了解了。」

「一定是這樣的。他過去愛過我，他以後也會永遠愛我。」

白羅說：

「現在也愛嗎？」

她本想立刻回答，可是話到嘴邊，又嚥了下去。她看著白羅，雙頰火辣辣地脹得通紅，但突然她又掉過頭看著別處，壓低了嗓音說：

「這我知道，他現在很恨我。是的，他恨我……他最好小心點！」

她急忙地比了個手勢，把手伸進座位上一個絲織小提包裏摸索著什麼。然後伸出手來，拿出一把小手槍，槍柄是用珍珠鑲嵌的，看上去像一件精緻的玩具。

「可愛的小東西，是不是？」她說，「它看起來很可笑，不像把真槍，可是它確實是真槍。只消一顆子彈就會打死人，男女都行，而我又是個神槍手。」她面露笑容，開始追憶往事。「小時候我跟母親曾回到美國南卡羅萊納的家鄉，外祖父教過我射擊。他屬於用槍解決問題的那代人，尤其在事關榮譽的時候。我父親也一樣，他年輕時跟人決鬥過好幾次，他是一位技術高超的擊劍手，曾為了一個女人殺人。所以，白羅先生，」她和白羅四目相對，「我內心熱血奔騰！事情剛發生時，我就買了這把槍。本來想打死他們之中的一個，困難的是我無法決定對哪一個下手。把他們都殺了並不能滿足我。我曾經想過讓琳妮感到害怕；可是她很有膽識，誰要碰她，她就會奮起反抗。然後我想到我可以『等待』，這樣的想法更能激勵我，反正我隨時可以採取行動。等待和想像這兩件事，使我感到更有趣了！於是我想到了這個主意：跟蹤他們。無論他們到多遠的地方，當兩人卿卿我我沉浸於幸福中的時候，他們就會看到我！而且這的確有效，琳妮大為惱火。再也沒有比這更有效的辦法了！我弄得她毛骨悚然，這讓我快樂無比，而且她對此完全束手無策！我總是表現得十分愉快，對他們彬彬有禮，他們根本抓不到我的把柄！這破壞了他們一切、一切的生活。」

她放聲大笑，笑聲清脆又響亮。

白羅緊緊握住她的手臂。

「安靜，你給我安靜下來。」

賈桂琳兩眼看著他。

「喲，怎麼啦？」她問道，臉上帶著挑釁的笑。

「小姐，我請求你，別再這樣了。」

「你是說別去招惹可愛的琳妮？」

「不只這樣，千萬別讓邪惡進入你的心房。」

她張開嘴，兩眼露出不解的神情。

白羅嚴肅地說：

「因為如果你繼續執迷不悟，惡魔就會侵入，是的，它會登堂入室，在你心裏安家落戶。過不了多久，即使你想把它趕走，也不可能了。」

賈桂琳注視著他，目光猶疑不定地閃爍著。她說：

「我……我不知道——」然後堅決地大叫：「你阻止不了我。」

「對，」赫丘勒・白羅說，「我是阻止不了你。」他的聲調聽起來很悲傷。

「即使我要——殺了她，你也阻止不了我。」

「對，如果你準備付出代價。」

賈桂琳・貝弗笑了。

「哼，我可不怕死！現在我活著又有什麼意義呢？我想，你認為殺害一個傷害過你的人是錯誤的事——即使他奪走了你所有的一切，是不是？」

白羅堅定地回答：

「是的，小姐。我認為殺人是不可饒恕的罪過。」

賈桂琳又笑了。

「那麼你該認同我現在的報復行動；因為只要這方法有效，我就用不著用槍……可是有時候我很擔心，深怕有一天忍受不了這一切，我會去傷害她，用刀刺她，把我那小巧的手槍緊挨著她的頭部，然後，只消我手指一扣……噢！」

這一驚叫把白羅嚇了一跳。

「怎麼了，小姐？」

她轉過頭去，兩眼朝花園的陰影處盯著。

「有人——站在那兒。現在他走了。」

赫丘勒・白羅謹慎地看看四周。一片空盪盪地，像沙漠似的安靜。

「這兒除了我們似乎沒有別人，小姐。」他站起身來。「反正我要說的都已經說了。祝你晚安。」

賈桂琳也站了起來，她以幾近答辯的口氣說：

「你明白嗎？你的要求，我是做不到的。」

「不，你一定做得到，總是有機會的！你的朋友琳妮也曾經有機會收手，但她錯過了。如果一個人錯過機會，他就會一不做、二不休……但機會是不會再度降臨的。」

「機會是不會再度降臨的……」賈桂琳喃喃地覆述著。

她站在那兒沉思了一會兒，然後抬起頭來。

「祝你晚安，白羅先生。」

他失望地搖搖頭，跟著她走上通往旅館的小徑。

6

第二天早上，正當白羅要離開旅館步行去城裏時，賽門・多伊爾朝他走來。

「早安，白羅先生。」

「早安，多伊爾先生。」

「你要到城裏去吧？我跟你一塊兒走可以嗎？」

「當然可以，我很樂意。」

兩人並肩同行，穿過大門，拐彎走進了陰涼的樹蔭裏。賽門把煙斗從嘴裏抽開：

「白羅先生，我聽說，昨天晚上我太太和你談過話。」

「是有這麼回事。」

賽門・多伊爾略微皺了皺眉頭。他是屬於那種善於行動而不善於用言語來表達自己的人。

「有一點我很高興，」他說，「你終於使她了解到，我們對這件事確實無能為力。」

「顯然無法採取法律途徑。」白羅同意地說。

「是的，琳妮似乎不能理解這一點。」他淡淡地一笑，「琳妮從小就認為，任何煩惱都可以完全交給警察局處理。」

「如果是這樣就好辦了。」白羅說。

沉默了一會兒，賽門突然脹紅了臉說：

「這——這麼做太無恥，把她害到這種地步！她什麼也沒做！如果有人要說我卑鄙下流，儘管去說，我不否認。但我不能讓琳妮代我受過，她跟這件事毫不相干。」

白羅嚴肅地點點頭，但是沒有答腔。

「你是不是……呃，有沒有……跟賈桂琳・貝弗小姐談過？」

「是的，我跟她談過了。」

「她聽進去了嗎？」

「恐怕沒有！」

賽門突然激動地說：

「她難道不明白這樣是自取其辱？她難道不知道任何正經的女孩都不會這樣？難道她面子都不要了，一點自尊心也沒有嗎？」

白羅聳聳肩。

「應該說，她只剩下——受傷的感覺。」白羅回答。

「對，可是，該死的，一般正經的女孩不會這樣！我承認整件事應該怪我，我完全辜負了她。我能理解她受夠了我，一輩子也不想再看見我，可是這樣子緊迫盯人，這，這真是可恥，簡直醜態出盡。她究竟想得到什麼？」

「也許是──報復！」

「愚蠢！她乾脆把事情鬧得更誇張，比方拿一支獵槍射我，我還比較能接受呢。」

「你覺得那樣做才像她的為人，對嗎？」

「坦白說，是的。她很容易激動，而且她無法控制自己的脾氣。她在大發雷霆時做出任何事，我都不會感到驚奇。可是這種暗中盯梢的行徑──」他搖搖頭。

「很高明，是呀！這樣做的確聰明！」

多伊爾兩眼盯著白羅。

「你不明白，這把琳妮弄得日夜心神不寧。」

「那麼你呢？」

賽門看看白羅，一時感到意外。

「我？我要扭斷這個小妖精的脖子。」

「那麼，現在你對她一點舊情也沒有了？」

「我親愛的白羅先生──怎麼說呢？她就像是太陽出來以後的月亮，你已經不知道它還在不在了。打一認識琳妮，賈姬就已不再存在了。」

「啊哈，這很有趣！」白羅低語道。

「對不起，你說什麼？」

「沒什麼，你打的比方讓我覺得有趣，如此而已。」

賽門又紅著臉說：

「賈姬大概對你說，我跟琳妮結婚只是為了她的錢，是不是？這全是鬼話！我絕不會為了金錢跟任何女人結婚。賈姬一直不能理解的是，女人用她那種方式愛人，會讓男人——很為難。」

「噢？」白羅突然把頭一抬。

賽門繼續結結巴巴地說：

「這，這話說來也許很卑劣，但是，賈姬太喜歡我了。」

「女孩深愛著男孩，男孩卻是被動回應。」白羅小聲地唸著。

「呃？你在說什麼？要知道，男人不願意女人對他的愛超過他對這女人的感情。」他接著往下說，聲音激昂起來，「男人不想被佔有，不管是肉體或靈魂都不行。這種佔有別人的態度最要不得！女人自以為這個男人是我的，他是屬於我的——這種觀念我無法忍受，沒有一個男人能忍受！男人想擺脫一切，想要自由，他想佔有自己的女人，但他不要女人佔有他。」

他頓住不說了，微微顫抖的手指點燃了一支香煙。白羅說：

「過去你對賈姬小姐，就是有這種感覺吧？」

「什麼？」賽門眼睛一瞪，然後承認說：「嗯？對……也許，是的，事實上我當時有這種感覺。當然她不了解這種情緒，我也絕不會告訴她。可是我當時確實感到心煩。後來我認識了琳妮，她使我完全傾倒！我從未見過這樣美麗的女人。這真叫人想不通，所有人都拜倒在她的石榴裙下，而她偏偏看中我這個窮小子。」他的聲調裏有一種孩子氣的敬畏和驚訝。

「我明白了。」白羅說，他若有所思地點點頭：「唔，我明白了。」

「為什麼賈姬不能像男子漢那樣看待這種事？」賽門怨恨地問道。

白羅的上唇動了一下，露出一絲淡淡的微笑。

「呃，多伊爾先生，你要知道，她不是個男子漢。」

「對，她不是。不過我的意思是，要有運動精神。說白一點就是，藥再苦你也得吞下去。這件事是我的錯，我承認，可是它終究發生了，我也無可奈何。如果你對某個女孩已經沒了感覺卻仍然跟她結婚，那才是瘋了。如今我總算明白賈姬是個怎樣的人，並且知道她可能做得出的事情，我得說我真慶幸我逃脫了。」

「她可能做得出的事情？」白羅若有所思地重覆，「多伊爾先生，你認為是什麼事情呢？」

賽門看著白羅，有些不解。

「呃，你的意思是……」

「你知道她身邊帶著手槍？」

賽門皺了皺眉，然後搖搖頭。

「我不相信她現在會用。要的話，她早就動手了，不過我看動手的時機已經過去了。她現在只是不甘願，想要拿我們倆一起出氣。」

白羅聳了聳肩。

「可能吧。」白羅懷疑地說。

「我擔心的是琳妮。」賽門有點多餘地聲明。

「這我了解。」白羅說。

「我倒不擔心賈姬拿刀動槍地鬧起來，可是這種盯梢、跟蹤的行為確實讓琳妮很惱火。我想把我的計策告訴你，說不定你能幫我出點主意。首先，我毫不隱瞞地公佈說我們將在這兒停留十天，但是明天有一班卡納克號郵輪從謝拉爾開往瓦迪哈法，我打算用假名去訂船票。明天我們會照原訂計劃到菲利做一趟短程旅行，行李可以交給琳妮的女侍，但到了謝拉爾之後，我們便登上卡納克號。等到賈姬發現我們沒有回來，那時已經來不及了，我們已經走了一大段路了，她會以為我們乘她不備把她甩掉回開羅去了。事實上我甚至可以買通櫃台，即使她到各個旅行社去查問也沒有用，因為名冊上不會出現我們的名字。你覺得這個計劃怎麼樣？」

「想得好，唔，如果她在這兒一直等到你們回來呢？」

「那我們或許就不回來。我們會轉去喀土穆，然後也許搭飛機到肯亞。她總不能跟著我們走遍整個地球。」

「對，最後她會因為經濟因素而跟不下去，我知道她沒有什麼錢。」

賽門以欽佩的目光看著白羅。

「你真聰明，我還沒有想到這一點呢。賈姬很窮，說多窮就有多窮。」

「可是她竟然能一路跟你們跟得這麼遠？」

賽門不太確定地說：

「當然她有點小收入，我想一年大概不到二百英鎊吧。我猜，她一定是把家當都拿來追蹤我們了。」

「因此她遲早會山窮水盡，分文不剩，對不對？」

「對……」

賽門不安地晃動著，這個想法似乎使他感到不太自在，白羅很仔細地觀察他。

「所以，」他說，「這想法不太好……」

賽門怒氣沖沖地說：

「哼，我也實在沒有辦法！」然後他又說，「你看我的計劃怎麼樣？」

「我認為應該可行。只是，這似乎是一種逃避。」

賽門臉紅了。

「你的意思是，我們算是逃跑？對，是這麼回事……但是琳妮——」

白羅留神地看看他，然後又點點頭。

「就像你說的，這可能是最好的辦法，但你別忘了，貝弗小姐是個有腦筋的人。」

賽門怏怏不樂地說：

「我覺得將來有一天，我們會被迫停下來拚個你死我活。她這種態度太缺乏理性了。」

「我的天啊，理性！」白羅大聲說。

「為什麼女人總是不夠理性？」賽門木然地說。

「她們常常都太理性了，這點才使人懊惱！」他接著說，「我也準備搭乘卡納克號，這是我旅程計劃的一部份。」

「哦！」賽門遲疑了一下，然後他有點窘迫地選擇了恰當的回答：「這不是，不是——呃，不是因為我們的緣故吧？我的意思是說，我不想——」

白羅馬上打消他的疑慮說：

「不是因為你們。我離開倫敦之前行程就已經安排好了。我總是事先擬好計劃。」

「你不是隨時想到哪兒就到哪兒的人？這樣不是更有趣？」

「或許吧。但是人生在世想要成功，每個細節都應該早點安排好。」

賽門笑了笑說：

「我想，那些高明的殺人犯或許就是這樣謹慎行事。」

「對。儘管我必須承認，就我所知，手段最高明而又最難偵破的案件，常常是在一時衝動下犯案的。」

賽門孩子氣地說：

「到了卡納克號上，你可得給我們講講你破過的案子。」

「不，不，那樣就變成了——你們是怎麼形容的？『三句話不離本行』了。」

「是啊，你們那一行真是夠刺激的。阿勒頓夫人就是這樣想，她一直渴望有機會向你請教。」

「阿勒頓夫人？就是那位頭髮花白、兒子非常孝順的迷人女士嗎？」

「對。她也要搭乘卡納克號。」

「她知道你——」

「她一定不知道，」賽門加強語氣說，「沒人知道。我的原則是，最好誰也別相信。」

「很有概念，我也一向如此。順便問一下，你們一行中的第五個成員，那位花白頭髮的高個子男人——」

「潘尼頓？」

「對。他和你們一起來的嗎？」

賽門板起臉來說：

「你是不是認為很少有人這樣度蜜月的？潘尼頓是琳妮的美國財產託管人，我們在開羅碰巧遇見他的。」

「啊，真的呀！我可以問個問題嗎？你的夫人已經成年了吧？」

賽門顯得很高興。

「她還未滿二十一歲——可是跟我結婚，她不必徵求任何人的同意。這使潘尼頓感到極為意外。他搭卡馬尼克號離開紐約兩天後，琳妮那封結婚通知信才到達紐約，所以我們結婚的事，他事先一無所知。」

「卡馬尼克號——」白羅小聲說。

「我們在開羅『牧羊人』飯店碰見他時，也感到很意外。」

「這的確湊巧得很哪！」

「是啊，而且我們發現他也是為遊覽尼羅河來的，所以我們就很自然地聚在一起；反正也沒有更恰當的安排了。再說，呃，這多少幫我們減輕一些負擔。」他又顯出窘迫的樣子。「你知道，琳妮被弄得痛苦不堪。隨時隨地，不管到什麼地方，她總是擔心著賈姬會出現。就我們倆在一起時，老是會談到這件事。在這方面安德魯・潘尼頓有幫上忙了，他在場時，我們就得聊些別的事情。」

「你的夫人沒有向潘尼頓先生吐露這件事吧？」

「沒有。」賽門咬緊了牙，氣洶洶地說，「這和別人毫不相干。而且當我們動身來遊尼羅河的時候，我們以為事情已經結束了。」

白羅搖搖頭：

「事情還沒有結束，還沒，還不到將近結束的時候。這一點我是十分肯定的。」

「我說，白羅先生，你的話真令人洩氣。」

白羅看了看賽門，感到有點兒惱火。他心想：「這個盎格魯撒克遜人，他對什麼事都無所謂，只知道玩樂，根本還沒長大。」

琳妮・多伊爾、賈桂琳・貝弗，她們倆對這件事都十分認真。可是在賽門身上，他只看到男性的急躁和不耐煩。他說：

「恕我冒昧地請問，到埃及來度蜜月是不是你的主意？」

賽門臉紅了。

「不是，當然不是。事實上我寧可到其他地方去，可是琳妮無論如何一定要來。所以——」

賽門沒說完就停了下來。

「當然。」白羅嚴肅地說。

他能理解，如果琳妮下定決心要做什麼事，一定非做到不可。

他思忖著：「關於這件事我已經聽了三種說法——琳妮・多伊爾的、賈桂琳・貝弗的、賽門・多伊爾的。到底哪一種最接近事實呢？」

7

賽門・多伊爾和琳妮・多伊爾在第二天上午大約十一點鐘時，開始了他們的菲利之行。賈桂琳・貝弗坐在旅館露台上，看著他們坐上一艘美麗的帆船出發了。可是她卻沒看見，有一輛汽車從旅館的前門開出去了——裏面載著行李和一個神情嚴肅的女僕。汽車向右轉，朝謝拉爾的方向開去。

赫丘勒・白羅決定到旅館對面的象島上，去消磨午飯前的兩個小時。

他走到了碼頭上。有兩個男人正踏上旅館專用的小船，白羅和他們一起上了船。那兩個人顯然是互不相識。年紀比較輕的一個是前天搭火車來的，身材高眺、滿頭黑髮，有著削瘦的臉龐和桀傲下巴。他身穿一條骯髒不堪的灰色法蘭絨褲，和一件高領馬球衫，很不適合當天的氣候。另一個是矮胖的中年人，一路上用不很流利的英語和白羅攀談。年輕人沒有加入他們，只是面露不悅背對著他們，逕自看著敏捷的努比亞（非洲東北部，埃及南部和蘇丹北部沿尼羅河一帶）的船夫們，一邊用腳趾把舵，一邊用雙手操縱帆篷。

河面上非常平靜，一大片平整光滑的黑色岩石在船舷邊閃過，和風吹拂著他們的臉龐，象島很快就到了。白羅跟那位十分健談的新朋友，一上岸就到博物館去了。中年男子在這時候已經掏出一張名片遞給白羅，並彎腰致意，名片上印著：「吉多・瑞希提先生，考古學家。」

為了不至於失禮，白羅也彎腰回禮，並且遞上了自己的名片。之後，他們便一起進入博物館。這位義大利人開始滔滔不絕述說自己豐富的考古學識，兩人並用法語交談。那個穿法蘭絨褲的年輕人在博物館裏沒精打采地逛著，呵欠連連，後來乾脆跑到外頭了。

隨後，白羅和瑞希提先生也出來了，這位義大利人正興致勃勃地想去看看當地的古蹟。可是白羅忽然看見一把他所熟悉的綠色細紋陽傘，就在前面河邊的岩石上，隨即撇開瑞希提先生，朝那方向溜走了。

阿勒頓夫人坐在一塊大岩石上，身旁是一冊素描本，膝上擱著一本書。

白羅有禮地脫帽致意，阿勒頓夫人立刻跟他聊起來。

「早安。」她說，「我看，要趕走這些討厭的孩子是完全不可能的。」

一羣膚色黝黑的小孩包圍著她，一個個都咧開嘴地笑著、扮著鬼臉，每隔一會兒就滿懷希望地伸出乞求的手，口齒不清地叫「施捨一點吧」。

「我還以為他們該對我感到厭倦了咧。」阿勒頓夫人苦惱地說，「他們已經看了我兩個多小時了。每次他們漸漸向我圍攏過來，我就大叫一聲『滾開』，然後揮舞著我的陽傘，他們就會散開個一兩分鐘。然後他們又會聚集上來，老盯住我看。他們的眼神叫人厭惡，鼻子也難看。我覺得我並不真正喜歡孩子——除非他們把自己洗乾淨一點，還要懂得一點基本的規矩。」

她苦笑了一聲。

白羅義不容辭地替她把孩子驅散，但沒有效果。他們去而後回，又漸漸圍攏過來。

「要是埃及這地方能安寧點，我還會更喜歡它。」阿勒頓夫人說，「可是不論你走到哪兒，都不得片刻清靜。總是有人纏住你要錢，或者央求你騎驢子、買珍珠、到本地的村落探險，或是去打野鴨什麼的。」

「這確實很煞風景。」白羅也同意。

他把手帕小心翼翼地攤在岩石上，然後謹慎地坐上去。

「今天上午你兒子不跟你做伴嗎？」他接著說。

「是啊，提姆得在我們離開前寄幾封信。你知道，我們要去參觀第二大瀑布。」

「我也要去的。」

「太令人高興了。說真的，認識你使我很興奮。我們在馬約卡島時，那兒有位利奇夫人，她把關於你的種種神奇事蹟講給我們聽。有一次她在浴室把紅寶石戒指弄丟了，還直嚷可惜你不在場，所以戒指沒法子找到。」

「啊，我可不是會潛水的海獅呢！」

兩個人都笑了。

阿勒頓夫人接著往下說：

「今天早上我在窗口看到你跟賽門・多伊爾先生在旅館的車道上散步。你覺得他這個人如何？我們對他都非常感興趣。」

「哦，真的嗎？」

「是呀。你知道，他跟琳妮・瑞奇威的婚姻，很令人驚訝。大家還以為她會跟溫德遜結婚，而她卻突然嫁給這個名不見經傳的人。」

「你跟她很熟吧，夫人？」

「不，但我外甥女喬安娜・索伍德是她最好的朋友之一。」

「啊，對了，我在報上讀過她的名字。」他沉默了一會兒，接著往下說，「名字常常見報的一位年輕女孩，喬安娜・索伍德小姐。」

「哦，她確實懂得如何宣傳自己。」阿勒頓夫人酸酸地說。

「你不喜歡她，夫人？」

「那是氣話。」阿勒頓夫人有些後悔。「你知道我是個守舊的人，我並不太喜歡她。但是提姆跟她是最要好的朋友。」

「我明白了。」白羅說。

阿勒頓夫人很快地看了他一眼，換了個話題。

「到這兒來的年輕人真是太少了！那邊那個一頭棕髮的漂亮女孩，有個叫人吃不消的母親；她幾乎是這地方唯一的年輕女人，我注意到你常跟她說話。那孩子，我對她挺感興趣。」

「為什麼呢，夫人？」

「我同情她。敏感的年輕人總是常常受傷，我想她正在受煎熬。」

「對，她並不開心，可憐的孩子。」

「提姆和我稱她是『憂鬱的女孩』。有一兩次我很想跟她聊聊，可是每次都碰釘子。不過，我看她也要去遊尼羅河，說不定我們有機會相處得更好一些，是不是？」

「可能，夫人。」

「我這人很和善的，我對各式各樣的人都感興趣。」她停頓了一下，然後說：「提姆對我說，那位膚色較深的女孩，她姓貝弗，就是曾跟賽門・多伊爾訂過婚的女子。這樣的巧遇，一定使他們很尷尬。」

「是尷尬，沒錯。」白羅贊同地說。

阿勒頓夫人很快地向他瞥了一眼。

「你知道，也許聽來可笑——她幾乎把我嚇壞了。她顯得情緒很激動。」

白羅慢慢地點頭。

「你說得沒錯，夫人。情緒所產生的爆發力是很嚇人的。」

「你對人們也感興趣嗎，白羅先生？或者你只把興趣放在有可能犯罪的人身上？」

「夫人，可以排除在這個範圍之外的人是不多的。」

阿勒頓夫人顯得有點吃驚。

「你真覺得這樣嗎？」

「我的意思是，如果有特殊的誘因時。」白羅補充說。

「就會一反常態？」

「自然。」

阿勒頓夫人遲疑了一會兒，雙唇露出一絲微笑。

「甚至我也可能？」

「夫人，做母親的在她們的孩子身陷危險時，也會走上極端什麼都不顧的。」

她嚴肅地說：

「我想這是事實——對，你說得對。」

她沉默了一兩分鐘，然後笑笑，說道：

「我打算給這旅館中的每一個人都想出一個與之相稱的犯罪動機，這十分有趣。比如說，賽門‧多伊爾？」

白羅微笑著說：

「他若犯下案件，很單純是為了達到某種目的；他會直截了當不走彎路，也不用陰謀詭計。」

「因此很容易被識破？」

「是的，他不是個足智多謀的人。」

「那麼琳妮呢？」

「她就像你們《愛麗絲夢遊仙境》中的撲克女王，頭腦簡單，性情暴戾，動輒下令把人處死，『把他的頭砍掉！』正是她的口頭禪。」

「當然，這是君王時代的特權嘛！真有點像拿伯的葡萄園那樣叫人羨慕（據《聖經》記載，拿伯是古代以色列的一個葡萄園主，他的葡萄園與王宮毗鄰，為國王阿哈勃所垂涎，於是後人常用「拿伯的葡萄園」來比喻令人非常羨慕的東西）。那麼那位危險的女孩——賈桂琳・貝弗，她會殺人嗎？」

白羅躊躇了一會兒，帶點不確定地說：

「會，我想她會的。」

「可是你不確定吧？」

「是的，這位小姐使我感到迷惑。」

「我想潘尼頓先生不會殺人，你說呢？他看上去憂鬱又虛弱，臉上一點血色也沒有。」

「但內在可能存在著強烈的自我防禦。」

「對，我也這樣想。那麼，戴頭巾的奧伯恩夫人呢？」

「虛榮心無處不在。」

「這也算謀殺的動機？」阿勒頓夫人疑惑地問。

「有時謀殺的起因常是為了一點芝麻小事，夫人。」

「最普遍的謀殺動機是什麼呢，白羅先生？」

「最常見的是金錢，也就是說，為了各種各樣的利益所在。其次是報復。還有愛情、恐懼、純粹的恨，甚至善意——」

「白羅先生！」

「哦，是這樣的，夫人。我曾聽過類似的情形。某甲被某乙殺害，某乙唯一的目的就是要讓某丙得到好處。政治謀殺案往往可以歸在這一類。有人認為某個人對社會有害，因此就把他殺掉；可是這些人卻忘了，主宰生死應該是仁慈上帝的事情。」

他說這話的神態嚴肅。阿勒頓夫人平靜地說：

「聽你這麼說我感到十分高興。儘管如此，上帝還是會挑選自己的工具。」

「夫人，這樣想是很危險的。」

現在她改用比較輕鬆的口氣說話：

「經過這次交談之後，白羅先生，我真懷疑還有什麼人能安全活著！」

她站起來。

「我們該回去了，一吃完午飯就得出發呢。」

他們回到碼頭時，發現那個穿馬球衫的小伙子正在船上就坐，另外那位義大利人已經在等候他們。當努比亞船夫揚帆開船時，白羅客氣地對那位陌生的小伙子說：

「在埃及可以看到許多珍奇的東西，是不是？」

小伙子正抽著古怪的煙斗。他把煙斗從嘴裏移開來，簡短而有力地回答：

「都是令人厭惡的東西。」口音之純正簡直令人驚奇。

阿勒頓夫人戴上夾鼻眼鏡，愉快而感興趣地端詳著這位年輕人。

「真的？怎麼說呢？」白羅問。

「拿金字塔來說吧，這麼巨大的建築物，是壓榨了多少工匠的勞力？建造金字塔是為了滿足好大喜功、暴虐無道的國王的一己之私。想想那些流血流汗的老百姓，他們為了金字塔不眠不休，最後卻累死在工地上。只要想到金字塔所代表的苦難和折磨，我就對金字塔感到厭惡。」

阿勒頓夫人興致勃勃地說：

「所以你寧可不要金字塔，不要帕德嫩神廟（在希臘雅典，祭祀雅典娜女神），不要美麗的陵墓和廟宇，只要人們三餐溫飽並且能夠壽終正寢就心滿意足了？」

他憤怒的眼光射向阿勒頓夫人。

「我認為人比石頭重要。」

「可是人沒有那麼持久。」赫丘勒・白羅說。

「我寧願人們衣食無虞，也不想欣賞任何所謂的藝術品。人類最重要的是未來，不是過去。」

這就使瑞希提先生沉不住氣了，他馬上口若懸河發表了一篇充滿激情但卻不容易了解的演說。

小伙子則用他對資本主義的看法來反駁他，言辭極為刻薄。

當這場激烈的辯論結束時，他們已回到了旅館的碼頭。

阿勒頓夫人高興地喃喃自語：「好了，好了。」隨即就走上岸去。年輕人在她背後惡狠狠地瞪了她一眼。

在旅館的大廳，白羅遇見了賈桂琳・貝弗。她一身騎馬裝束，向白羅冷冷地點頭。

「我想去騎騎驢子。你覺得這兒的村子有意思嗎，白羅先生？」

「你今天打算到哪兒逛逛是吧，小姐。很好哇！村子裏風景如畫——但你可別花太多錢買紀念品。」

「那些玩意兒是從歐洲運過來的吧？不，我不會那麼容易上當的。」

她微微點了點頭，走向外頭燦爛的陽光中。

白羅已經打點好行李。這很容易，因為他的東西一向整理地井井有條。於是他提前到餐廳吃了午飯。

飯後，旅館的巴士把前往第二大瀑布的旅客送到火車站，然後他們再搭乘每天從開羅駛往謝拉爾的快車。只要十分鐘就到了。

阿勒頓母子倆、白羅、穿著骯髒法蘭絨褲的小伙子和那位義大利人，就是一起搭這一班車的旅客。奧伯恩夫人和她女兒先去水壩，再到菲利，然後再在謝拉爾上船。

從開羅和盧克蘇來的火車大概遲到了二十分鐘。火車進站後，就出現了那種常見的嘈雜、秩序大亂的場面。腳伕有的把行李從火車上往外搬，有的則把衣箱往火車上放，大家撞在一塊兒。

最後，白羅喘吁吁地來到了車廂的一個小房間裏，發現他自己的行李跟阿勒頓母子倆、還有一些不知道是誰的行李混放在一起，而提姆跟他的母親則是人在別處，身邊也是其他各式各樣的行李。

白羅的座位被一位上了年紀的老太太佔據，她滿臉皺紋，戴著白色領巾和許多鑽石飾品，臉上一副對世人深惡痛絕的表情。

她勢利地瞥了白羅一眼，便捧起一本美國雜誌把臉遮住。坐在她對面的是一個不到三十歲的年輕女人，個兒不小，舉止笨拙，頭髮蓬亂，兩隻褐色的眼睛就像小狗般熱切地盯住人看，一副奉承討好的神情。每隔一會兒，這位老太太就抬起頭向她發號施令。

「科妮莉，把毛毯收起來。」、「到站時，留神我的梳妝盒，別讓人家拿走了。」、「別忘了我的裁信刀。」

火車沒過多久就到了謝拉爾。十分鐘後他們來到了輪船碼頭略事休息，卡納克號郵輪正停泊在那兒等待他們。奧伯恩母女已經上了船。

卡納克號沒有第一大瀑布的「郵輪紙草號」和「蓮花號」那麼龐大，因為這麼大的船無法通過亞斯文水壩的閘門。旅客上船以後被帶到他們的艙房裏。由於郵輪沒有客滿，大部份旅客都被安排在頂層的甲板，這層甲板的前半部是觀景艙，四周全是玻璃，旅客可以坐著觀看展現在他們面前的河上風光。下一層甲板有一間吸煙室和一間小客廳，再下面一層才是餐廳。

白羅看到自己的東西都搬進他的艙房後，就回到甲板上來觀看輪船啟航。他走到正倚在船舷欄杆上的羅莎莉・奧伯恩的身邊，跟她站在一起。

「現在我們進入努比亞了，你高興點兒了吧，小姐？」

女孩深深地吸了一口氣。

「是的，我們終於可以擺脫一切了。」她順手一指，眼前的水上景色荒涼而蕭索。巨大的岩石由岸上伸展到水邊，到處都可以看到由於攔洪築壩而被棄置倒塌的小房子。整片景致令人感到憂鬱，似乎有一種不祥之兆。「擺脫人類。」羅莎莉・奧伯恩說。

「不包括我們這一羣人吧，小姐？」

她聳聳肩，又說：

「這國家有某種東西使我感到——邪惡。它把心中翻騰的慾念，全逼上表面來了。

沒有一件事是公平的。」

「我看未必吧，你不能以物質證據來評斷一切。」

羅莎莉喃喃地說：

「你看看，看看別人的母親，再看看我的母親。眼中沒有上帝，只崇拜情慾，莎樂美‧奧伯恩彷彿就是情慾的先知。」她頓了一下：「我想我不該說這些的。」

白羅用雙手做了個手勢。

「對我，你但說無妨，我聽過的事情可多著呢。如果像你說的，你內心五味雜陳沸騰不止，那麼，何不讓不愉快的渣滓浮上來，再用湯匙把它舀掉。」他做了個把東西丟到尼羅河裏去的動作。「你看，都不見了。」

「你真是個好玩的人！」羅莎莉說。她那繃著的臉露出了笑容。忽然她又緊張地叫起來：「你看，多伊爾夫人和她的先生來了！我不知道他們也參加了這次旅行！」

琳妮剛從甲板中的一間艙房出來，賽門尾隨在後。她看來容光煥發、沉著自信，幾乎使白羅吃了一驚。由於內心喜悅，她顯得有些傲慢，賽門‧多伊爾也像是變了一個人似的，咧著嘴傻笑，簡直像個興高采烈的小學生。

「太好了，」他說，也靠在船舷的欄杆上，「我真心期盼著這次旅行，你不也是嗎，琳妮？怎麼說呢，這裏的感覺不像是觀光勝地，好像是進入了埃及的腹地了。」

他的妻子隨即回答：

「我知道，這地方看起來很原始。」

她把手伸進賽門的臂彎裏，賽門緊緊抱著。

「我們出發了，琳妮。」他小聲地說。

郵輪徐徐離開了碼頭，開始了這趟第二大瀑布的七日之旅。

他們背後傳來了一陣爽快的笑聲。琳妮急速地轉過身去。

賈桂琳・貝弗正站在那兒，她似乎很快活。

「嗨，琳妮！我沒想到你會在這兒，我以為你們要在亞斯文再待十天。這真是意外！」

「你，你不——」琳妮結結巴巴地說，她勉強地客套微笑一下：「我——我也沒有想到會在這兒看到你。」

「是嗎？」

賈桂琳走到船的另一側去了。琳妮使勁地抓住她丈夫的手臂。

「賽門，賽門——」

多伊爾的玩興全部給一掃而空，他顯得怒不可遏。儘管他想控制住自己的憤怒，但兩隻拳頭還是忍不住捏得緊緊的。

他們倆走開了幾步。白羅沒有轉頭看他們，耳邊飄來一些零碎、斷斷續續的話：

「調頭回去……不可能……我們可以……」然後說話聲稍微大了一點，是多伊爾絕望但嚴厲的聲音：「我們不能老是逃跑，琳妮，現在我們不得不做個了斷……」

幾小時後，天色漸漸地暗了下來。白羅站在四周圍都是玻璃的觀景艙裏，兩眼正視著前方。卡納克號正通過一個峽谷。兩岸的岩壁陡峭險惡，正勢不可當地直插進水流湍急的尼羅河裏，河水在岩堆中奔騰而過。旅客們已經進入努比亞境內了。

白羅聽到有人走動的聲音，琳妮站在他身旁，不自覺地扭弄著自己的手指；她的表情是白羅從未見到過的，像一個茫然不知所措的孩子。

「白羅先生，我很害怕——任何東西都使我害怕，我以前從沒有過這樣的感覺。這些面目猙獰的岩石、這地方的冷酷和荒涼，都叫人感到可怕。我們會往哪兒去？將要發生什麼事？告訴你，我真的感到害怕。我覺得每個人都恨我，我以前從來不曾這樣感覺。我一向待人和善，我為大家做了許多事，而他們卻恨我——很多人恨我。在我四周，除了賽門，全都是敵人……感到有這麼多人恨自己，我快受不了了。」

「你怎麼了，夫人？」

她搖搖頭。

「我想，這是由於神經緊張……我覺得，環境很不安全。」她神經質地向後瞥了一眼，突然說：「這一切會怎麼了結呢？我們被控制住了，一點出路都沒有。我——我不知道怎麼辦才好。」

她身不由己地坐了下來。白羅嚴肅地看著她，目光中不無憐憫之意。

「她怎麼知道我們要上這艘船？」她說，「她怎麼會知道的呢？」

白羅搖搖頭回答：

「你必須明白，她是個聰明的人。」

「我覺得我好像永遠也擺脫不掉她了。」

白羅說：

「本來有一個計劃可以採用的，而你們竟然沒想到，實在讓我感到意外。對你來說，夫人，錢是不成問題的，你們為什麼不單獨租一條遊船呢？」

琳妮無可奈何地搖頭：

「如果我們預料到有這些事——可是你明白我們並沒有。唉……」她突然顯出不耐煩的神氣：「哦！你一點也不了解我的難處。我得顧慮到賽門，他——他對金錢敏感極了，對於我這麼富有很不自在！他曾要我陪他到西班牙某個小地方去，他，他要自己負擔我們度蜜月的所有費用，好像這很重要似的！男人真愚蠢！他還不習慣——不習慣過好日子。一談起租船他就惱火，這種不必要的花費……我想我得慢慢開導他。」

她抬起頭來，煩躁地咬著自己的嘴唇，似乎感到這樣討論自己的難處有點太輕率了。

她站起身。

「我得去換衣服了。很抱歉，白羅先生，我想我說了太多愚蠢的廢話。」

8

阿勒頓夫人身穿一件簡單的黑色蕾絲晚禮服，顯得清新高雅、引人注目。她走下兩層甲板，來到了餐廳。她的兒子在餐廳門口趕上了她。

「抱歉，親愛的媽媽，我還以為我來遲了。」

「不知道我們坐哪兒。」

餐廳裏陳列了許多小餐桌，侍者正忙著安排一批人就座。阿勒頓夫人停下來，等待侍者過來招呼。

「順便告訴你，」她又說，「我請了赫丘勒・白羅跟我們同桌。」

「媽，你居然邀請他！」提姆感到吃驚而且氣惱。

他母親驚訝地注視他，提姆平時是很隨和的。

「親愛的，你不歡迎嗎？」

「是的，我不歡迎。他是個粗鄙的矮冬瓜。」

「哦，不，提姆！我不同意你的話。」

「我們為什麼要跟一個外人混在一起？大家都關在一條小船上，這麼做很不妥，他會整天纏著我們的。」

「很遺憾，親愛的。」阿勒頓夫人顯得很失望，「我還以為這會使你高興。但不管怎麼說，他畢竟是個見多識廣的人，而你又喜歡偵探故事。」

提姆咕噥了一聲。

「媽，希望你以後別盡出這些怪主意。我想，我們此刻已來不及打退他了吧？」

「的確，提姆，只能這樣了。」

「唉，好吧，我看我們只好忍受一下了。」

這時侍者過來領他們就座，阿勒頓夫人跟著走過去時，臉上露出一副迷惑不解的神情。提姆平時很隨和，而且性子也好，這樣的大發脾氣是很反常的。但也不像是一般英國人對外國人所抱持的那種厭惡和不信任，提姆是主張四海一家的。唉，算了！她歎了口氣。男人是不可理喻的！即使是自己最親近的人，也會有意想不到的反應和情緒。

就在他們就座時，赫丘勒・白羅不聲不響迅速走進了餐廳。他停步後，把一隻手擱在他們那桌的一張椅背上。

「夫人，承蒙你盛情邀請，不勝感激。」

「別客氣，請坐，白羅先生。」

「謝謝！你真親切。」

阿勒頓夫人不安地察覺到，白羅坐下時向提姆瞄了一眼，而提姆卻還沒有收起他那怏怏不樂的表情。

阿勒頓夫人竭力想使氣氛活絡一些。當大家喝湯時，她拿起了放在盤子旁的旅客名單。

「我們來認識一下同船旅客。」她興致勃勃地提議說，「我一向認為這挺有趣的。」

她開始唸名單：

「阿勒頓夫人，提姆．阿勒頓先生。簡單的可以！貝弗小姐，我看到他們把她和奧伯恩母女安排在同一張桌子，不知道她跟羅莎莉將如何共處。再來是誰？貝斯納醫生。貝斯納醫生？你們誰知道哪個是貝斯納醫生？」她把目光轉到一張坐著四個人的桌子上。「我看他一定是那個頭髮跟鬍子都仔細剃過的胖子，大概是個德國人，他似乎非常欣賞他的湯。」

從那邊桌上，隱隱傳來了嘖嘖的喝湯聲。

阿勒頓夫人往下唸：

「鮑爾斯小姐？我們來猜猜誰是鮑爾斯小姐？這兒有三、四位女士——別猜了，我們暫時把她放一邊。多伊爾先生和多伊爾夫人，啊，他們是這趟旅程的大紅人。多伊爾夫人確實長得很美，又穿了一件非常漂亮的晚禮服！」

提姆轉過身去。琳妮和她的丈夫以及安德魯．潘尼頓坐的是餐廳角落的位置。琳妮身穿白色禮服，戴著珍珠項鍊。

「那件衣服沒什麼特別，」提姆說，「不就是一塊衣料，胡亂繫了根帶子。」

「對，親愛的。」他母親說，「你說的是一件價值八十基尼（英國的舊金幣單位）的衣服呢！」

「真搞不懂女人為什麼在衣服上花這麼多錢。」提姆說，「簡直荒謬。」

阿勒頓夫人繼續對旅客們進行研究。

「范索普先生一定是那一桌的其中一個，就是那個非常文靜的年輕人，他從來不開口。人長得不錯，一副謹慎、聰明的樣子。」

白羅表示同意。

「他很機靈。唔，雖然他不說話，但很留神地在傾聽和觀察呢。是的，他懂得善加利用他的眼睛。這種人不像是個喜歡到處遊山玩水的閒人，不知道他到這兒來幹什麼。」

「弗格森先生，」阿勒頓夫人唸道，「我覺得弗格森先生一定是我們那位反資本主義的朋友。奧伯恩夫人、奧伯恩小姐，她們倆我們都很熟悉。潘尼頓先生？也就是安德魯叔叔，他是個相貌堂堂的男子，我認為——」

「噢，媽！」提姆說。

「我說他相貌堂堂並不算言過其實，」阿勒頓夫人說，「不過他的下巴看起來很無情，大概就是我們在報上常看到的那種人，在華爾街工作——或者是住在華爾街上？我相信他一定是個有錢的人。下一位，赫丘勒・白羅先生。他的專長在這兒簡直毫無用武之地。提姆，你能不能策劃一樁謀殺案讓他破解？」

她這個善意的玩笑似乎再次觸怒了她的兒子，他一臉不悅。阿勒頓夫人趕忙轉個話題：

「瑞希提先生，我們的義大利考古家朋友。然後是羅布森小姐，最後一個是史凱勒小姐。最後這一個很容易辨認，就是那位長得很醜的美國老太太，顯然她以為自己是這艘船上的女王，凡是沒有身分地位的人，她絕不打招呼，真是個不可思議的怪物，對不對？好像某個歷史時期的古人。和她同行的一定是鮑爾斯小姐和羅布森小姐——也許一個是秘書，就是那個戴夾鼻眼鏡的瘦個子；一個是窮親戚，就是那個可憐的年輕女人，雖然被人當作奴婢看待，她看來倒十分快活。我想羅布森是那個秘書，鮑爾斯就是那個窮親戚。」

「媽，你錯了。」提姆咧開嘴笑著說，他又恢復了往常輕鬆愉快的心情。

「你怎麼知道？」

「因為晚飯前，我在客廳裏聽見這個老太婆對她身邊的那個女人說：『鮑爾斯小姐在哪兒？科妮莉，馬上把她找來。』科妮莉像條聽話的狗似的跑了出去。」

「我得去會會史凱勒小姐。」阿勒頓夫人沉思著說。

提姆又咧著嘴笑了。

「她不會理睬你的，媽媽。」

「絕不會。我會一步一步來，先坐在她旁邊，用輕輕（但有力）而有氣質的語氣，和她談起我印象中具有頭銜的親戚或朋友。然後，只要漫不經心地提起你那遠房表哥格拉斯哥公爵，差不多就可以使她就範了。」

「媽，你也太不擇手段了！」

晚飯後發生的事情，對一個喜歡研究人性的人來說，可說不無有趣之處。

那位傾向社會主義的小伙子（沒錯，他就是弗格森先生），離開飯廳到吸煙室去了，他看不起頂層甲板觀景艙的那一羣旅客。

史凱勒小姐堅定地走到奧伯恩夫人就座的桌子旁說：

「真對不起，我認為我的針織毛線剛才是放這兒的！」

就這樣，她即時佔上了觀景艙裏最好的雅座。

那位戴頭巾的夫人，在不可抗拒的注視下，起身讓出了位子。史凱勒小姐和她的隨伴坐定下來。奧伯恩夫人在她旁邊找了個位子坐下，開始滔滔不絕起來，然而，卻只得到對方幾句冷冷的回應，她只得放棄；史凱勒小姐終於得以耳根清靜獨處一隅。多伊爾夫婦和阿勒頓母子坐在一起。貝斯納醫生仍然跟沉默寡言的范索普做伴。賈桂琳・貝弗獨自坐著看書。羅莎莉・奧伯恩有些坐立不安，阿勒頓夫人跟她搭訕過一兩次，想把她拉進他們一夥裏來，但是這位小姐卻並不領情。

赫丘勒・白羅聽著奧伯恩夫人大談關於她自己當作家的天職，消磨了一個晚上。那晚，在他回艙房的途中，遇見了賈桂琳・貝弗。她正俯身靠在欄杆上，她回過頭來，臉上悲切愁苦的神色，使白羅大吃一驚。前日那種蠻不在乎、一意尋事挑釁和那種癲狂、幸災樂禍的表情，都從她臉上消失了。

「晚安，小姐。」

「晚安，白羅先生。」她躊躇了一下，然後說：「你發現我在這兒，很感到意外吧？」

「是很意外，但我更感到遺憾，非常遺憾……」

他說話時語氣嚴肅。

「你是說，為我遺憾？」

「正是，小姐，你選擇了危險的道路。正如我們在這條船上開始了我們的旅行，你也走上了你自己的旅程——在水流湍急的河流中進行一次旅行，兩旁石壁陡峭，前途吉凶未卜……」

「為什麼你這樣說？」

「因為事實如此。你已自己砍斷了安全樁上的鐵鏈。即使你願意，我懷疑你是否來得及回頭了。」

她悠悠地說：

「是啊……」然後她把頭猛然往後一仰。「唉，一個人必須隨著自己的命運之星走，不管它會把我們引向何處。」

「要留神，小姐，這顆命運之星有可能迷失了……」

她放聲大笑，模仿著驢夫的吆喝腔調說：

「那顆不吉利的星星，老爺！那顆星是會掉下來的……」

就在白羅終於昏昏入睡時，一陣悄悄的說話聲使他驚醒過來，是賽門‧多伊爾的聲音，賽門重覆著他在郵輪駛離謝拉爾時所說的話。

「現在我們一定要做個了斷……」

「對，」赫丘勒‧白羅在心裏自言自語，「現在我們一定得做個了斷……」

他覺得鬱鬱不樂。

9

第二天清晨，郵輪到了賽波瓦。

科妮莉·羅布森笑容滿面，頭戴著大草帽，跟著人急忙上岸。科妮莉從不怠慢別人，她性格溫柔，很喜歡交朋友。

赫丘勒·白羅身穿白色西裝，粉色襯衫，繫著黑色領結，頭戴白色圓頂遮陽帽，當科妮莉看到他時，完全沒有避開，這一點和老貴族小姐史凱勒很不一樣。她和他一起朝旁邊有獅身人面像的一條大街走去，很愉快地回答他那老套的開場白：

「你的同伴們不上岸來看看這座神廟嗎？」

「哦，你知道，瑪麗表姐——就是史凱勒小姐，從來不早起，她必須非常非常當心她的身體。當然，她需要鮑爾斯小姐——也就是她的護士——幫她做點事。她還說，這兒並不是最值得欣賞的神廟。但是她非常好心，說我可以來看看。」

「那很通情達理。」白羅冷冰冰地說。

思想單純的科妮莉毫不懷疑地表示同意。

「哦，她很好，她願意帶我一塊兒來旅行實在是太好心了，我感覺自己真是個幸運兒。當她跟媽媽建議讓我也來旅行時，我簡直不敢相信。」

「你這次旅行都很愉快，是嗎？」

「啊！愉快極了！我看到了義大利威尼斯，帕杜瓦和比薩；接著又是開羅——不過瑪麗表姐在開羅時身體不太好，所以我不能常常上岸，不過現在又可以去瓦迪哈法好好玩玩了。」

白羅笑著說：

「小姐，你真是個樂天派。」

他若有所思地將目光從她身上移向沉默寡言、緊鎖雙眉的羅莎莉，她正獨自一人在前面走著。

「她很漂亮，不是嗎？」科妮莉隨著他的目光望去，說道，「可惜看上去有點傲慢。當然，她是典型的英國人，而且不像多伊爾夫人那樣漂亮，我認為多伊爾夫人是我所見過最美麗、最文雅的女子了！而她丈夫簡直崇拜她走過的每一寸土地，不是嗎？還有，那個頭髮灰白的婦人看上去挺高貴的，你覺得呢？我聽說，她是個公爵的表妹。昨晚她就在我們旁邊談起他，但她自己實際上並沒有貴族頭銜。」

她絮絮叨叨地說個沒完，直到領隊的導遊叫大家靜下來，並開始拖長聲音介紹：

「這座神廟是供奉埃及神阿姆和太陽神哈拉克特的。他的象徵就是鷹首……」

這羣人慢慢向前移動著，貝斯納醫生手裏拿著導遊圖，喃喃自語地說著德語，他一向喜歡文字說明。

提姆・阿勒頓沒有和這羣人在一起，他母親正在和沉默寡言的范索普先生交談。安德魯・潘尼頓挽著琳妮・多伊爾的手臂，正在專心凝聽著，似乎對導遊像背書一樣敘述的雕像尺寸極感興趣。

「六十五英尺高，真的嗎？好像比我矮一點呢。拉美西斯這個偉大的埃及人真是充滿活力。」

「他也是個大商人呢，安德魯叔叔。」

安德魯・潘尼頓用一種讚賞的眼光看著她。

「琳妮，今天早晨你氣色看上去好多了。最近，我一直為你擔心，你有點瘦了。」

這羣人邊談邊走回郵輪。卡納克號又一次向上游緩緩駛去，現在，景色不那麼單調了，有一些棕櫚樹，還有成排的農作物。

景色的變化似乎驅散了籠罩在遊客心中某種神秘的壓抑感。提姆・阿勒頓擺脫了原先憂鬱的心情，羅莎莉的神色看上去也不再那麼緊繃。琳妮則幾乎是無憂無慮了。

潘尼頓對她說：

「在新娘子度蜜月時談公事是不妥當的，但是有一兩件事情我必須請你處理——」

「噢，安德魯叔叔，當然可以。」琳妮立即表現出一副處理公事的態度，「我結婚了，當然有些東西要變更。」

「正是如此，什麼時候方便，我想請你簽署幾份文件。」

「何不現在就簽呢？」

安德魯・潘尼頓向四周望了一眼，在他倆所在的這個觀景艙角落，此刻沒有幾個人。大部份遊客都在觀景艙和客艙之間的甲板上。大廳內僅有幾個人：弗格森先生，他正在中間一張小桌旁喝著啤酒，兩條腿套著骯髒的法蘭絨褲向前伸展；赫丘勒・白羅先生，時而喝喝酒，時而吹著口哨，正坐在緊靠前面玻璃窗的地方，欣賞眼前的景色；此外還有史凱勒小姐，她就坐在角落裏讀著一本關於埃及的書。

「那好。」安德魯・潘尼頓說著，離開了大廳。

琳妮和賽門相視而笑，笑得有點牽強的樣子。

「還好嗎，親愛的？」他問道。

「嗯，還可以……奇怪，我的心情似乎不再那麼緊張了。」

「你真了不起！」賽門說著，語氣裏充滿了信心。

潘尼頓回來了，捧著一捆寫得密密麻麻的文件。

「天哪！」琳妮叫道，「這些我都要簽字嗎？」

安德魯・潘尼頓帶著歉意地說：

「我知道這是太多了一點，但我想把你的事情都安排好。請先簽第五大道的地契；

接著是西部土地開發公司的文件……」

他手裏翻著分類的文件，不停地說著。賽門打了個呵欠。

通向甲板的旋轉門開了，范索普先生走了進來。他漫無目標地向四周看了一下，然後，慢慢地走上前來，站在白羅身邊，觀看著淺藍色的河水和周圍黃色的沙灘。

「你就簽在這兒，」潘尼頓把一份文件攤在琳妮面前，指著空白處說。

琳妮拿起一份文件，粗略看了一遍，一下子翻回到第一頁，然後，拿起潘尼頓放在她面前的一支自來水筆，簽下了自己的名字「琳妮・多伊爾」……

潘尼頓將這份文件拿開，又打開另一份。

范索普又向著他們慢步走來，他透過旁邊的窗子向外看，好像沿岸有些什麼使他很感興趣似的。

「這不過是份轉讓證明書，」潘尼頓說，「你不必看了。」

但是，琳妮還是粗略地看了一遍。潘尼頓打開第三份文件，琳妮又仔細看著。

「這些都是很簡單的例行文件，」安德魯說，「沒什麼特別的，就是些法律術語。」

賽門又打了個呵欠。

「親愛的，你不會想把所有這些都看完吧？那可要看到午餐時間，甚至更晚了。」

「我習慣把每樣東西都看一遍，」琳妮說，「我父親教我這樣做的，他說文件上可能會有謄寫錯誤的地方。」

潘尼頓笑了起來，聲音很刺耳。

「琳妮，你可真是個精明的女強人。」

「她比我要認真多了，」賽門笑著說，「我從未細看法律文件。人家要我在哪兒簽字，我就在哪兒簽字，就那麼簡單。」

「這樣太馬虎了。」琳妮不同意地說。

「我沒有生意人的頭腦，」賽門高興地說道，「從來也沒有過。有人叫我簽，我就簽，這是最簡單的辦法。」

安德魯・潘尼頓若有所思地望著他，然後，摸摸上嘴唇，毫無表情地說道：

「多伊爾，這不有點太冒險了嗎？」

「誰說的，」賽門回答道，「我不是那種認為全世界都在欺騙你的人，我是個相信別人的人。你知道，這樣做有它的好處，我很少上當。」

突然，出乎大家意料之外，沉默的范索普先生轉過身來對琳妮說：

「但願我不是多管閒事，但我忍不住要說，我非常欽佩你的辦事能力。在我執業的經驗中，呃——我是個律師，我發現一般女士們都很草率。在沒有從頭到尾把文件閱讀一遍之前，絕不在上面簽字。你這一點很值得稱讚，確實令人欽佩。」

他略微欠身致意，然後有些害羞地再次轉過身去注視著尼羅河岸。

琳妮有些遲疑地說：

「呃，謝謝你……」

她咬著嘴唇，以免笑出聲來。這個年輕人竟這般嚴肅！

安德魯・潘尼頓聽了十分惱怒。

賽門・多伊爾似乎不能確定自己是感到生氣呢，還是給逗樂了。

范索普先生兩邊的耳根都紅了。

「下一份！」琳妮朝潘尼頓笑著說。

但是潘尼頓生氣了。

「我想還是另外找個時間比較好，」他口氣生硬地說，「正如——呃，多伊爾說的，要是你把這些文件都看完的話，我們就要在這兒一直待到午餐時間了。可不能錯過欣賞風景的機會，反正只有前兩份文件比較急，其他的以後再談吧！」

「這兒好熱，」琳妮說，「我們到外面去吧。」

他們三人穿過旋轉門。赫丘勒・白羅轉過臉來，他那凝視的目光若有所思地落到范索普先生背後，然後又轉到懶洋洋坐在那兒的弗格森先生身上。後者頭朝後仰著，嘴裏輕輕吹著口哨。

接著，白羅朝筆直坐在角落裏的史凱勒小姐望去，而她卻在注視著弗格森先生。

左邊的旋轉門這時打開了，科妮莉・羅布森匆匆跑了進來。

「你去了好久，」老太太嚴厲地說，「你到哪兒去了？」

「對不起，瑪麗表姐，羊毛衫不在你說的地方，它其實是在另一個箱子裏。」

「我親愛的孩子，你太不會找東西了！我知道，親愛的，你很勤快，但你必須學聰明點，動作快些，凡事要專注才行。」

「真對不起，瑪麗表姐，恐怕我是太笨了。」

「親愛的，任何人只要努力去做就不會笨，我帶你來旅行，希望你也能回報我。」

科妮莉臉紅了。

「很抱歉，瑪麗表姐。」

「鮑爾斯小姐在哪兒？十分鐘前我就該吃藥了，馬上去把她找來。醫生說，最重要的是──」

就在這時，鮑爾斯小姐過來了，手裏拿著一個小小的藥杯。

「你的藥，史凱勒小姐。」

「我該在十一點鐘吃藥，」老太太大聲責怪道，「我最痛恨不準時。」

「是的，」鮑爾斯小姐看了一眼她的手錶說道。「現在正好差半分十一點。」

「我的錶已經過十分鐘了。」

「我的錶應該是對的，這只錶十分準確，從來不快也不慢。」鮑爾斯小姐冷靜地說。

史凱勒小姐吞下了藥杯裏的藥。

「我怎麼感到更不舒服了。」她氣呼呼地說。

「聽你這麼說，我很難過，史凱勒小姐。」

鮑爾斯小姐說話的聲調聽起來一點也不難過，只是漠不關心。很明顯，她是機械性地做回答。

「這兒太熱了，」史凱勒小姐怒氣沖沖地說，「鮑爾斯小姐，給我在甲板上找張椅子；科妮莉，把我的毛線拿來，別笨手笨腳地把它掉在地上，待會兒我要你幫我繞些毛線。」

這些人都走出去了。

弗格森歎了口氣，活動一下雙腿，然後像對著整個世界喊道：

「天哪！我真想把這老太婆掐死！」

白羅頗有興趣地問道：

「你不喜歡她這種人，對嗎？」

「沒錯！剛才在這兒的那個女人，在這兒簽什麼轉讓證明書，擺出一副了不起的樣子。是成千上萬可憐的工人們為著極其微薄的收入，像奴隸一樣在工作，她才得以穿上美麗的絲襪，過著毫無意義的奢侈生活。有人跟我這麼說過，她是英國最有錢的女人之一，她一生中吃喝從不需要動一下手。」

「誰告訴你說她是英國最有錢的女人之一？」

弗格森先生用挑釁的目光看了他一眼。

「一個你不屑跟他講話的人！一個用自己的雙手勞動，而且不為此感到羞恥的人！不是你們這種衣冠楚楚的無用廢物。」

他的目光很不友善地落在白羅的領結和粉色襯衫上。

「我？我用我的腦子工作，我也不為此感到羞恥。」白羅迎著他的目光說。

弗格森先生只是輕蔑地哼了一聲。

「都該槍斃，這幫人！」他斷然地說。

「年輕人，」白羅說，「你真是擁護暴力啊！」

「沒有暴力能成就什麼大事？在建設之前一定要先有破壞才行。」

「當然用暴力要容易得多，又熱鬧，又有看頭。」

「你是靠哪一行維生的？我敢打賭，你什麼也不會，也許你會自稱是中產階級吧。」

「我不是中產階級，我屬於上流社會。」赫丘勒・白羅有點傲慢地聲明。

「你究竟是幹什麼的？」

「我是個偵探。」赫丘勒・白羅神態自若地回答，彷彿宣稱「我是個國王」一般。

「我的天哪！」年輕人似乎大吃一驚，「你是說，那個女人還帶著一個愚蠢的偵探同行？難道她像保養皮膚那樣擔心自己的安危嗎？」

「我跟多伊爾先生和夫人沒有任何關係，」白羅生硬地說，「我在休假。」

「度假——呃？」

「你呢？你不也在休假嗎？」

「休假！」弗格森先生哼了一聲，接著含糊地加了一句，「我在研究社會現象。」

「很有趣。」白羅低聲說道，然後慢慢地往甲板上走。

史凱勒小姐坐在最好的一個角落裏，科妮莉跪在她面前，伸著手臂，上面繞著一捲灰色毛線，鮑爾斯小姐直挺挺地坐著，正在看《週末晚報》。

白羅順著右舷甲板慢慢走著，當他經過船尾時，幾乎撞到一個女子身上，她一臉受驚的表情望著他——這是一張深色的、愉悅的拉丁人面孔。她穿著整潔的黑色衣服，站著和一個身穿制服的高大男子在談話，從外表看，他是個輪機員。兩人臉上都有一種奇怪的內疚和驚慌。白羅感到奇怪，不知他們在談些什麼。

他繞過船尾，沿著船的左舷走去。一扇房門打開了，奧伯恩夫人走了出來，幾乎跌倒在他懷裏。她穿著一件鮮紅的緞子睡衣。

「真對不起，」她抱歉地說，「親愛的白羅先生，太對不起你了。你知道，船在搖晃，真的是搖晃的緣故。我向來就沒有在顛簸的甲板上走動的本事。要是船能保持不動……」她抓住他的手臂說：「我受不了船的搖晃……在海上我也從來沒有真正快活過。我只能一小時又一小時孤孤單單等待著。我那個沒有同情心的女兒，根本不理解為她操心的可憐老母親……」奧伯恩夫人哭了起來：「我像奴隸一樣為她操勞，自己累得像皮包骨——我是一個偉大的母親，獻出了一切的一切，卻沒有人在乎！我要告訴所有的人，現在就告訴他們，她是怎樣地不關心我，她是多麼冷酷，竟叫我來旅行，悶得我受不了……我現在就去告訴他們。」

她匆匆地向前走去，白羅很有禮貌地制止了她。

「夫人，我去請她過來。你最好先回到你的房間去吧！最好是這樣。」

「不，我要告訴所有的人，船上所有的人。」

「夫人，這太危險了，海浪不太平靜，你會跌到海裏去的。」

奧伯恩夫人疑惑地看著他。

「這樣嗎？真會這樣嗎？」

「是的。」

他的話很有效，奧伯恩夫人動搖了，搖搖晃晃地又走進了她的房間。

白羅的鼻孔抽動了一兩下，然後點點頭，向坐在阿勒頓夫人和提姆中間的羅莎莉・奧伯恩走去。

「小姐，你的母親在找你。」

她本來快活地笑著，這時臉上突然蒙上了一層陰影。她迅速對他投出懷疑的眼神，急忙沿著甲板離開。

「我搞不懂這孩子，」阿勒頓夫人說，「她變化無常，今天很友善，過了一天，她又變得十分不懂禮貌。」

「被寵壞了，脾氣也不好。」提姆說。

阿勒頓夫人搖了搖頭。

「不，我認為不是那樣，我認為她活得不開心。」

提姆聳了聳肩。

「哦，好吧，不過我們大家也都有自己的煩惱啊！」他的話聽起來既生硬又冷淡。

這時傳來了一陣低沉的鐘聲。

「開飯了，」阿勒頓夫人高興地叫了起來，「我真的餓了。」

那天晚上，白羅看到阿勒頓夫人坐著與史凱勒小姐交談。他走過去的時候，阿勒頓夫人閉起一隻眼，然後又睜開，正在說：「當然，在卡里斯城堡，那個親愛的公爵——」

科妮莉服侍過瑪麗表姐後，也到甲板上來了。她聽著貝斯納醫生說話，他正在冗長枯燥地介紹導遊手冊上有關埃及的概況。科妮莉全神貫注地聽著。

提姆・阿勒頓身體俯在欄杆上說道：

「不管怎樣，這的確是個腐敗的世界……」

羅莎莉・奧伯恩回答說：

「這世界太不公平了，有些人就是什麼都有。」

白羅歎了口氣。他為自己已不再年輕而感到高興。

10

星期一早晨，各種各樣欣喜、讚賞的話語在卡納克號的甲板上此起彼落。此時郵輪正停泊在岸邊，幾百碼外，清晨的陽光照在一座從岩石表面雕出來的大神廟，懸崖峭壁上鑿出的四尊巨像亙久地俯視著尼羅河，迎著正在升起的朝陽。

科妮莉前言不搭後語地說：

「啊，白羅先生，多美啊！我是說它們這麼巨大，這麼安靜，看到它們會使人感到自己多麼渺小，就像一隻小蟲，感到什麼事都無所謂了，對嗎？」

范索普先生站在旁邊，低聲說道：

「真——呃，令人難忘。」

「很壯觀，是吧？」賽門・多伊爾先生走過來說道。接著他對白羅悄悄地說：「你知道，我是個對神廟、遊覽這類事情不怎麼感興趣的人，但，我不得不說，像這樣的地方確實令人驚歎，要是你真的了解我的意思。那些古埃及的君王們一定是些了不起的人物。」

范索普已經走開了。賽門又放低了聲音說：

「這次來旅行我真是高興。它——呃，它消除了我的一些疑慮。奇怪，我也不知怎麼——不過，事實就是這樣，琳妮的情緒已恢復正常了。她說這是因為她終於把事情應付過去了。」

「這是完全可能的。」白羅說。

「她說當她在船上看到賈姬時，她感到害怕……但後來，突然，這變得無關緊要了。我們倆已說好，不再躲避她，她在哪裏，我們就在哪裏會她，並向她表明，她這種可笑的做法絲毫不會使我們煩惱，我們就當她不懂禮貌罷了，不過如此。她以為她已經搞得我們暈頭轉向了，但現在，咳，我們再也不用驚慌失措了，這點應該讓她知道。」

「是的。」白羅若有所思地說。

「所以，這方法很棒，不是嗎？」

「哦，是的，是的。」

琳妮沿著甲板走來，她穿著淡黃色紗衣，微笑著，她和白羅打了個招呼，但並不特別熱情，不過是冷冷地點了點頭，就把她丈夫拉走了。

白羅腦子裏閃過一絲自嘲的想法，他意識到，他那愛批評的態度大概得罪不少人了。琳妮已習慣接受別人對她本人及其行事作為的絕對讚美，而赫丘勒・白羅卻顯然冒犯了這一信條。

阿勒頓夫人過來和白羅站在一起，低聲說道：

「這個女孩的身上發生了多麼大的變化啊！在亞斯文，她看上去很憂愁，不高興，而今天她顯得那麼開心，幾乎叫人懷疑她是不是發瘋了。」

白羅還沒來得及回話，這羣人又得集合了。他們一起由導遊帶隊，上岸去參觀阿布辛拜勒神廟。

白羅和潘尼頓走在一起。

「你第一次來埃及，是嗎？」白羅問道。

「哦，不，一九二三年我曾在這兒，我是說，在開羅。不過以前我從未到尼羅河來旅行。」

「我想你是坐卡馬尼克號來的。多伊爾夫人是這樣對我說的。」

潘尼頓朝他狡黠地看了一眼。

「哦，是的，是這樣。」他承認道。

「我不知道你是否碰巧遇到我在那條船上的幾個朋友——萊辛頓・史密斯一家人？」

「他們的名字我都想不起來了，船上坐滿了人，天氣很糟糕，不少旅客都沒露過面。不管怎樣，航程很短，你也不知道誰在船上，誰不在船上。」

「是呀，沒錯。你碰到多伊爾夫人和她丈夫一定深感驚訝。那時你不知道他們已結婚了吧？」

「是的，多伊爾夫人給我來過信，但後來信才轉來。我是在開羅意外遇見他們以後幾天才真正收到信的。」

「我聽說你認識她好多年了？」

「哦，是的，白羅先生。我認識琳妮‧瑞奇威時，她還是個可愛的小女孩呢，就這麼高——」他用手比了比，「她父親梅伊許‧瑞奇威和我家是世交，他是個很有才能的人，在事業上也很成功。」

「我聽說，他女兒得到了一筆數目很可觀的財產……啊，對不起，可能我這樣說不太妥當。」

安德魯‧潘尼頓似乎有點驚奇。

「哦，這是眾所周知的事。是的，琳妮是個有錢的女人。」

「不過，我想，最近市場價格暴跌，任何股票必定都會受到影響，不管它們曾經多麼可靠，是嗎？」

潘尼頓並未立即回答，頓了一頓他說：

「從某種程度上來說，確實如此，最近很不景氣，情況是不樂觀。」

白羅低聲說：

「不過，我覺得多伊爾夫人辦事很精明。」

「沒錯，是這樣。琳妮是個辦事講究實效的聰明女孩。」

他們的談話停止了。導遊繼續在對他們講述偉大的古埃及君王拉美西斯建造神廟的事。拉美西斯本身的四尊雕像在入口處兩邊，每邊各一對，是從天然的石頭上鑿出來的，雕像俯視著下面零零落落的遊客隊伍。

瑞希提先生對導遊的話不感興趣，他正忙著看入口處兩邊石墩上的黑人和努比亞俘虜的浮雕像。

這羣人一進神廟，就被籠罩在昏暗和安靜的氣氛中。導遊指引大家一起看內牆上栩栩如生的彩色浮雕，但這羣人卻喜歡各自為伍觀看。

貝斯納醫生聲音洪亮地用德語讀著導遊手冊，時而停下來給科妮莉翻譯一下，她在他身邊不聲不響地走著。然而，這種時刻未能持續多久，史凱勒小姐由態度冷淡的鮑爾斯小姐攙扶著走了進來，下了一道命令：

「科妮莉，過來！」

這樣一來，介紹就不得不停下來，貝斯納醫生望著她的背影，透過厚厚的眼鏡片微微笑著。

「一個很不錯的女孩，」他對白羅說道，「她不像有些年輕女孩，她看上去沒有那副饑餓相，沒有。她體型很美，聽人講話時很專注，跟她談話是一種享受。」

白羅腦子裏閃過一個念頭，好像科妮莉的命運不是被人欺侮就是聽人教誨似的，不管在什麼情況下，她總是傾聽，從來不開口說話。

由於召來了科妮莉，鮑爾斯小姐得到暫時的自由。她站在神廟中間，用她那平靜的、冷漠的目光向四周望著，對於過去的古蹟奇景並不十分感興趣。

「導遊說，這些神或女神中有一個名字叫穆特的，你知道是怎麼回事嗎？」

裏面有個內殿，內殿裏面坐著四尊雕像，永恆地守護著人間，在昏暗的光線中形象孤高，顯得既尊嚴又奇特。

琳妮和她的丈夫站在雕像前，他挽著她的胳臂，她仰著臉——這是一張代表新世代的臉孔，聰明、好奇，不為歷史的遺跡所感動。

賽門突然說道：

「我們離開這兒吧！我不喜歡這四尊雕像，特別是那個戴高帽子的。」

「我猜想那個是阿姆，那個是拉美西斯。你怎麼會不喜歡他們呢？我覺得他們很令人震撼。」

「這些該死的雕像太令人震撼了，他們的樣子好詭異。我們走出去，到陽光下吧！」

琳妮笑了起來，但還是讓步了。

他們從神廟裏出來，走到陽光下，腳旁是溫暖的黃沙。琳妮笑了起來，在他們腳邊，是一排努比亞男孩的頭顱，有五、六個，樣子看上去很可怕，腦袋好像跟身體分離了似的；他們眼珠轉動著，腦袋很有節奏地左右晃動，嘴裏唸著新的禱語：

「讚，讚，好棒！」

「真討厭！他們怎麼搞的？身體真的埋在沙子裏嗎？」

賽門掏出了一些零錢。

「妙極了，好極了！貴極了！」他學著他們的腔調說。

領頭演這場「戲」的兩個小男孩很快撿起了錢幣。

琳妮和賽門繼續走著，他們不想回船上，對遊覽也感到厭倦了，於是靠著岩石坐了下來，沐浴在溫暖的陽光下。

「多美的陽光啊！」琳妮在想著，「多暖和，多安全……幸福，美好，像我這樣多好啊！像我，琳妮……」

她閉上了眼睛，似睡非睡地在沉思中遨遊，她的思緒像沙子一樣被風吹得到處飄散。

賽門睜著眼睛，眼裏也流露出滿足的神情。頭一天晚上他那種驚慌失措的樣子多傻呀！有什麼好擔驚受怕的？一切看來都很正常，賈姬還是有理智的——

忽然傳來一陣叫喊聲，人們揮動著手臂朝他跑過來，並且叫喊著。

賽門傻愣愣地看了一會，接著跳起來，拖著琳妮就跑。

說時遲，那時快，一塊從岩壁上飛滾下來的大圓石從他們身旁躍過，撞在地上。要是琳妮還在老地方，她就會被壓得粉碎。

他倆緊緊摟在一起，臉色蒼白。赫丘勒・白羅和提姆・阿勒頓向他們跑過來。

「我的天哪，夫人，好險哪！」

四個人都本能地向岩壁上望去，但什麼也看不見。沿著頂端有一條小路，白羅想起他們第一次上岸時曾看到有幾個當地人在那兒走過。

他看了看那對夫妻，琳妮顯得茫然不知所措——她被嚇壞了。賽門則氣得說不出話來。

「她該死！」他突然罵道。

他朝提姆．阿勒頓瞥了一眼，克制住了自己。

提姆說道：

「呵，真險！是哪個笨蛋把它推下來的？還是它自己掉下來的？」

琳妮臉色非常蒼白，吃力地說道：

「我想一定是哪個笨蛋做的事。」

「真可能把你像蛋殼一樣壓得粉碎。琳妮，你不會有什麼敵人吧？」

琳妮兩次話到嘴邊又嚥了下去，她感到很難回答這個玩笑話。

「夫人，回船上去吧！」白羅立刻說道：「你得吃點藥鎮定一下。」

他們很快向船邊走去，賽門還是氣呼呼的，提姆．阿勒頓竭力想說些輕鬆的話，把琳妮的思緒從剛經歷過的險境中引開。白羅則神色嚴肅。

當他們走到登船處時，賽門猛地停住了腳步，臉上浮現驚奇的表情。

賈桂琳・貝弗正在上岸，她穿著藍格花布洋裝，今早她看來很稚氣。

「我的天哪！」賽門低聲說道，「所以只是一場意外。」

怒氣從他的臉上消失了，那差別如此之明顯，以致賈桂琳也感覺有事不尋常。

「早安，」她說道，「恐怕我出來晚了。」

她向大家點了點頭，跨上岸來，朝神廟走去。

賽門一把抓住白羅的手臂，另外兩人繼續朝前走去。

「我的上帝，這回我可放心了，我還以為，我以為——」白羅點了點頭，「是的，是的，我知道你的意思。」

但他仍然十分嚴肅，茫然出神。他轉過頭來，仔細注意著其他人的情況。

史凱勒小姐由鮑爾斯小姐扶著慢慢走來。

稍遠一點，阿勒頓夫人正站在那兒看著一排努比亞男孩們搖頭晃腦，她微微笑著。

奧伯恩夫人跟她在一起。

其他人都不見蹤影。

白羅搖了搖頭，跟著賽門慢慢走回船上。

11

「夫人，能給我解釋一下『fey』這個字的意思嗎？」

阿勒頓夫人似乎有點驚奇，她正和白羅一起艱辛而緩慢地朝觀賞第二大瀑布的岩石上走去。其他人大都騎駱駝上去，因為白羅覺得駱駝走路有點像船在搖晃一樣，而阿勒頓夫人則認為要有點個人尊嚴，所以兩人採步行。

他們是前天晚上到達瓦迪哈法的。今天早上，兩艘汽艇把所有的人都送到第二大瀑布來，只有瑞希提先生缺席，他堅持要獨自到一個叫做賽姆納的偏遠荒地去遊玩。他說，那地方在阿門內姆哈特三世時期曾是努比亞的門戶，很有趣，那兒還有一塊石碑，記錄了黑人進入埃及必須付關稅的歷史。為了阻止他一個人單獨行動，導遊各種辦法都用盡了，但毫無結果。瑞希提先生心意已定，把各種反對意見都撇在一旁。這些意見包括：㈠不值得進行這一次冒險。㈡不可能有汽車到那兒去，他無法進行這次探險。㈢無法找到汽車去做這次旅行。㈣汽車費用太高，他一定付不起。對第一種意見瑞希提先生嗤之以鼻；對第二種意見他表示不相信；對第三種意見他提出自己去找車；而第四種意見他則用流利的阿拉伯語自己去討價還價。最後，他還是離開了（他沒向任何人說，自己一個人偷偷離開）。他是以一種秘密的方式偷偷溜走的，生怕其他遊客也想改變已定的遊覽路線。

「Fey？」阿勒頓夫人向一旁歪著頭，考慮著如何回答，「呃，這是蘇格蘭話，意思就是樂極生悲。你知道，事情太美好了，不可能存在、持久！」

她借題發揮起來，白羅專心地聽她講。

「謝謝你，夫人，現在我懂了。昨天當多伊爾夫人死裏逃生前不久你就那麼說。讓我很納悶。」

阿勒頓夫人微微顫抖了一下。

「那真是死裏逃生，你覺得會不會是那些黑小鬼滾著玩的？世界上的男孩都愛幹這種事，但並不一定真懷有惡意。」

白羅聳了聳肩。

「有可能，夫人。」

他轉變了話題，談起了馬約卡，並提了各種可能發生的具體問題。

阿勒頓夫人現在非常喜歡這個小個子男人了。可能部份是出於一種矛盾的心理。她覺得，提姆一直在破壞她對赫丘勒・白羅的印象，他把白羅說成是「低級的暴發戶」，但她並不這樣認為。她猜想是白羅那奇特的外國服裝引起了兒子的偏見，她倒覺得白羅先生是個聰明、能激勵人的同伴；他還很有同情心。她覺自己可以信任他，遂把自己討厭喬安娜・索伍德的想法告訴了他。談完這件事使她感到心情輕鬆些，而且坦白說，有什麼不能談的呢？白羅不認識喬安娜——也許永遠不會見到她，自己已飽受嫉妒的折磨，為什麼不把自己從中解脫出來呢？

就在同時，提姆和羅莎莉・奧伯恩也在談論她。提姆剛才一直在半開玩笑地詛咒自己的運氣。他說他那虛弱的身體雖然從未差到真正了不得的程度，但也從未好到不影響他的生活。他錢很少，又找不到愜意的工作。

「過著毫無生氣、平平淡淡的生活，」他最後很不滿意地說。

羅莎莉突然說：

「你有許多人羡慕的東西。」

「什麼？」

「你的母親。」

提姆感到很驚奇，但也很高興。

「母親？是的，當然她是個十分與眾不同的人。我很感激你看出這一點。」

「我認為她很了不起，她看上去好可愛，好從容、好冷靜，好像什麼事都不會煩擾她；還……還有，她對什麼事都很感興趣。」

羅莎莉由於急於表明自己的想法而有點口吃。

提姆對這個女孩產生了一種溫暖的感覺，他希望自己能報答她所說的好話，但不幸的是，奧伯恩夫人在他看來是世界上最大的禍害。由於不能以同樣的話語做出回應，他感到很窘。

史凱勒小姐留在汽艇裏，她不敢冒險騎駱駝或用兩條腿走上去，她乾脆地說道：

「鮑爾斯小姐，很抱歉我要你跟我一起留下來。我本想讓你去，叫科妮莉留下，但年輕女孩就是那麼自私，也不跟我說一聲就急急忙忙走了。我看到她和那個缺乏教養的年輕人弗格森在談話。科妮莉使我非常失望，她對交朋友根本沒有辨別能力。」

鮑爾斯小姐以她一貫淡淡的口氣回答說：

「是呀，史凱勒小姐，用步行走到那裏去太熱了。那些駱駝身上的座墊看來也挺可怕的，上面可能有跳蚤。」她扶了扶眼鏡，瞇起眼睛看著從山上下去的那羣人說：「羅布森小姐現在沒和那個年輕人走在一起了，她和貝斯納醫生在一起。」

史凱勒小姐咕噥了一句什麼。

自她發現貝斯納醫生在捷克有個很大的診所，又是個在歐洲名聲響亮的內科醫生後，她就開始對他態度謙和了；而且，在旅途結束之前，她還可能要他幫她看看病。

當這羣人回到卡納克號郵輪時，琳妮驚奇地叫了一聲：

「我的電報！」

她一把從佈告欄裏拿出電報，把它拆開了。

「怎麼，我不懂……馬鈴薯、甜菜根，這是怎麼回事，賽門？」

賽門剛走近，從她背後望過去，突然聽見一個發怒的聲音說：

「對不起，那是我的電報！」

瑞希提先生粗暴地把電報從她手中奪過去，一邊怒氣沖沖地看著她。

琳妮驚奇地盯著他看了一會兒，然後把電報封皮翻了過來。

「噢，賽門，我好傻呀！這是瑞希提，不是瑞奇威——我現在當然不再叫瑞奇威了，我必須向人家道歉。」

她跟隨著小個子考古學家走到船尾。

「真對不起，瑞希提先生，你知道我結婚前的名字叫瑞奇威，而我剛結婚不久，因此——」

她停頓了一下，笑了起來，臉上浮現出兩個小酒窩，想使他對年輕新娘的小小失誤也付之一笑。但是瑞希提並未被她「逗樂」——即使維多利亞女王在最生氣的時候，表情也不可能比他更冷酷了。

「看名字必須看清楚，在這些事情上粗心大意是不可原諒的。」

琳妮咬著嘴唇，臉倏地紅了起來。道歉之後竟會遭到這種對待，她感到很不習慣。她轉身就走，回到賽門身邊，憤憤地說：

「義大利人實在叫人難以忍受。」

「別放在心上，親愛的，我們去看看你喜歡的那座牙雕大鱷魚吧。」

他們一起上岸了。

白羅望著他們走上浮動碼頭，耳邊聽到一陣急促的呼吸聲，他轉身一看，賈桂琳・貝弗正在他身旁，雙手緊緊握住欄杆。她把臉轉向他，臉上的表情使他十分吃驚。這已經不再是一種高興或者帶著惡意的表情，而是彷彿被某種燃燒的熾烈感情所吞噬。

「他們不在乎了。」話音很低，很快，「他們已跑到我前面去了，對他們我已無能為力了。他們不在乎我是否在這兒……我不能——我再也不能打擊他們了……」

她抓著欄杆的手顫抖著。

「小姐——」

她不等別人說下去，又接著說：

「唉，現在太晚了，來不及警告……你說得對，我不該來，不該來這次旅行的。你把它叫什麼來著？靈魂的旅程？我不能回去，我得繼續下去，我現在正在繼續。他們在一起不會幸福，不會的，遲早我會把他殺掉……」

她突然轉身走開了。白羅眼看著她離去，同時感到有隻手放到他的肩上。

「白羅先生，你的女朋友好像有點不高興。」

白羅驚奇地轉過臉來，看到一位老朋友。

「雷斯上校！」

這位皮膚黝黑的高個子笑了起來。

「有點出乎意料，是嗎？」

赫丘勒・白羅一年前在倫敦遇見過雷斯上校，他們當時都是某個懸奇晚宴上的客人。那是一次以主人（一個怪胎）的死亡而告終的晚宴（詳情請看本全集之《底牌》一書）。白羅知道雷斯是個行蹤神秘的人，他總是出現在大英帝國某個將要出事的前哨陣地。

「所以你現在待在瓦迪哈法這兒囉，」他若有所思地說。

「我就在這條船上。」

「你是說——」

「我會和你一起返回謝拉爾。」

赫丘勒・白羅的眉毛往上挑了一下。

「那倒很有趣。我們一塊兒來喝一杯，怎麼樣？」

他們走進了大廳，廳內空盪盪的。白羅為上校點了杯威士忌，給自己要了一大杯放足糖的橘子汁。

「那麼你要和我們一起回去囉，」白羅邊喝著橘子汁邊說道，「你要是搭日夜航行的公務郵輪不是更快一點嗎？」

雷斯上校的臉上泛起了笑容。

「白羅先生，你跟往常一樣，恰好又在現場了。」他高興地說。

「你說的是旅客嗎？」

「其中一位旅客。」

「不知道是哪一位呢？」赫丘勒・白羅望著天花板問道。

「遺憾的是，我自己也不知道。」雷斯感歎地說。

白羅似乎很感興趣。雷斯說：

「對你沒有必要保密，我們在這兒也碰到了不少麻煩，林林總總的麻煩。我們在跟蹤的不是那些公開率領暴徒鬧事的人，而是那些很巧妙地把火柴放到火藥裏去的人。有三個人，一個死了，一個在監獄裏，我要找的是第三個——他曾經殘酷地謀殺過五、六個人（可真有點本事），他是職業煽動者中最機靈的一個……他就在這艘船上，我是從掉到我們手裏的一封信中得知的。經過翻譯的破解，這段話的意思是：『將於七日到十三日搭乘卡納克號旅行。』這段話沒有說嫌犯將以什麼名字出現。」

「你有什麼關於他的資料嗎？」

「沒有。他有點美國、愛爾蘭及法國血統，是個混血兒，但這對我們沒有多大幫助。你有什麼想法嗎？」

「有點想法——一切都很好。」白羅沉思地說。

他們倆彼此非常了解，因此雷斯就不再繼續追問他了，他知道赫丘勒・白羅對於他不肯定的事從不會再說什麼的。白羅擦了擦鼻子，不愉快地說：

「這艘船上有件事使我十分不安。」

雷斯帶著詢問的目光看著他。

「你想像一下，」白羅說，「某甲無情辜負了某乙，而某乙想進一步報復，還進行了威脅。」

「某甲和某乙兩人都在這條船上嗎？」

「正是這樣。」白羅點點頭。

「我想，某乙是個女的吧？」

「一點也沒錯。」

雷斯點了一支香煙。

「這倒不用擔心。到處去說他們打算怎麼怎麼做的人，往往不會真動手的。」

「你是說，尤其是這種與女人們有關的案件？是的，確實是這樣。」

但他看上去還是不大高興。

「還有什麼事？」雷斯問道。

「有的，還有件事。昨天某甲險些喪命，而這件事又完全可稱為是一次意外。」

「某乙策劃的？」

「不，問題就在這兒，某乙可能與這次事件毫無關係。」

「那麼，這是一次偶發事故。」

「我想是的，但我不喜歡這樣的偶發事故。」

「你肯定某乙在這次事件中沒有插手嗎？」

「完全可以肯定。」

「哦，那麼，總是會發生巧合的。順便問一下，誰是某甲？是個令人討厭的人嗎？」

「正好相反。某甲是個有錢而漂亮迷人的年輕女士。」

雷斯笑了。

「聽上去真像小說情節。」

「是吧。但我告訴你，我的朋友，我對這件事不太高興，如果我的想法正確——我一向是正確的。」（雷斯聽到他這句十分典型的話偷偷笑了）「因此，這事令人十分焦慮不安。現在，你又增加了事情的複雜性。你說，在卡納克號上有一個殺人兇手。」

「一般而言，他不殺漂亮的年輕女子。」

白羅不滿意地搖了搖頭。

「我的朋友，我擔心，」他說，「我擔心……今天，我勸過多伊爾夫人跟她丈夫一起到喀土穆去，不要回到船上來，但他們不願意。上帝保祐我們平安到達謝拉爾。」

「你的想法太悲觀吧？」

白羅搖了搖頭。

「我擔心，」他簡單地說，「是的，我，赫丘勒·白羅，很擔心……」

12

科妮莉・羅布森站在阿布辛拜勒神廟裏。這是第二天的夜晚，一個又悶又熱的夜晚。卡納克號又一次停泊在阿布辛拜勒，是為了讓旅客再參觀一次神廟。這次借助於人工照明，因此風景看起來不大一樣。對此，科妮莉向站在她身邊的弗格森先生驚訝地發表了評論。

「嗨，你瞧，現在更好看了！」她大聲說道，「所有被國王殺了頭的那些敵人——他們的形象很突出。那邊有一座漂亮的城堡是我以前從未注意過的。要是貝斯納醫生在這裏就好了，他會告訴我這是什麼。」

「我真不理解，你怎麼認為那個老傻瓜會勝過我。」弗格森心情憂鬱地說。

「哎呀，他是我所見過最好的人之一。」

「他是一個自負、討厭的老傢伙。」

「你不應該這樣說。」

年輕人突然抓住了她的手臂。他們剛從神廟中出來，走到月光下。

「為什麼你可以容忍那些胖老頭纏著你，讓一個兇惡的老太婆欺侮你、看不起你？」

「怎麼啦，弗格森先生！」

「你難道沒有一點骨氣嗎？難道你不知道你並不比那老太婆低一等嗎？」

「但是，我跟她是不一樣的！」科妮莉以一種誠實而深信不疑的口氣說。

「你只不過不像她那樣有錢罷了。」

「不，不是。瑪麗表姐是很有教養的，而且——」

「有教養！」這年輕人像剛才突然抓住她的手臂那樣，又突然把她的手臂放開了，

「這幾個字使我噁心。」

科妮莉吃驚地望著他。

「她不喜歡你跟我講話，是嗎？」年輕人問。

科妮莉臉紅了，顯得很窘。

「為什麼？因為她認為我的社會地位不如她！哼！你不會覺得生氣嗎？」

科妮莉支支吾吾地說：

「你不要發這樣大的脾氣。」

「你，一個美國人，難道不知道每個人生來都是自由、平等的嗎？」

「不是這樣的。」科妮莉以平靜而肯定的口氣回答。

「我的好小姐，這是你們憲法中的一條。」

「瑪麗表姐說過，政治家不是紳士，」科妮莉說，「人就是不平等的，這沒有什麼好說的，我知道我長得很普通；過去，我為此感到羞恥，但現在我已經習慣了。我很願意像多伊爾夫人那樣文雅、漂亮，但我畢竟不是，因此我想煩惱是沒有用的。」

「多伊爾夫人！」弗格森以極其鄙視的口吻大聲說，「她這種女人該被槍斃，好用來警惕其他的人。」

科妮莉不安地看著他。

「我想你是消化不良吧，」她親切地說，「我有一種特殊的胃蛋白片，瑪麗表姐曾試用過，你想試試嗎？」

弗格森先生說：

「對你這個人真沒辦法。」

他轉過身，大步走開了。科妮莉向著郵輪走去，當她剛要跨上舷梯時，弗格森又趕了上來。

「你是這艘船上最好的人，」他說，「你可要記住這一點。」

科妮莉高興得脹紅了臉，走進了觀景艙。史凱勒小姐正在和貝斯納醫生交談。他談到他的某些皇室病人，這是一次令人愉快的談話。

科妮莉內疚地說：

「瑪麗表姐，希望我走開的時間不會太久。」

老太太看了看錶，厲聲地說：

「親愛的，你確實沒有看緊時間，你把我的天鵝絨披肩放在哪兒了？」

科妮莉朝四周看了一下。

「瑪麗表姐，我去看看是不是放在房裏。」

「當然不在房間裏！晚飯後我才放在這兒的，我沒有離開過，就放在這椅子上。」

科妮莉胡亂地找了一下。

「瑪麗表姐，到處都沒有。」

「胡扯！」史凱勒小姐說，「四處找找去！」

這就像在向一條狗發出的命令，而科妮莉也就像狗一樣服從了這個命令。坐在附近桌旁一言不發的范索普先生站起來幫她的忙，然而，披肩還是沒有找到。

天氣異常悶熱，因此，很多人上岸參觀完神廟以後都很早回船休息了。多伊爾夫婦在角落和潘尼頓以及雷斯打橋牌。觀景艙中的其他人，像是赫丘勒・白羅，則在靠近門邊的一張小桌旁打瞌睡。

史凱勒小姐由科妮莉和鮑爾斯小姐扶著像皇上巡行那樣回自己的房間，半途在白羅的椅子旁停了下來。白羅彬彬有禮地站了起來，忍住了一個相當大的呵欠。

史凱勒小姐說：

「白羅先生，我剛剛才知道你是誰。我可以告訴你，我是從我的老朋友魯弗斯・奧爾丁那裏聽說你的名字，什麼時候你一定得跟我講講你辦過的案子。」

白羅眨了眨睡眼，以誇張的動作向她鞠了個躬。史凱勒小姐很有禮貌但又好像賞他臉似的點了點頭，走了過去。

白羅又打了個呵欠，他由於瞌睡而感到眼皮很沉，動作遲鈍，幾乎睜不開雙眼。他看了一眼正在聚精會神玩橋牌的人，然後，再看了一下正在專心看書的年輕人范索普。除了這些人，大廳裏別無他人。

他穿過旋轉門來到甲板上，賈桂琳・貝弗匆匆忙忙地沿著甲板走來，幾乎和他撞了個滿懷。

「對不起，小姐。」

「白羅先生，你似乎很疲倦。」她說。

他坦率地承認道：

「確實是這樣。我瞌睡打得厲害，幾乎睜不開眼睛。今天一天都很悶熱，很難受。」

「是呀，」她似乎對這樣的天氣感到很沮喪。「這種天氣什麼事情都──辦不成！沒法子！人們無法繼續……」

她的聲音很低，很激動。她不是在看他，而是在看著沙灘。她的手緊緊地握著，很僵硬……突然，緊張的氣氛緩和下來了。她說：

「晚安，白羅先生。」

「晚安，小姐。」

他們的目光相遇了，但只是一剎那。第二天他又回想了一下，得出結論：這眼神說明她有事相求，他以後將記住這眼神。

然後，他向他的房間走去，而她則向觀景艙走去。

科妮莉在處理完史凱勒小姐的許多事務和奇怪的要求後，帶著一些針線活到了觀景艙，她一點也不感到疲倦，相反地，她覺得精神很好，而且有點興奮。

四個打橋牌的人還在玩著，另一張椅子上，沉默的范索普在看書。科妮莉坐下來開始做女紅。

突然，門開了，賈桂琳・貝弗走了進來。她站在門口，頭向後仰著，然後，按了按鈴，漫步穿過大廳，來到科妮莉面前坐了下來。

「你上岸去了嗎？」她問道。

「是呀。我覺得這一切在月光下真是太迷人了。」

賈桂琳點了點頭：

「是呀，可愛的夜晚……一個真正適合度蜜月的夜晚。」

她的目光落到了橋牌桌上，在琳妮・多伊爾身上停留了一會兒。

侍者聽到鈴聲來了。賈桂琳要了杯雙料杜松子酒。當她在點酒時，賽門・多伊爾向她掃了一眼，眉宇間隱約閃過一絲焦慮。

他的妻子說：

「賽門，我們正在等你叫牌呢。」

賈桂琳獨自哼著小調。酒來時，她拿起酒杯說了聲：「嗨，為犯罪乾杯」，一口氣喝了，接著又要了一杯。

賽門又從橋牌桌那邊朝她望了一眼。他叫牌時變得有點心不在焉，他的搭檔潘尼頓在叫他出牌。

賈桂琳又開始哼曲子了，起初聲音很低，後來響起來了：

「他是她的心上人，而他卻辜負了她……」

「對不起，」賽門對潘尼頓說，「你看我多傻，沒回答你的叫牌，讓他們贏了一局。」

琳妮站了起來。

「我睏了，我想去睡了。」

「是該睡了。」雷斯上校說。

「我們一起走。」潘尼頓表示贊同。

「賽門，你也來嗎？」

賽門慢條斯理地說：

「再等一會兒，我想先喝一杯。」

琳妮點了點頭出去了，雷斯跟在她後面，潘尼頓喝完了酒也跟著走了出去。

科妮莉開始收起她的針線活。

「先別去睡，羅布森小姐，」賈桂琳說，「請別走，我今晚不想睡，請陪陪我。」

科妮莉又坐下來。

「我們女孩子應該團結在一起。」

賈桂琳仰起頭來笑了，一陣刺耳的笑。

第二杯酒拿來了。

「喝一點吧，」賈桂琳說。

「不，謝謝你，」科妮莉回答說。

賈桂琳向椅背後靠，現在她高聲地哼著：

「他是她的心上人，而他卻辜負了她……」

范索普先生翻過了一頁《歐洲內幕》。

賽門・多伊爾拿起一本雜誌。

「真的，我想去睡了，」科妮莉說，「已經很晚了。」

「你現在還不能去睡，」賈桂琳一本正經地說，「我不許你走，跟我談談你的情況。」

「嗯，我不知道，我沒有多少好說的，」科妮莉支支吾吾地說，「我就住在家裏，我沒到過多少地方，這是我第一次到非洲旅行，這次旅行的每一分鐘我都很高興。」

賈桂琳笑了。

「你是個快樂的人，對嗎？天啊，我要是你就好了。」

「哦？是嗎？但我是說，我相信——」

科妮莉感到有些慌張。毫無疑問，貝弗小姐喝多了。對科妮莉來說，這實在不是一件新奇的事，在美國禁酒期期間，她看到過許多喝得酩酊大醉的人。是有些別的什麼事……儘管賈桂琳‧貝弗是在跟她說話，看著她，然而，不知怎麼地，科妮莉卻感到她彷彿在跟其他什麼人講話……

這時大廳裏只有另外兩個人：范索普先生和多伊爾先生，范索普先生似乎完全被書吸引住了，多伊爾先生則顯得很古怪，臉上露出一種警覺的神色……

賈桂琳又纏著說：

「把你的事情都跟我說說。」

科妮莉一向很順從，她試著照辦了。她講得很起勁，談到她日常生活中一些不必要的細節。她非常不習慣講話，她一直是習慣當聽眾的，但貝弗小姐卻似乎很想知道她的事。當科妮莉結結巴巴地停了下來時，賈桂琳就馬上催她：

「講下去，多講一點。」

科妮莉就這樣繼續講下去（「當然，母親很衰弱，有幾天她除了麥片粥外什麼也不吃——」），她知道她講的一切其實十分無聊，心裏感到很不自在，然而受到賈桂琳表面上的興趣所慫恿，她只好講下去。但是，她真的感興趣嗎？她是不是在聽別的什麼事？或者，是為了其他什麼事，才要她這樣講下去？她眼睛是看著科妮莉，是的，但是大廳裏不是還坐著其他人嗎？

「當然，我們有很好的藝術課，去年冬天我學了——」

（多晚了？一定很晚了。她一直在談著，談著，心想，要是能發生什麼事就好了。）

就在這時，好像為了滿足她的願望似的，事情確實發生了，不過這件事在那時候發生，顯得非常自然。

賈桂琳轉過臉來對賽門・多伊爾說：

「賽門，按一下鈴，我還要喝一杯。」

賽門・多伊爾從他的雜誌上抬起頭來，輕輕地說：

「侍者們都去睡覺了，已經是下半夜了。」

「告訴你，我還要喝一杯。」

賽門說：

「賈姬，你已經喝得夠多了。」

她轉過身來看著他。

「關你什麼事？」

他聳聳肩說：

「是不關我的事。」

她朝他看了有一兩分鐘，接著說：

「怎麼啦，賽門？你怕了？」

賽門沒有回答，小心翼翼地又拿起了雜誌。

科妮莉低聲說道：

「啊，天哪，已經這麼晚了，我，必須——」

她開始在口袋裏摸著，一隻鈎針掉了出來。

賈桂琳說：

「先別去睡，我要有個女孩在這兒幫幫我。」她又笑了起來，「你知道那邊的賽門怕什麼？他怕我告訴你我一生的故事。」

「噢，真的嗎？」

他們在鬥嘴，倒楣的是科妮莉。她十分困窘，但同時又感到某種令人愉快的緊張感。賽門．多伊爾的臉色是多麼——多麼地陰沉啊！

「是的，這是一個很傷心的故事，」賈桂琳說，她那柔和的聲音很低，並帶有嘲弄的口吻。「他待我很不好，你說是嗎，賽門？」

賽門．多伊爾惡狠狠地說：

「去睡吧，賈姬，你喝醉了。」

「親愛的賽門，如果你感到不好意思，那你還是離開這裏的好。」

賽門・多伊爾看著她，拿著雜誌的手有點發抖，但他說話的口氣很生硬。

「我偏要待在這裏。」他說。

科妮莉第三次低聲說：

「我真的必須——這麼晚了……」

「你不要走，」賈桂琳說，她伸出手把這個女孩按在椅子裏，「你待在這裏，聽我說。」

「賈姬，」賽門嚴厲地說，「你在出自己的醜，看在上帝的份上，快去睡吧！」

賈桂琳突然在椅子上坐直了身子，話語像一灘水似的，源源不絕從她口中冒出來。

「你怕我當著別人的面大鬧一場，是嗎？因為你太講究英國風度了，太壓抑了！你要我舉止『體面』些，是嗎？但我不在乎我的舉止是否體面！你還是趕快離開這裏吧，因為我要說——要說很多話。」

吉姆・范索普小心地闔上書，打著呵欠，看了看他的手錶，站起來走了出去。這是一種十分英國式的做作舉止。

賈桂琳在椅子上轉了轉身，盯著賽門。

「你這該死的笨蛋，」她含糊不清地說，「你以為你能那樣對待我，而就此算了嗎？」

賽門・多伊爾張了張嘴，接著又閉上了。他一動不動地坐著，好像只要他不吭聲，不再說什麼話激怒她，她的發作會自己平息下來似的。

賈桂琳的聲音變得含糊不清，這一切使科妮莉呆住了，她對於任何不加掩飾的感情都非常不習慣。

「我告訴過你，」賈桂琳說，「與其看著你去找另一個女人，我寧願殺了你……你以為我說的話不算數嗎？你錯了。我只是一直在等待！你是我的人！你聽到了沒有？你是屬於我的……」

賽門仍然不說話。賈桂琳的手在衣服裏摸了一兩分鐘，身體向前傾著。

「我告訴過你我要殺死你，我說話算話……」她的手突然舉了起來，手中有樣東西閃了一下，發出一絲微光。「我要像打死一條狗一樣打死你！你真像一條骯髒的狗……」

這時賽門終於採取行動了，他跳了起來，但就在這瞬間，她扣動了扳機……

賽門身體半扭著，從椅子上翻了下去。科妮莉驚叫起來，向門邊衝去。吉姆・范索普在甲板上，正倚著欄杆。她向他叫道：

「范索普先生……范索普先生……」

他向她奔來，她喘著氣一把抓住他，

「她向他開了槍——啊，她向他開了槍……」

賽門・多伊爾仍躺著，像他倒下時一樣，有一半身體在椅子裏，另一半身體在椅子外。賈桂琳站著好像僵硬了似的，劇烈地顫抖著，她的眼睛睜得大大的，充滿了恐懼，注視著深紅色的血慢慢浸透賽門的褲腳，他用一塊手帕緊緊地壓在傷口上……

她結結巴巴地說：

「我不是有意的……啊，天哪！我真的不是有意的……」

手槍從她那神經質的手指間啪嗒一聲落到地板上。她用腳把槍踢開，槍滑進一把長椅下面。

賽門聲音微弱地說：

「范索普，看在上帝的面子，如果有人來了，你就說沒什麼，出了點事，有點小意外。別搞得大驚小怪的。」

范索普一下就理解他的意思，他點了點頭，飛快地跑到門口，門口出現了一張驚恐的努比亞人的臉。范索普說：

「沒什麼，沒什麼！只是開開玩笑！」

這個黑人侍者彷彿有些疑惑不解，然後，他的疑慮消除了。他咧嘴笑了笑，點點頭走開了。

范索普轉過身來。

「沒關係，不要擔心還有別人聽到。你知道，只是像軟木塞彈出來似的響了一下。

現在，下一步是——」

他大吃一驚，賈桂琳突然歇斯底里般地哭了起來。

「啊，上帝，我希望我死了……我要把自己打死，我還是死了好……啊，我做了什麼事，做了什麼事呀！」

科妮莉快步走到她身邊。

「噓！親愛的，別做聲！」

賽門額頭上冒著汗，他的臉因疼痛而抽搐著，他急切地說：

「范索普，叫她出去，看在上帝的份上，叫她離開這裏！讓她回到自己的房間。聽我說，羅布森小姐，去請你的那位護士來。」他用懇求的眼光看著他們。「不要離開賈桂琳，保證她在護士的照顧下安全無恙，然後，去找貝斯納，請他到這裏來。小心，不要讓這件事傳到我妻子的耳朵裏。」

吉姆・范索普會意地點點頭。這個沉默的年輕人在處理緊急事務中顯得很冷靜，很有條理。

他和科妮莉兩人扶著正在哭泣掙扎的賈桂琳走出了大廳，沿著甲板走進了她的房間。在那兒，她鬧得更厲害了，她掙扎著要脫身，哭得更兇。

「我要跳河自殺，我要跳河自殺……我不配再活下去了……啊，賽門，賽門！」

范索普對科妮莉說：

「最好去把鮑爾斯小姐找來。我留在這裏，你去找她。」

科妮莉點點頭，急急忙忙地出去了。

她一離開，賈桂琳就緊緊抓住了范索普。

「他的腿在流血，斷了……他會因流血過多而死的。我要到他那裏去……啊，賽門，賽門，我怎麼能這樣呢？」

她提高了嗓音。范索普急切地說：

「安靜點，安靜……他會好的。」

她又開始掙扎了。

「讓我走，讓我去跳河……讓我自己死了吧！」

范索普抓住她的肩膀，把她強按在床上。

「你得待在這裏，不要大吵大嚷了。振作起來，我告訴你，沒事了。」

使他寬慰的是，這位異常激動的女孩確實稍微控制住了自己，當門簾被拉到一邊後，能幹的鮑爾斯小姐穿著一件乾淨但難看的和式睡衣，在科妮莉的陪同下走進來。

「喂，」鮑爾斯小姐開門見山地問，「什麼事呀？」

她立即接過手來，一點兒也不感到驚奇和害怕。

范索普如釋重負地把這位過份緊張的女孩交給了能幹的鮑爾斯小姐，又匆匆趕到貝斯納醫生的房間。他敲了敲門，直接推門進去了。

「貝斯納醫生？」

一陣可怕的鼾聲停下來，然後一個有點受驚的聲音問道：

「怎麼啦？什麼事呀？」

這時，范索普已開亮了燈。醫生驚愕地看著他，眼神像一隻貓頭鷹。

「是多伊爾，他被槍打傷了。貝弗小姐向他開的槍。他在大廳裏，你能去看一下嗎？」

這位矮胖的醫生立即做出了反應。他問了一些簡短的問題，穿上了拖鞋、睡衣，拿起一只裝有必備藥品的小箱子，跟著范索普到大廳來了。

賽門先前已設法把靠近他的那扇窗戶打開了，此刻他正把頭靠在窗上，呼吸著新鮮空氣。他的臉色像死人一樣蒼白。

貝斯納醫生走到他身邊。

「哎，怎麼啦？這裏發生了什麼事？」

一條浸透鮮血的手帕落在地毯上，地毯上有一塊黑色的血跡。

醫生一邊檢查，一邊不斷發出日耳曼人的那種咕噥聲和驚叫聲。

「是的，這兒很不好……骨頭斷了，流血很多。范索普先生，你必須和我一起把他扶到我房間去。嗯，就是這樣，他不能走，我們應該這樣扶著他。」

當他們把他扶起來時，科妮莉出現在門口，一看到她，醫生滿意地哼了一聲。

「啊，是你！好，跟我們一起來，我需要個幫手，你比我這位朋友能幹，他的臉色已經有點蒼白了。」

范索普苦笑了一下。

「我去找鮑爾斯小姐，好嗎？」他問道。

貝斯納醫生向科妮莉體諒地看了一眼。

「你的表現會很出色，小姐，」他說，「你不會昏過去，手腳也不會太笨，是吧？」

「你要我做什麼，我都願意。」科妮莉熱心地說。

貝斯納滿意地點了點頭。

這幾個人沿著甲板走了。

接下去十分鐘是進行外科手術。吉姆‧范索普先生對此一點都不感興趣，看到科妮莉表現得異常堅強，他暗暗感到羞愧。

「好了，我只能做到這種程度了，」貝斯納醫生最後說，「我的朋友，你是個英雄。」他讚賞地拍了拍賽門的肩膀，然後，捲起袖子，拿出皮下注射器。「現在我給你打一針，讓你睡覺。你的妻子，你要怎麼對她說？」

賽門虛弱地說：

「明天早晨前不必讓她知道……」他接著說，「我——不要怪賈姬……這都是我的過錯。我辜負了她……可憐的小女孩，她不知道自己在做什麼……」

貝斯納醫生會意地點了點頭。

「是的，是的，我懂……」

「是我的錯——」賽門堅持地說，他的目光落到了科妮莉身上，「應該有人跟她待在一起。她可能會——傷害自己的。」

貝斯納醫生給賽門打了一針，科妮莉以內行的口吻平靜地說：

「你放心，多伊爾先生，鮑爾斯小姐會整夜和她在一起……」

賽門的臉上掠過一絲感激的神情，他的身體鬆弛了下來，閉上眼睛。突然，他使勁睜開眼睛：

「范索普——」

「我在，多伊爾。」

「手槍……不該亂丟。侍者們早晨會看到的。」

范索普點點頭：

「好，我現在就去把它拿走。」

他走出房間，沿著甲板走去。鮑爾斯小姐出現在賈桂琳的房間門口。

「她現在沒事了，」她說，「我已經給她注射了一針嗎啡。」

「那你要陪著她嗎？」

「哦，是的，嗎啡對有些人來說會引起興奮。我會整夜待在這兒。」

范索普繼續朝大廳走去。

大約三分鐘後，貝斯納房間外有輕輕的敲門聲。

「貝斯納醫生？」

「怎麼啦？」矮胖子說著，走到門口。

范索普招手示意他到外面甲板上來。

「聽我說，我找不到那把槍……」

「什麼？」

「手槍。它從賈桂琳的手裏掉下來後，她把它踢開，踢進了長椅下面——但現在它不在長椅下面了。」

他們相互注視著。

「有誰會把它拿走呢？」

范索普聳聳肩。貝斯納說：

「這倒怪了，但我不知道我們能怎麼辦。」

兩人各自走開了，既感到疑惑不解，又隱約感到害怕。

13

赫丘勒・白羅正從刮過鬍子的臉上抹去肥皂泡，就聽見一陣急促的敲門聲。在重重地敲了幾下後，雷斯上校闖了進來，隨手帶上了門。

「你的直覺相當正確，事情發生了。」他說。

白羅直起腰來，機警地問道：

「發生了什麼事？」

「琳妮・多伊爾死了——昨晚她的腦袋被子彈打穿了。」

白羅沉默了一會兒，記憶中的兩件事清楚地浮現在他的眼前。在亞斯文的一個花園裏，一個女孩曾用冷酷的聲音急促地說：「把我那小巧的手槍緊挨著她的頭部，然後，只消我手指一扣……」在記憶中另一幅畫面裏，同一個聲音說道：「當人覺得不能再忍耐下去的時候，事情就會在那一天爆發！」還有曾在她眼睛裏閃過的那種懇求，他為什麼沒有對那懇求做出反應呢？只顧著打瞌睡，他成了瞎子、聾子和傻子……

雷斯接著說：

「因為我的軍職身分，他們就跑來找我，要我處理這件事。船在半小時之後就要開航，然而現在它必須得到我的同意才能起錨。當然，兇手來自岸上的可能性是存在的。」

白羅搖了搖頭。雷斯默默地表示同意。

「我同意，人們有充份的理由排除這種假設。好吧，老兄，你說怎麼辦？該看你的了。」

白羅套上一件剪裁精細的衣服，然後說道：

「我聽從你的吩咐。」

他倆走到甲板上。雷斯說：

「貝斯納現在應該在那兒了，我派侍者去叫他們。」

船上有四間附衛浴的豪華房間。左邊有兩間，一間住著貝斯納醫生，另一間住著安德魯・潘尼頓。右邊第一間住著史凱勒小姐，另一間住著琳妮・多伊爾，她丈夫的更衣室就在隔壁。

一個臉色蒼白的侍者站在琳妮・多伊爾的房門外。他打開門，他們走了進去，貝斯納醫生正彎著腰站在床邊。當這兩人進來時，他抬頭看了一眼，咕噥了一聲。

「醫生，關於這件事，你有什麼情況可以告訴我們嗎？」雷斯問道。

貝斯納沉思著，摸了摸還沒刮鬍子的下巴。

「啊，她是被槍殺的，在很近的距離內被槍殺。看，這兒，就在耳朵上面，子彈就是從這裏射進去的。一顆很小的子彈，我敢說是一顆點二二口徑的子彈。手槍離她腦袋很近，看，這兒是黑的，皮膚被燒焦了。」

從腦海裏那不愉快的記憶中，白羅又想起在亞斯文的那對話。

貝斯納接著說：

「她睡著了，沒有掙扎。兇手在黑暗中悄悄地走進來，對她開了槍。」

「不可能！」

白羅叫了起來，這違反了他心理的判斷：賈桂琳・貝弗手裏拿著槍，悄悄地溜進熄了燈的房間——不，這和他心目中的情節是不符合的。

貝斯納透過他那厚厚的眼鏡注視著他。

「但是，我告訴你，事情就是這樣發生的。」

「是的，是的，我不是指你的推測，我不是在反駁你。」

貝斯納滿意地咕噥了一聲。

白羅走過去站在他旁邊，琳妮・多伊爾側身躺著，表情自然，安詳，但在耳朵上方有一個小窟窿，乾了的血在周圍結成一圈硬塊。

白羅難過地搖了搖頭。

接著，他的目光落到他面前漆成白色的牆壁上。他頓時倒抽了一口氣。雪白的牆壁被弄髒了，上面有個用某種紅褐液體寫成的一個歪歪扭扭的大字母「J」。

白羅對它凝視了一會兒，然後俯身輕輕拾起琳妮的右手，其中一個手指上沾著紅褐色的東西。

「該死！」赫丘勒・白羅脫口罵道。

「啊，那是什麼？」

貝斯納醫生抬頭一看。

「哎呀！那個……」

雷斯說：

「咳，真是活見鬼。白羅，你做何解釋？」

「做何解釋？好吧，這非常簡單，不是嗎？多伊爾夫人要死了，她想指出殺害她的兇手，所以，她用手指蘸著自己的血，寫下了兇手名字的縮寫字母。哦，是的，這簡單極了。」

「啊，可是——」

貝斯納醫生正要說話，雷斯做了個果斷的手勢，他又閉上了嘴。

「這就是你所得到的印象嗎？」他慢吞吞地問道。

白羅向他轉過身去，點了點頭。

「是的，是的，像我說的那樣，這幾乎太簡單了，太熟悉了，不是嗎？在犯罪小說裏，這種事太多了！這確實是個小小的老把戲！」

雷斯深深地吸了一口氣。

「我明白了！」他說，「一開始我認為……」他沒講下去。

白羅淡淡地一笑，說：

「你以為我會相信荒唐的老把戲嗎？不過，對不起，貝斯納醫生，剛才你想說——」

貝斯納帶著很重的喉音說：

「我要說什麼？呸！我說這太荒唐，全是胡說八道！這個可憐的夫人在一剎那間就死去了。她能用手指蘸著血——你們也看到的，幾乎沒什麼血——在牆上寫下字母『J』？呸！真是胡說八道，通俗鬧劇式的胡說八道！」

「真是太幼稚了。」白羅說。

「但這麼做是別有用心的。」雷斯建議道。

「那個，自然囉，」白羅也同意，臉色很嚴肅。

「『J』是指什麼？」雷斯問道。

白羅立即答道：

「『J』是指賈桂琳・貝弗（賈桂琳，Jacqueline，字首是「J」），一個年輕女孩。不到一個星期以前，她曾跟我說，沒有任何事情能使她感興趣，除了——」他停頓了一下，然後，故意引用原句說：「『把我那小巧的手槍緊挨著她的頭部，然後，只消我手指一扣——』」

「上帝啊！」貝斯納醫生驚叫起來。

他們沉默了一會兒。然後，雷斯深深地吸了一口氣說道：

「是這樣嗎？」

貝斯納點了點頭。

「是的，正是這樣。那是一支口徑非常小的手槍，很可能是點二二口徑的。當然，我們必須先把子彈取出來，才能下結論。」

雷斯很快理解了這個意思，點點頭，接著他問：

「死亡的時間是什麼時候？」

貝斯納又用手摸著下巴，手指發出摩擦的聲音。

「我不想說得太肯定。現在是八點鐘，再考慮到昨晚的氣溫，我認為，她八成已經死了六個小時了，最多不會超過八小時。」

「那就是說，在午夜和凌晨兩點之間。」

「正是這樣。」

沉默了一會兒，雷斯環顧了一下周圍。

「她先生的情況如何？我想他是睡在隔壁房間裏吧。」

「此刻，」貝斯納醫生說，「他正睡在我的房間裏。」

兩個人都顯得非常驚奇。貝斯納點了幾下頭。

「哦，看來你們還沒有聽說。多伊爾先生昨晚在大廳被槍打傷了。」

「被打傷？誰開的槍？」

「賈桂琳・貝弗，那個年輕的女孩。」

雷斯急忙問道：

「傷得很重嗎？」

「不輕，骨頭被打碎了。我已經盡了最大的努力，可是你們知道，要治療骨折，一定得盡快地進行X光檢查，並給予適當的治療。但在船上，這些都辦不到。」

白羅沉吟著：

「賈桂琳・貝弗。」

他們的目光又一次落到牆上的「J」上。

雷斯突然說道：

「如果現在這裏沒什麼事了，我們就到下面去吧。經理已經把吸煙室交給我們使用了。對於昨晚發生的事情，我們要把細節都弄清楚。」

他們離開了那個房間，雷斯鎖上了門，並帶走了鑰匙。

「我們可以等會兒再來，」他說，「我們要做的第一件事，是把所有的事實真相弄清楚。」

他們到了下面的甲板，看見卡納克號的經理不安地等候在吸煙室門口。這個可憐人陷入極度不安之中，整件事使他憂心忡忡，他急於把所有的事情都交給雷斯上校處理。

「先生，根據您的地位，我覺得把此事交給您來處理是最好不過了。我奉命聽從您的指揮。如果您負起責任，我保證一切都將根據您的需求來辦理。」

「好的！首先請將這間屋子打掃乾淨，以便白羅先生和我進行調查。」

「當然可以，先生。」

「目前就這些事。忙你自己的事吧，我知道在哪裏可以找到你。」

經理離開了房間，看上去好像稍稍地鬆了一口氣。

雷斯說：

「貝斯納醫生，坐下吧，讓我們了解一下昨晚事情的全部經過。」

他們靜靜聽著醫生低沉的聲音。

「看來事情相當清楚，」當他講完後，雷斯說，「那個女孩借著那麼一兩杯酒發起酒瘋來了，最後用點二二口徑的手槍向那男人開了一槍。然後，她一直跑到琳妮・多伊爾的房間，也向她開了槍。」

但是貝斯納醫生搖著頭。

「不，不，我認為不是這樣，這是不可能的。其中一個理由是，她不可能把她自己的名字縮寫畫在牆上，那是很可笑的，不是嗎？」

「那是有可能的，」雷斯一本正經地說，「如果她像她自己所說的那樣瘋狂和嫉妒，她也許會──呃，可以這麼說，簽下自己的名字，承認罪行。」

白羅搖了搖頭：

「不，不，我認為她不會，那樣太有欠考慮。」

「那麼，對那個『J』只有一個解釋了，那就是別人故意把疑點引到她身上。」

貝斯納點了點頭：

「是的，兇手很倒楣，因為，這件謀殺案不僅不像是那個年輕小姐做的，而且我認為事實上也是不可能的。」

「怎麼說？」

貝斯納敘述了賈桂琳的歇斯底里，以及當時把鮑爾斯小姐請來照顧她的經過。

「我想──我相信鮑爾斯小姐整個晚上都和她待在一起。」

「如果那樣的話，事情就簡單多了。」雷斯說。

「是誰發現屍體的？」白羅問道。

「多伊爾夫人的女僕路易絲・布爾傑。她像往常那樣去喚醒她的女主人，卻發現她死了。她跑了出來，昏倒在一個侍者的懷裏，那個侍者趕快跑去找經理，經理跑來找我。我先找到了貝斯納，然後就來找你。」

白羅點了點頭。雷斯說：

「該讓多伊爾知道這件事。你說他還在睡嗎？」

貝斯納點點頭說：

「是的，他還睡在我的房間裏呢。昨晚我給他服了加倍的鴉片製劑。」

雷斯轉向白羅。

「好了，」他說，「我想我們不必再耽誤醫生的時間了，對吧？醫生，謝謝你。」

貝斯納站了起來：

「對了，我得吃早餐去了，然後我要回到房間去看看多伊爾先生是否醒過來了。」

「謝謝。」

貝斯納走出去。房裏的兩個人互看了一眼。

「噯，白羅，你看怎麼樣？」雷斯問道，「讓你負責這件案子，我會聽你的。你說該怎麼辦？」

白羅欠了欠身。

「好吧，」他說，「我們得進行調查。首先我想我們必須對昨晚的事情進行確認，也就是說，我們必須詢問范索普和羅布森小姐。事情發生的時候，他們是目擊者。那支手槍的失蹤是一個關鍵。」

雷斯按了一下鈴，叫侍者去傳了一個口信。白羅歎了口氣，搖搖頭。

「這糟糕了，」他嘟囔著，「糟透了。」

「你有什麼想法嗎？」雷斯好奇地問道。

「我的想法既互相矛盾又亂糟糟的，沒有個頭緒。你知道，這裏有個很重要的事實，就是這個女孩恨琳妮‧多伊爾，並想殺死她。」

「你以為她能做這事嗎？」

「是的——我想是這樣的。」白羅的話聽上去並沒有把握。

「但不會用這種方法。就是這點使你煩惱，是吧？她不會在黑暗中偷偷地走進她的房間，趁她熟睡時打死她。正是這種冷酷殘忍，使人感到不真實，對嗎？」

「從某種意義上來說，是的。」

「你認為賈桂琳‧貝弗這個女孩不可能進行這種冷酷的謀殺？」

白羅慢吞吞地說：

「你知道，我沒把握。是的，她是有這種腦筋，但我懷疑，實際上，她是否會去做這種事。」

雷斯點頭道：

「是的，我明白。而且，根據貝斯納所說，這確實也是不可能的。」

「如果他說的情況是真的，那倒澄清了不少疑點，但願如此。」白羅停了一下，接著又簡單地補充說：「如果確是如此，那我很高興，因為我挺同情這個小女孩。」

門開了，范索普和科妮莉走了進來，後面跟著貝斯納醫生。

科妮莉上氣不接下氣地說：

「好可怕呀！可憐的……可憐的多伊爾夫人！她那麼美麗，殺害她的一定是個狠心的魔鬼！還有可憐的多伊爾先生，他知道了，一定會難過得發瘋。唉，昨天晚上他還那麼擔心，生怕多伊爾夫人知道他被打傷的事。」

「羅布森小姐，這正是我們想向你了解的，」雷斯說，「我們想確切知道昨天晚上到底發生了什麼事。」

科妮莉開始有點慌，但是白羅提了一兩個問題之後，她逐漸恢復了平靜。

「哦，是的，我了解了，打完橋牌後，多伊爾夫人回到她自己的房間去。不過我懷疑她是否真的回到她自己的房間。」

「她是回到自己房間去了，」雷斯說，「我看見她了，在門口我還向她道了晚安。」

「那是幾點鐘的事？」白羅問道。

「請原諒，我記不得了。」科妮莉回答說。

「是十一點二十分。」雷斯說。

「很好，那麼就是說，在十一點二十分時，多伊爾夫人還平安無事。那時候誰在大廳裏呢？」

范索普回答說：

「多伊爾在裏面，還有貝弗小姐、我和羅布森小姐。」

「沒錯，」科妮莉表示同意，「潘尼頓先生喝了一點酒，然後就睡覺去了。」

「那是在多伊爾夫人走了以後多久？」

「哦，大約是三、四分鐘吧？」

「那麼就是在十一點半以前，是吧？」

「嗯，是的。」

「因此，大廳裏還剩下你、羅布森小姐、貝弗小姐、多伊爾先生和范索普先生，你們都在幹什麼呢？」

「范索普先生在看書，我在繡花，貝弗小姐在……她是在……」

范索普給她解了圍。

「她有點喝多了。」

「是的，」科妮莉附和道，「她在和我聊天，還問了一些我家裏的情況。她滔滔不絕講了很多，主要是對我講，但我總覺得她是在說多伊爾先生。他對她有點惱火，但沒說什麼。我想他恐怕認為只要保持沉默，貝弗小姐就會平靜下來。」

「但她並沒有平靜下來，是嗎？」

科妮莉點了點頭。

「有一兩次我想走了，但她叫我留下，我漸漸感到很不自在，後來，范索普先生站起來，走了出去——」

「當時的情景有點讓人受不了，」范索普說，「我覺得我應該客客氣氣地退場。很明顯，貝弗小姐想當著大家的面大吵一頓。」

「隨後，她就拔出了手槍，」科妮莉接著說，「多伊爾先生跳了起來，想拿走她的槍。但槍響了，子彈打中了他的腿，接著她開始嚎啕大哭起來──我簡直嚇得要死，跟在范索普先生後邊跑了出來。後來，他跟我一起回來，多伊爾先生叫我們不要大驚小怪。聽到了槍聲後，一個努比亞侍者跑了過來，但范索普對他說沒什麼事。後來，我們就把她送回了她自己的房間。范索普先生留下來陪她，我便去找鮑爾斯小姐。」說到這裏，科妮莉上氣不接下氣地停了下來。

「那時候是幾點鐘？」雷斯問道。

科妮莉又回答說：

「請原諒，我不知道。」

范索普先生馬上回答說：

「應該是十二點二十分左右。我知道，因為當我回到我的房間時，是十二點半。」

「現在還有一兩個問題我想搞清楚，」白羅說：「多伊爾夫人離開大廳以後，你們四個人還有誰離開了大廳？」

「沒有。」

「你十分確定貝弗小姐根本沒有離開過大廳嗎？」

范索普馬上回答道：

「一定沒有。貝弗小姐、羅布森小姐和我都沒有離開過大廳。」

「好，也就是說，貝弗小姐在——呃，十二點二十分以前不可能打死多伊爾夫人。羅布森小姐，請你去把鮑爾斯小姐找來。在那段時間裏，貝弗小姐是不是單獨待在自己的房間裏呢？」

「不是的，范索普先生和她在一起。」

「好！目前為止，貝弗小姐有充份的證據證明她不在肇事現場。下一個我們要會見的是鮑爾斯小姐。但在去叫她之前，有一兩個問題我想聽聽你們的意見。你說多伊爾先生很焦急，表示不能讓貝弗小姐一個人留在那兒，你認為是不是他害怕她會進一步採取某種輕率的行動？」

「這是我個人的看法。」范索普說。

「他是擔心她會去傷害多伊爾夫人？」

「不，」范索普搖搖頭說，「我認為他沒這麼想，我想他擔心的是她可能——呃，對她自己採取輕率的行動。」

「自殺嗎？」

「是的，你知道，她好像頭腦完全清醒了，而且對她自己所做的事感到很難過。她非常後悔，一直在說，她最好死了算了。」

科妮莉膽怯地說道：

「我覺得他為她而感到十分不安。他說話溫柔極了。他說，這都是他的錯，是他辜負了她。他——他真的很好。」

赫丘勒・白羅若有所思地點點頭。

「現在，談談手槍的問題，」他繼續說道，「手槍怎麼樣了？」

「她扔掉了。」科妮莉說。

「後來呢？」

范索普敘述了他怎樣回去找槍，但沒能找著的經過。

「啊！」白羅說，「現在我們開始有點眉目了。我想請你們描述精確一些，把當時發生的情況詳詳細細地全部告訴我。」

「貝弗小姐讓手槍掉在地板上，然後又用腳把它踢開了。」

「她有點恨它。」科妮莉解釋道，「我知道她當時的心情。」

「你說，槍滑進了一把長椅底下。現在，仔細想想，貝弗小姐離開大廳之前沒有拿走那支槍吧？」

范索普和科妮莉都證實了這一點。

「更準確一點，你們知道，我希望百分之百準確。那麼，我們可以得出這樣的結論：當貝弗小姐離開大廳時，槍還在長椅下。既然貝弗小姐不是一個人，而是有范索普先生、羅布森小姐或鮑爾斯小姐在陪著她，那麼，她就沒有機會在離開大廳前取回手槍。范索普先生，當你回來找槍時，是幾點？」

「必定在十二點半以前。」

「在你和貝斯納醫生把多伊爾先生扶出大廳，到你回來找槍，這中間有多長時間？」

「可能是五分鐘，也可能再長一些。」

「那麼就是說，在那五分鐘裏，有人把那支槍從長椅底下那個人們看不到的地方拿走了。這個人既然不是貝弗小姐，那麼又是誰呢？看來，很可能拿走槍的人就是殺害多伊爾夫人的兇手。我們還可以假定那個人偷聽或者偷看到了剛剛發生的一切。」

「我不明白你怎麼得出這個結論的。」范索普反駁道。

「因為，」赫丘勒・白羅說，「你剛才告訴我們，手槍掉在椅子底下人們看不到的地方，所以，偶然被發現的可能性是幾乎不存在的；拿走槍的人是個知道槍在哪兒的人，因此，這個人一定在出事現場幫過忙。」

范索普搖了搖頭：

「就在槍響以前，我在甲板上沒見到任何人。」

「哦？不過，你是從右邊的門出來的。」

「是的，是在我房間這邊的門。」

「那麼，如果有人從左邊的門透過窗子往裏看的話，你就看不見了吧！」

「是的。」范索普承認道。

「除了那個努比亞侍者外，還有誰聽到了槍聲？」

「據我知道，沒別人了。」范索普繼續說道，「你看，這裏的窗子都是關著的，因為傍晚時史凱勒小姐感到風大，連旋轉門也是關著的。我猜根本聽不到槍聲，因為槍聲聽起來不過像瓶塞跳出來一樣。」

雷斯說：

「據我了解，好像沒有人聽到第二聲槍響——也就是打死多伊爾夫人的那一槍。」

「我們等一下再討論那件事。」白羅說。「現在，我們還是談談貝弗小姐吧。我們得和鮑爾斯小姐談談，但是首先，在你們離開以前，」他示意范索普和科妮莉不要走。「你們先把你們自己的情況談談，免得以後再叫你們來。先生，你先說……你的全名？」

「詹姆斯・雷克達・范索普。」

「地址？」

「北安普敦郡，唐寧頓市的格拉斯莫大樓。」

「你的職業？」

「我是個律師。」

「為什麼到這個國家來？」

回答停頓了一下，這位沒有表情的范索普先生似乎吃了一驚。後來，他幾乎是含含糊糊地說出了幾個字：

「呃——來玩的。」

「噢，」白羅說道，「你來度假的，是不是？」

「嗯——是的。」

「很好，范索普先生，你能不能談談，昨晚事情發生以後，你自己做了些什麼？」

「我直接睡覺去了。」

「這是在——」

「就在十二點半剛過。」

「你的房間是在右邊二十一號，靠大廳最近的那個房間，是不是？」

「是的。」

「我再問你一個問題。你回房間以後聽到什麼聲音沒有？隨便什麼聲音？」

范索普思索了一下。

「我很快就上床了。我覺得我剛要睡著時，好像聽到了『噗通』一聲，別的就沒什麼了。」

「你聽到了『噗通』一聲，就在旁邊嗎？」

范索普搖了搖頭：

「真的，我不確定，我已經迷迷糊糊了。」

「那可能是在幾點？」

「可能是一點鐘吧，不知道吔。」

「謝謝你，范索普先生，就這樣吧。」

白羅把臉轉向科妮莉。

「好，羅布森小姐，你的全名？」

「科妮莉・路絲。我的地址是康乃狄克州，貝爾弗德的紅樓。」

「你怎麼會到埃及來的？」

「瑪麗表姐——就是史凱勒小姐，帶我來和她一起旅行。」

「在這次旅行以前，你見過多伊爾夫人嗎？」

「沒有，從來沒有。」

「昨晚你做了些什麼？」

「幫貝斯納醫生包紮好多伊爾先生的腿以後，我就回去睡覺了。」

「你的房間是——」

「左邊四十三號，就在貝弗小姐隔壁。」

「你聽到什麼聲音沒有？」

科妮莉搖了搖頭：

「我什麼也沒聽到。」

「沒聽到『噗通』的聲音嗎？」

「沒有。不過，我是聽不到的，因為我房間在左邊，緊靠著河岸。」

白羅點了點頭：

「謝謝，羅布森小姐。現在麻煩你把鮑爾斯小姐請來好嗎？」

范索普和科妮莉走了出去。

「看來，已經很清楚了，」雷斯說，「除非這三個互不相關的證人都不老實，否則貝弗小姐不可能拿到那支槍。是有人拿到了槍，偷聽了這件事，還笨得要死，在牆上寫了個大『J』。」

這時傳來了輕輕的敲門聲，鮑爾斯小姐走了進來。這位女護士像往常一樣沉著、自信地坐了下來。根據白羅提的問題，她說了自己的姓名、地址和職業，接著又補充說：

「我伺候史凱勒小姐已有兩年多了。」

「她的身體很差嗎？」

「啊，不，我不會這麼說，」鮑爾斯小姐答道，「她不年輕了，總感到自己身體不好，希望有個護士陪著她。其實沒什麼嚴重的，她就是喜歡別人對她充份地照顧，而她自己也願意付錢。」

白羅表示理解地點點頭，接著說：

「我聽說昨天晚上羅布森小姐把你找去了？」

「嗯，是的，是這樣的。」

「你能確切地告訴我昨天發生的事嗎？」

「好的。羅布森小姐把已經發生的事簡單講了一下，然後我就跟她一起跑來了。我發現貝弗小姐處於異常激動和歇斯底里的狀態。」

「她沒有說什麼威脅多伊爾夫人的話嗎？」

「沒有，沒有那些話。她處於一種反常而自我責備的狀態中，她喝了大量的酒。我應該說，酒在她身上引起了強烈的反應。我覺得她不能一個人留下，於是給她打了一針嗎啡以後，我就坐下來陪著她。」

「好，鮑爾斯小姐，我想請你回答這個問題：貝弗小姐離開過她的房間嗎？」

「沒有。」

「你自己呢？」

「我一直陪她到今天早晨。」

「你敢確定嗎？」

「絕對確定。」

「謝謝你，鮑爾斯小姐。」

女護士走了出去。裏面兩個人互相望著對方。

完全可以確定，貝弗小姐與這次犯罪無關。

那麼，又是誰槍殺了琳妮呢？

14

雷斯說：

「有人把手槍偷走了，偷槍的人不是賈桂琳．貝弗，但這個人掌握了機會，認為他犯下的罪一定會追查到賈桂琳．貝弗身上。可是這個人卻不知道有一位女護士給賈桂琳打了一針嗎啡，並且陪伴她一整夜。還有一件事，在這以前曾經有人從斷崖峭壁上滾下一塊大圓石，想要謀害琳妮．多伊爾，這個人並不是賈桂琳．貝弗，這個人是誰呢？」

白羅說：

「如果你問這人不可能是誰，那反而簡單些。無論是多伊爾先生也好，阿勒頓夫人和阿勒頓先生也好，史凱勒小姐也好，鮑爾斯小姐也好，他們都不可能與此事有關，因為當時他們都在我的視線內。」

「嗯，」雷斯說，「那就是說，這範圍是相當大呢。謀殺的動機是什麼呢？」

「在這一點上，我希望多伊爾先生能給我們一些幫助，曾經發生過幾件事——」

門開了，賈桂琳．貝弗走了進來。她臉色蒼白，走起路來有些跌跌撞撞。

「不是我，」她說道，聲音聽起來像個嚇壞的孩子。「不是我。哦，請相信我，大家都會認為是我做的。可是我沒有，我沒有！這——這太可怕了，但願這件事沒發生就好了，昨晚我差一點兒把賽門打死，我想我是瘋了。可是我沒有……」

她坐下，突然哭了起來。白羅拍拍她的肩膀。

「別這樣，別這樣，我們知道你沒有謀殺多伊爾夫人，這已經得到證實了，是的，已經確認了。孩子，我相信這不是你做的。」

賈桂琳突然坐直了，手裏緊握著淚水浸濕了的手帕。

「那麼是誰做的呢？」

白羅說：

「這正是我們向自己提出的一個問題，在這一點上，你能不能給我們幫助呢，親愛的？」

賈桂琳搖搖頭。

「我不知道……我無法想像……不，我一點也不知道這是怎麼一回事。」她眉頭緊鎖。「不，」她最後說，「我想不出有誰會希望她死去。」她有點結結巴巴地說：「除了我以外。」

雷斯說：

「對不起，我剛想起來一件事。」他急匆匆地走出了房間。

賈桂琳‧貝弗低垂著頭坐在那兒，侷促不安地扭弄著手指。她突然大聲說：

「死亡，太可怕了，太可怕了！我……想都不敢想。」

「是呀，想像死亡是件不愉快的事，不是嗎？但就在此刻，有個男人，也許是個女人，因為成功地完成計劃而在那裏興高采烈呢。」

「別這樣說，別這樣說！」她喊道，「你這種說法聽起來太可怕了。」

白羅聳聳肩：

「這是事實。」

賈桂琳低聲說：

「我——我曾經希望她死掉。如今她已經死了，而且，更糟的是……她正像我說的那樣死去了。」

「是的，小姐，她被人開槍打穿了腦袋。」

她喊叫道：

「這麼說來，那天晚上在瀑布飯店裏我說的一點都沒錯，確實有人在偷聽我們說話！」

「啊！」白羅點點頭，「我本來還在想，你會不會想起那件事。是的，事情發生得實在太巧合了，多伊爾夫人竟然像你所描述的那樣被人殺死了。」

她打了一個冷顫。

「那天晚上偷聽的那個男人——他會是誰呢？」

白羅有一兩分鐘什麼話也沒說，然後他用一種全然不同的語調說：

「你能肯定那是個男人嗎，小姐？」

賈桂琳驚奇地望著他。

「當然可以肯定，至少——」

「哦，小姐？」

她皺起眉頭，半閉著眼，努力在回想著，她慢吞吞地說：

「我當時認為那是個男人……」

「可是現在你沒有那麼肯定了？」

賈桂琳緩慢地說：

「不，我不能肯定。當時我似乎理所當然地認為那是個男人——可是那只不過是個身影，一個影子而已……」她停了下來。白羅什麼也沒說，她又補充說：「你認為那會是個女人嗎？可是這艘船上的女人應該沒有人會想要殺死琳妮的，不是嗎？」

白羅只是搖搖頭。

門開了，進來的是貝斯納。

「白羅先生，請你去跟多伊爾先生談談好嗎？他很想見你。」

賈桂琳跳了起來，她一把抓著貝斯納的手臂。

「他怎麼樣了？他——身體好嗎？」

「不用說，他身體不可能好，」他責怪地回答，「你要知道，他的骨頭碎了。」

「他不會死吧？」她哭了起來。

「唉，誰說過他會死的？我們要把他弄到一個文明的地方，給他照一下X光，並讓他好好治療一下。」

「哦！」賈桂琳雙手痙攣地緊握了一下，一下子又坐回到椅子上。

白羅跟醫生跨出房門，來到甲板上，這時雷斯也來了。他們三人一起到上面的甲板，然後走到貝斯納的房間。

賽門・多伊爾正靠著墊子和枕頭躺在那裏，腿上罩著一個臨時編成的籠架，他臉色蒼白得怕人。疼痛，再加上震驚，把他弄得不成樣子，然而他臉上的表情一副茫然，像個孩子那樣思想混亂，不知所措。

他喃喃地說道：

「請進來，醫生已經告訴我了，告訴我——關於琳妮的事……我不能相信，我簡直不能相信這是真的。」

「我知道，這是個沉重的打擊。」雷斯說。

賽門結結巴巴地說：

「你們知道，這不是賈姬幹的，我可以肯定這不是賈姬幹的！我知道情況對她不利，可是真的不是她做的。她——她昨晚有點喝醉了，她受了刺激，就衝著我發作了。可是她不會——她不會謀殺，不會蓄意去謀殺……」

白羅溫和地說：

「別太傷心了，多伊爾先生，有人開槍打死了你的妻子，可是這絕不是貝弗小姐。」

賽門疑惑地看著他。

「你是說真的嗎？」

「既然這不是貝弗小姐做的，」白羅繼續說下去，「那麼你是不是可以跟我們說說你的想法：那會是誰呢？」

賽門搖搖頭，顯得更加不知所措。

「這簡直是瘋了——不可能的。除了賈姬之外，沒有別的人想害她。」

「想想看，多伊爾先生。她有仇人嗎？是不是有什麼人跟她有冤仇？」

賽門又搖了搖頭，還是那副無可奈何的樣子。

「這聽起來是十分荒唐的，當然，溫德遜也許有點和她過不去。不管怎麼說，琳妮是拋棄了他，然後嫁給我的。可是我不認為像溫德遜這樣一個文質彬彬的呆子，會做出殺人的勾當，而且他人遠在他方呢。喬治•沃德爵士也是同樣的情況，為了房子的事他對琳妮意見很多——不喜歡她一會兒這樣一會兒那樣的作風，可是他此刻正遠在倫敦，如果他會跟謀殺案有關，那也太荒唐了。」

「你聽著，多伊爾先生，」白羅非常認真地說，「我們頭一天登上卡納克號的時候，我和你的夫人交談了一會兒，對這次談話我印象是很深的。她非常心煩，非常的心煩意亂。她說——你好好注意聽——她說她周圍的每一個人好像都是她的仇人似的。」

「她心煩是由於發現賈姬也上了船，我也是同樣心煩啊。」賽門說。

「這是事實，可是這並不能完全解釋她所說的話。她說她被仇人包圍著，當然她是有些誇張，可是不管怎樣，她指的確實不只一個人。」

「在這一點上也許你是對的，」賽門承認說，「我想我能解釋這個問題，乘客名單上有個名字使她感到心煩。」

「乘客名單上有個名字？什麼名字？」

「要知道，她並沒有明確地告訴我。事實上她說的時候我也沒仔細聽，當時我腦子裏還在想著賈姬的事。就我所記得的，琳妮說的好像是什麼在做生意的時候把人家搞慘了。她說遇到與她家有過節的人，都會使她很不舒服。要知道，雖然我對她家歷史並不十分了解，可是據我所知，琳妮的母親是個百萬富翁的女兒，而她的父親只不過是一般有錢而已，但他結婚以後，就很自然地做起投機買賣來了；當然，你不會說這是投機買賣，用別的字眼也行。由於他這樣做，有些人就倒了楣，昨天還是花錢如流水，今天就變得一貧如洗。據我所知，船上有個旅客的父親在做生意的時候曾經是琳妮父親的對手，被他狠狠地修理了一下。我記得琳妮曾經說過：『人們甚至還不認識你就在恨你了，這是很可怕的。』」

「對了，」白羅若有所思地說，「難怪她會對我說那樣的話。這是她第一次感覺到，她所繼承的遺產對她來說是個包袱，而不是什麼福氣。多伊爾先生，你確定她並沒講出那個人的名字來嗎？」

賽門懊喪地搖了搖頭。

「我當時並沒有很注意她所說的話，我只是對她說：『哦，如今沒有人會介意上一輩的恩怨了，生活在飛快地前進，哪來得及去顧及那種事。』我說過這類的話。」

貝斯納冷淡地說：

「啊，我可以猜猜看。船上確實有個牢騷滿腹的年輕人。」

「你指的是弗格森嗎？」白羅問道。

「是的，他說過一兩次多伊爾夫人的壞話，我是親耳聽到的。」

「為了找出真相，我們該做些什麼呢？」賽門問道。

白羅回答說：

「雷斯上校和我必須跟所有的乘客談談。在聽到他們各人的說法之前，我們就擅自下結論，那是不明智的。還有那個女僕，我們首先要找她談。我們不妨就在這地方開始談吧，多伊爾先生在場也許會有幫助。」

「好，這個主意不錯。」賽門說。

「她跟隨多伊爾夫人很久了嗎？」

「只不過幾個月而已。」

「只不過幾個月！」白羅叫道。

「怎麼，你認為——」

「夫人有珍貴的珠寶嗎？」

「她有一串珍珠，」賽門說，「她曾經對我說過，這些珍珠價值四、五萬英鎊。」他打了一個冷顫：「我的天啊，你認為這串該死的珍珠——」

「搶劫可能是謀殺的動機，」白羅說，「當然，這是不能令人相信的……咱們等著看吧。我們把女僕叫來。」

路易絲・布爾傑，就是有一天白羅見到並注意過的那個活潑、褐膚的拉丁裔女子。如今她可一點也不活潑了，她一直在哭泣，一副擔驚受怕的樣子；然而在她臉上又流露出一種狡黠的神情，給這兩個男人都留下不好的印象。

「你是路易絲・布爾傑嗎？」

「是的，先生。」

「你最後一次見到多伊爾夫人還活著是什麼時候？」

「昨天晚上，先生，我在她的房間裏幫她換衣服。」

「那是什麼時候？」

「過十一點了，先生，我說不出確切的時間來。我給夫人換了睡衣，扶她上了床，然後我就離開她了。」

「這一共花了多少時間？」

「十分鐘，先生。夫人累了，她吩咐我離開時把燈熄掉。」

「你離開她以後做了些什麼？」

「我回到我自己的房間，先生，就在甲板底下。」

「你沒再聽到或看到什麼能夠幫助我們了解情況的事嗎？」

「那怎麼可能，先生？」

「小姐，這該由你來回答，而不是我們。」赫丘勒・白羅說。

她偷偷地瞧了他一眼。

「可是，先生，我並不在附近。我怎麼可能看到或者聽到什麼呢？我當時在甲板下面，我的房間甚至還是在船的另外一邊，我不可能會聽到什麼。當然，假如我當時睡不著覺，假如我走上了樓梯，那麼也許我可能會看見那個兇手，那個魔鬼，走進或者走出夫人的房間，可是當時的情況是——」

她向賽門伸出雙手，向他求助似的。

「先生，我請求你——你知道這是怎麼一回事嗎？我該怎麼說呢？」

「我的好女孩，」賽門生硬地說，「別傻了，沒有人認為你看到或聽到什麼。你不會有什麼事的，我會照顧你，沒有人會控告你。」

路易絲喃喃低語地說：

「先生您真好。」然後她羞怯地低垂了眼瞼。

「所以，我們就當你沒有看到也沒有聽到什麼囉？」雷斯不耐煩地問道。

「我就是這個意思，先生。」

「你並不知道有誰跟你的女主人有冤仇吧？」

令在場者感到驚奇的是，路易絲用力地點了點頭。

「哦，我知道，這我是知道的。這個問題我可以肯定地回答：我是知道的。」

「你指的是貝弗小姐嗎？」白羅說。

「她當然是的，可是我說的不是她，船上還有一個人不喜歡夫人，因為夫人用某種方式害了他，他懷恨在心。」

「老天啊！」賽門叫了起來，「這是怎麼一回事？」

路易絲繼續說下去，仍然一個勁強調地點著頭。

「是的，是的，就是我說的這麼一回事。這和夫人以前的女僕——我的前任有關。有個男人，就是這艘船上的一個機師，要她嫁給他——我的前任，她的名字叫瑪麗——她倒是願意嫁給他的。可是多伊爾夫人進行了調查，發現這個叫弗利伍德的人已經有老婆了，他老婆是個黑人，是這個國家的人，已經回到她自己家族那裏去了。可是，男方跟她還算是夫妻關係。所以夫人就把這一切都告訴了瑪麗，瑪麗太難過了，她不願意再見到弗利伍德。這個弗利伍德氣得不得了，當他發現這位多伊爾夫人就是過去的琳妮·瑞奇威小姐時，他就告訴我他真想把她殺了。他說她的干涉毀了他的一生。」

路易絲得意洋洋地停下來了。

「這很有趣。」雷斯說。

白羅轉向賽門。

「你可知道這件事？」

「一點也不知道，」賽門真誠地回答說，「我懷疑琳妮是否知道這個人就在船上。很可能她壓根兒就把這件事給忘了。」

他突然轉向這個女僕：

「你跟多伊爾夫人講過這件事嗎？」

「沒有，先生，當然沒講過。」

白羅問：

「關於你主人的珍珠項鍊，你可知道什麼情況嗎？」

「她的珍珠項鍊？」路易絲的雙眼睜得大大的，「昨天晚上她還戴著那串珍珠的。」

「她上床的時候你有看到珍珠項鍊嗎？」

「有看到，先生。」

「她把珍珠項鍊放在什麼地方？」

「像平常一樣放在床邊的桌子上。」

「你最後一次看到珍珠項鍊，就是在那裏嗎？」

「是的，先生。」

「今天早上你看到珍珠項鍊了嗎？」

路易絲的臉上露出驚奇的表情。

「我的天！我看也沒看。我走到床邊，我看——我看見夫人，然後就大叫起來，衝出房門，然後我就昏倒了。」

赫丘勒・白羅點點頭。

「你沒有看。可是我有一雙什麼都注意的眼睛。今天早上我看到了，床邊的桌子上並沒有珍珠項鍊。」

15

赫丘勒・白羅的觀察一點也沒錯，琳妮・多伊爾床邊的桌子上沒有珍珠項鍊。

他吩咐路易絲・布爾傑在琳妮的私人物品裏面搜一搜，根據她搜查的結果，一切東西都是原封不動，只有珍珠失蹤了。

他們從房間裏出來的時候，一個侍者正等在外邊告訴他們，早餐已經在吸煙室裏擺好了。他們沿著甲板走過去，雷斯停了下來朝欄杆外邊望著。

「啊哈！我看你是有了什麼主意，我的朋友。」白羅說。

「是的。范索普說過，他好像聽到什麼東西噗通一聲掉到水裏，我突然想起來，兇手殺了人以後，把手槍扔到船外的水裏去，這是完全有可能的。」

白羅不慌不忙地說：

「你真的認為這有可能嗎，我的朋友？」

雷斯聳聳肩：

「我不過提出假設而已。不管怎麼樣，房間裏到處都找不到手槍。當時我首先找的就是這支槍。」

「不管怎樣，」白羅說，「把手槍扔到水裏去，這是難以令人相信的。」

「那麼槍到哪裏去了呢？」雷斯問道。

白羅若有所思地說：

「如果不在多伊爾夫人房間裏的話，那麼根據邏輯推理，只能在另外的一個地方。」

「什麼地方？」

「貝弗的房間裏。」

雷斯沉思地說：

「是的，我懂了——」他突然停了下來。「她現在不在房間裏，我們這就去看看好嗎？」

白羅搖搖頭：

「不，我的朋友，這樣做太輕率了，可能槍還沒放進去呢。」

「那來個全船突擊搜查怎麼樣？」

「這樣一來我們就要攤牌了。我們必須小心行事，目前的處境是很傷腦筋的。咱們一邊吃早餐，一邊討論一下現在的情況吧。」

雷斯同意了，他們一起走進了吸煙室。

「哎，」雷斯給自己倒了一杯咖啡，同時說道，「我們可以從很確定的兩點著手：

首先是項鍊的失蹤；其次是那個叫弗利伍德的人。就珍珠來說，看來本案與竊盜有關。可是——不知你是否同意我的看法。」

白羅很快接上說：

「你的意思是說，選擇那個時刻進行偷竊是很奇怪的。」

「確實如此。選擇那個時刻來偷珍珠項鍊，必將引起一場全船的搜查，這個竊賊如何帶著他的贓物逃之夭夭呢？」

「他可能已經逃到岸上，把贓物脫手了吧？」

「輪船公司在岸上總是有一個守夜人的。」

「也就是說，這是辦不到的。那麼這起兇殺案是不是為了轉移人們的視線，使人們沒注意到偷竊呢？不，這是講不通的，這樣的解釋完全不能令人滿意。不過，是不是有可能多伊爾夫人醒來時，發現小偷正在盜竊呢？」

「於是小偷就開槍把她打死嗎？可是她是在睡著的時候給打死的。」

「所以這樣也是講不通的。你知道，關於這串珍珠我有一個小小的想法，可是……不，這不可能。因為如果我的想法是正確的話，那麼珍珠就不會失蹤了。告訴我，你對那個女僕的看法怎麼樣？」

「我懷疑，」雷斯慢吞吞地說，「她知道的事情是否比她講出來的還要多。」

「哦，你也有這樣的印象嗎？」

「我很肯定，她不是個正派的女孩。」雷斯說。

赫丘勒・白羅點點頭：

「你說得對，我是不會信任她的。」

「你認為她跟謀殺案有關嗎？」

「不，我不願這樣說。」

「那麼說，跟珍珠的失竊有關囉？」

「這比較有可能。她跟隨多伊爾夫人的時間不長，她可能是一個珠寶盜竊集團的成員，在這一類的案子裏，經常會有一個品德評價極佳的女僕。不幸的是，這些方面我們無法了解到什麼情況，而那樣的解釋也不能使我滿意。那些珍珠——啊，可惡！我那一點想法應該是正確的。可是不會有人愚蠢到如此地步——」他突然不說下去了。

「弗利伍德那人怎麼樣？」

「我們必須問問他，也許從他那兒我們可以得到答案。如果路易絲・布爾傑所說的是真話，那麼他確實是有一個進行報復的動機，他可能偷聽到賈桂琳和多伊爾先生之間的爭吵，當他們離開客廳的時候，他可能立即衝了進去把手槍弄到手。是的，這一切都是很有可能的。而那個用血寫的字母J，只有頭腦簡單的粗人才做得出來。」

「他就是我們應該找的人嗎？」

「對啦！只不過——」白羅擦了擦他的鼻子，有點愁眉苦臉地說：「你知道，我看到自己的弱點了，人們一直說我喜歡把案情搞得複雜化。你向我提出的這個答案，它太簡單了、太容易了，我覺得它不會真的發生。當然，這只不過是我個人的偏見。」

「我們最好還是把那傢伙叫到這裏來吧。」

雷斯搖搖鈴，向來人吩咐了一聲。然後他又問：

「還有其他可能性嗎？」

「我的朋友，有很多呢，比方說那個美國財產託管人。」

「潘尼頓嗎？」

「是的，潘尼頓前一天就在這裏引起了一場不平常的小風波。」他把當時發生的情況講給雷斯聽了，「你瞧，這是很有意思的。那位夫人想要先把文件全部看一遍，然後再簽字，所以他就找了個藉口，說以後再簽吧；可是後來，那個丈夫卻說了一句非常有意思的話。」

「他說的是什麼？」

「他說：『我從未細看法律文件，人家叫我在哪兒簽字，我就在哪兒簽字。』這話很有意見，潘尼頓就注意到了，我從他的眼神中發覺了。他看著多伊爾，彷彿在腦子裏形成了一個新的念頭。你可以想像一下，我的朋友，如果你是一個大富翁之女的財產託管人，也許你會利用你手中的錢來搞投機買賣。我知道偵探小說裏都有這種事，你在報上也讀過這種消息的。這種事是有吧，我的朋友，是會發生的。」

「關於這個我不會和你爭辯。」雷斯說。

「也許還要花一些時間才能從冒險的投機買賣中賺到錢，而且你的保護人還未成年。可是突然她結婚了！你馬上就得到通知說你的控制權要轉到她手中了。這糟糕透了！可是你還有一條出路，她正在度蜜月，也許她對於生意上的事不會那麼仔細，在許多文件中隨意夾進去一張，讓她看也不看就簽字……可是琳妮・多伊爾不是那種人。不管度蜜月也好，不度蜜月也好，她還是個精明的女人。可是她的丈夫講了那麼一句話，讓這個在絕望中尋找出路以免身敗名裂的人起了一個新的念頭。如果琳妮・多伊爾死掉的話，她的財產就會轉到她的丈夫手中，而這位丈夫容易對付多了。落到安德魯・潘尼頓這個老狐狸手裏，他簡直就像個娃娃一樣容易對付。我親愛的上校，我告訴你，我看到安德魯・潘尼頓頭腦裏一閃而過的這個念頭。『如果跟我打交道的是多伊爾的話……』這就是當時他的想法。」

「很有可能，這我相信，」雷斯冷淡地說，「可是你沒有證據。」

「沒有，這很遺憾。」

「還有弗格森那小伙子，」雷斯說，「他說起話來可夠厲害啦，當然我並不是根據他說的話就懷疑他，不過他仍有可能是那個父親被老瑞奇威搞垮的人。這雖有點牽強，但卻是有可能的。人們有時對於過去受到的冤屈總是耿耿於懷。」他沉默了一會兒，又繼續說下去，「還有我說的那個人。」

「是呀，還有你所說的『那個人』。」

「他是個殺人犯，」雷斯說，「這我們都知道，可是我看不出他跟琳妮・多伊爾會有什麼過不去的地方，他們兩人走的路是互不相干的。」

白羅不慌不忙地說：

「除非湊巧她掌握著證據，可以暴露他的身分。」

「這是有可能的，可是不會那麼巧吧。」這時有人在敲門。「啊，咱們的重婚未遂犯來了。」

弗利伍德是個一臉殺氣的大個子。他一邊走進來一邊懷疑地打量房間裏的兩個人。白羅認出來，他就是那個和路易絲・布爾傑說話的人。

弗利伍德疑心地問道：

「你們找我嗎？」

「是的，」雷斯說，「可能你知道吧，昨天夜裏船上發生了一起兇殺案。」

弗利伍德點了點頭。

「你痛恨這個被害的女人，我想這是真的吧。」

弗利伍德的眼中突然流露出驚慌的神色。

「誰告訴你的？」

「你認為多伊爾夫人干涉了你和一位年輕小姐的事。」

「我知道是誰告訴你的——那個扯謊的法國賤貨！這個女人從來不說實話。」

「可是她說的這一件事倒正好是事實。」

「這是無恥的謊話！」

「你還不知道她說的是什麼，就指責她說的是謊話。」

這一下可打中了要害，這人的臉一下子泛紅了，他吞了一口氣。

「你打算和那個叫瑪麗的女孩結婚，可是多伊爾夫人發現你已經結過婚，讓你們的婚事吹了，這是真的嗎？」

「這關她什麼事？」

「你的意思是說，這關多伊爾夫人什麼事嗎？你要知道，第二次結婚，犯的是重婚罪啊。」

「事情不是這樣的。我娶了一個本地的女子，結果她人不好，她回到自己家裏去了，我已經有六、七年沒見到她了。」

「可是你和她還是有夫妻關係。」

這人不做聲了。雷斯繼續說：

「多伊爾夫人，當時她還是瑞奇威小姐，發現了這些情況，是嗎？」

「是的，她發現了，她真該死！偏要去管沒有人要她管的閒事。要是我娶了瑪麗，我會待她很好，我什麼都肯為她做。要不是她那個多管閒事的女主人，她永遠也不會知道我另外還有一個老婆。是的，我承認我確實跟這位夫人有仇，她上了這艘船，渾身上下掛著珍珠，戴著鑽石，處處高人一等，不可一世的樣子，從來也不想一想她親手毀了一個人的一生。看到她這副模樣我感到憤恨，我感到憤恨，這我承認，可是如果你認為我是個卑鄙的兇手——認為是我開槍把她打死的，就全是一派無恥的謊言！我一根汗毛也沒碰過她，我可以向上帝發誓，這全是實話。」

他停了一下，汗珠從臉上滾了下來。

「昨天夜裏十二點到兩點之間你在什麼地方？」

「我在床上睡覺，我同房的夥伴會告訴你的。」

「咱們再說吧，」雷斯說，他微微點了一下頭，把他打發走了，「就這樣吧。」

「怎麼樣？」

白羅問道，這時弗利伍德已經走出去把門帶上了。

雷斯聳了聳肩：

「他說的倒是沒有一點漏洞。當然，他很緊張，可是這也難怪。我們必須調查一下他的不在場證明是否屬實，雖然我認為這沒什麼重要的。他的夥伴可能睡著了，有必要的話他可以不聲不響地溜出去再溜進來，這得看是不是有別人看到過他。」

「是的，應該查一下。」

「我認為下一步就是，」雷斯說，「了解一下是不是有人聽到過什麼聲音，這聲音可以為確定犯罪時間提供線索。貝斯納認為犯罪時間是十二點到兩點之間。我們希望船上旅客中有人曾聽到槍聲，即使他沒有聽出這是槍聲也沒關係。我自己是什麼聲音也沒聽到，你呢？」

白羅搖搖頭。

「我，我睡得很熟。我沒聽到聲響，根本什麼也沒聽到。我很可能被人下了蒙汗藥，讓我睡得這麼熟。」

「太遺憾了，」雷斯說，「那我們碰碰運氣吧，也許右舷房間的旅客中有誰聽到了聲音。我們已經問過范索普了，他隔壁就是阿勒頓母子。我叫侍者去把他們請來。」

阿勒頓夫人很輕快地走了進來。她穿著一身質地柔軟的條紋灰色綢衣，她的臉色看起來很沮喪。

「太嚇人了，」她一邊坐到白羅為她搬過來的椅子上，一邊說著，「我簡直不能相信，這麼可愛的一個人兒，一個活生生的人，就這麼死了。我不能相信這是真的。」

「夫人，我能理解你的心情。」白羅同情地說。

「有你在船上我很高興，」阿勒頓夫人不加掩飾地說。「你一定能夠把兇手找出來。我很高興，兇手並不是那個可憐、不幸的女孩。」

「你指的是貝弗小姐嗎？誰告訴你不是她做的？」

「科妮莉‧羅布森，」阿勒頓夫人淡然一笑地回答，「你知道，她簡直被這裏所發生的一切嚇得魂不附體。大概這是她所經歷過、也將是她一生中唯一使她激動的事情了。她可是個好人，她感到這一切很有趣，為此她非常慚愧，認為感到有趣是不對的。」阿勒頓夫人對白羅看了一眼，接著補充說：「可是我不該閒聊了，你是要向我提問題吧。」

「如果你願意的話，夫人，請告訴我，你是什麼時候上床的？」

「剛過十點半。」

「立刻就睡著了嗎？」

「是的，我很睏。」

「你夜裏聽到過什麼聲音沒有，不管什麼聲音？」

阿勒頓夫人皺起眉頭。

「是的，我想我聽到什麼東西掉到水裏的聲音，然後又聽到有人在奔跑——是不是先聽到奔跑聲然後再聽到東西掉到水裏的聲音，我有些模糊了，就是模模糊糊感到有人掉到水裏去了，像個夢，你知道。後來我醒了，我側耳傾聽，可是一切都是靜悄悄的。」

「你知道當時是什麼時候嗎？」

「不知道，我說不出當時是什麼時間。可是我認為這是我睡著以後不久的事。我的意思是，就在我睡著以後一小時左右。」

「很遺憾，夫人，你說的時間不是很確定。」

「是呀，我知道不確定，我真的一點也不知道，我想瞎猜不會有什麼好處吧？」

「夫人，你能告訴我們的就是這些嗎？」

「我看就這些。」

「在這以前，你曾遇到過多伊爾夫人沒有？」

「沒有，提姆曾見到過她。我曾經多次聽人講起她——聽我的一個外甥女喬安娜．索伍德講起，可是在亞斯文遇到她以前，我從來沒和她說過話。」

「夫人，如果你不介意的話，我還要問你一個問題。」

阿勒頓夫人淡然一笑，喃喃低語說：

「我很樂意回答。」

「是這樣的：你，或者你的家庭，可曾因為多伊爾夫人的父親梅伊許．瑞奇威而遭受到經濟上的損失？」

阿勒頓夫人看起來全然嚇呆了。

「哦，不！我們家的經濟狀況，除了收入有日漸減少外，並沒有蒙受過損失……你要知道，如今不管投資什麼，股息都要比過去少多了。我們的窮困並不是由什麼戲劇性的變化造成的。我丈夫留下的錢很少，可是如今都還在我手中，儘管這筆錢的利息已不像過去那麼多了。」

「謝謝你，夫人。你是不是可以請你兒子到我們這兒來一趟？」

提姆看到他母親走過來，泰然自若地說：

「考驗結束了嗎？現在輪到我了！他們問了你一些什麼事？」

「只問了我昨晚是不是聽到過什麼聲音，」阿勒頓夫人說，「不幸的是我什麼也沒聽到。我想不出為什麼會沒聽到聲音，琳妮的房間和我的房間只隔了一個房間，我本來是應該會聽到那聲槍響的。去吧，提姆，他們在等你啦。」

白羅對提姆重覆了他早先的問題。

提姆回答說：

「我很早就去睡覺了，十點半左右，我看了一會兒書，一過十一點就熄燈了。」

「那以後你聽到什麼聲音沒有？」

「聽到一個男人說再會，我想那是在不遠的地方。」

「那是我在對多伊爾夫人說再會。」雷斯說。

「對了，那以後我就睡著了。又過一會兒，我聽到了吵吵鬧鬧的聲音，我記得聽到有人在叫范索普。」

「那是羅布森小姐，當時她剛從觀景艙裏跑出來。」

「是的，我想是這麼一回事。後來我又聽到各種不同的說話聲，還聽到有人沿著甲板跑步的聲音，接著就是什麼東西掉到水裏的聲音。後來我聽到貝斯納那老頭低沉的嗓音說什麼『小心點』和『別太快』。」

「你聽到東西掉到水裏的聲音嗎？」

「是的，像是那種聲音。」

「你能肯定你聽到的不是槍聲嗎？」

「是的，我想那有可能是……我確實聽到了開瓶塞的聲音，也許那就是槍聲。也許我聽到開瓶塞的聲音，就聯想到往杯子裏倒酒的聲音……我知道我模模糊糊地認為好像正在舉行一場宴會，我希望他們都去睡覺安靜下來。」

「那以後還聽到什麼嗎？」

提姆想了一想：

「只聽到范索普在他的房間裏走來走去。我在想他一宿也不會睡覺了。」

「那以後呢？」

提姆聳聳肩：

「那以後──什麼也不記得了。」

「你沒有再聽到什麼嗎？」

「什麼也沒聽到。」

「謝謝你，阿勒頓先生。」

提姆站了起來，離開了房間。

16

雷斯俯身在一張卡納克號的甲板平面圖上沉思著。

「范索普，小伙子阿勒頓、阿勒頓夫人，然後是個空房間——賽門・多伊爾住的。那麼多伊爾夫人的另一邊是誰呢？那位美國老太太。要說誰能聽到什麼聲響的話，她是應該能夠聽得到的。若是她已經起床了，我們最好把她找來。」

史凱勒小姐走進房間。今天早上她看起來比往常更顯蒼老和憔悴，那雙黑色的小眼睛流露著懷恨又惱火的神色。

雷斯站了起來，鞠了一躬。

「我們很抱歉要打擾你了，史凱勒小姐，你能來實在太好了，請坐。」

史凱勒小姐尖酸地說：

「我不喜歡捲到這件事情裏面去，我對此感到非常不滿。我不願意和這件——呃，這件非常不愉快的事情有任何的牽連。」

「是的，是的。我剛才還在跟白羅先生說著呢，我們最好盡快得到你提供的消息，然後就不再麻煩你了。」

史凱勒略有好感地望著白羅。

「我很高興你們倆都能理解我的心情，我對這種事情是不大習慣的。」

白羅安慰地說：

「確實是的，小姐。這就是為什麼我們希望盡快使你從這不愉快的事情中解脫出來。好吧，你昨晚什麼時候入睡的？」

「我平時總是十點睡覺，昨晚我睡得相當晚，科妮莉非常不體貼，她讓我久等了。」

「很好，小姐，那麼，你回房間以後聽到什麼沒有？」

史凱勒小姐說：

「我被驚醒了。」

「好極了！我們可真是好運氣。」

「我被多伊爾夫人的女僕，那個相當愛虛榮的女孩吵醒了，她說：『晚安，夫人。』她說得那麼響亮，我認為她根本不需要用那麼大的嗓門。」

「那以後呢？」

「我又睡著了，後來我醒來，覺得有人在我房裏，可是我想是有人去隔壁房間裏。」

「在多伊爾夫人房間裏嗎？」

「是的，後來我聽到有人在外邊的甲板上，接著就是什麼東西掉到水裏的聲音。」

「你記得那是什麼時候嗎?」

「我可以告訴你確切的時間,那是一點十分。」

「你肯定嗎?」

「是的,我當時看了看我床邊的小鐘。」

「你沒有聽到槍聲嗎?」

「沒有,沒聽到這種聲響。」

「可是你也有可能是被槍聲吵醒的吧?」

史凱勒小姐把她那只癩蛤蟆般的頭朝一邊歪著,斟酌著這個問題。

「這是有可能的。」她相當勉強地承認了。

「你說不出掉到水裏的可能是什麼東西吧?」

「不,我知道掉到水裏的是什麼。」

雷斯上校機警地坐直了:

「你知道?」

「當然知道。我不喜歡那種偷偷摸摸走路的聲音,所以我起身走到我房間的門口,奧伯恩小姐正斜靠著舷側,她剛把什麼東西丟到水裏去。」

「奧伯恩小姐?」雷斯說話的語氣十分驚訝。

「對啦。」

「你能肯定那是奧伯恩小姐嗎?」

「我很清楚地看到她的臉。」

「她沒看見你嗎?」

「我想她沒看見。」

白羅的身子向前傾著。

「她的表情看起來是什麼樣子,小姐?」

「她處於相當激動的狀態。」

雷斯和白羅很快地交換了眼色。

「然後呢?」雷斯催問道。

「奧伯恩小姐繞過船尾走了,我又上床了。」

有人敲了敲門,經理進來了。他手裏提著一個濕淋淋的包裹。

「我們找到了,上校。」

雷斯接過包裹,他把浸透水的絲絨一層一層打開。裏面掉出來一條粗布手帕,隱隱約約沾上了一點粉紅色,手帕裏裏著一支鑲著珍珠柄的小手槍。

雷斯看了白羅一眼,微帶得意洋洋的神氣。他把手槍放在手心裏,又把手伸了出去。

「你有什麼看法,白羅先生?這是不是你那天晚上在瀑布飯店看到的那支手槍?」

白羅仔細地打量了一番,然後沉著地說:

「是的，就是那支手槍。手槍上的裝飾就是這樣，上面還有大寫字母J•B，這東西很貴重，完全是女人的玩意兒，可是不管怎麼樣，它是個致命的武器。」

「點二二口徑。」雷斯喃喃低語，他取出彈夾：「兩顆子彈已經射出。是的，看來這是沒有什麼疑問了。」

史凱勒小姐意味深長地咳嗽了一聲。

「我的披肩怎麼了？」她問道。

「你的披肩，小姐？」

「是的，你手裏拿的正是我的絲絨披肩。」

雷斯提起了那件濕淋淋疊起來的布料。

「這是你的嗎，史凱勒小姐？」

「當然是我的！」老婦人發火了，「我昨天晚上就找不到了，我問過每一個人，看是不是有人看到它。」

白羅詢問地看了雷斯一眼，雷斯微微地點了點頭，表示同意。

「你最後一次看到它是什麼時候，史凱勒小姐？」

「昨天晚上在客廳裏我還披著呢，等到我去睡覺的時候就找不到了。」

雷斯安靜地說：

「你知道這條披肩曾派上什麼用場嗎？」他把披肩攤開來，用手指著幾個燒焦的小洞。「兇手用披肩包住了手槍，悶住手槍射擊的聲音。」

「豈有此理！」史凱勒小姐厲聲說，她皺縮的臉頰泛起了紅色。

雷斯說：

「史凱勒小姐，如果你能告訴我你過去和多伊爾夫人相識的程度，我會很感激。」

「從前我和她並不認識。」

「可是你聽說過她？」

「當然我知道她是誰。」

「可是你們的家庭並不認識吧？」

「我們的家庭是不隨便跟人交往的，我們為此而感到自豪，雷斯上校。我親愛的母親從來也沒想過要去拜訪哈茨家的任何人。他們除了有錢以外，根本算不了什麼。」

「你要說的就這些嗎，史凱勒小姐？」

「沒什麼要補充的了。琳妮・瑞奇威是在英國長大的，我上這艘船以前從未見過她。」

她站了起來。白羅打開門，她大步走了出去。

屋裏兩人的目光交會。

「這是她的說法，」雷斯說，「她會抱住這個說法不放的。她說的可能是事實，我不知道。可是——羅莎莉・奧伯恩？這我可沒預料到。」

白羅疑惑地搖搖頭，然後他用手猛敲了一下桌子。

「可是這都不合理，」他喊道，「該死！真該死！這些都不合理。」

雷斯看著他。

「你指的是什麼？」

「我指的是，到某一階段為止，一切都可以解釋得很清楚：有個人想殺死琳妮・多伊爾，這個人昨晚偷聽到客廳裏發生的事，這個人偷偷溜了進去，偷走了手槍——記住，是賈桂琳・貝弗的手槍。這個人用這支手槍打死了琳妮・多伊爾，並在牆上寫了一個字母J……這一切不是都很清楚嗎？這一切都是為了指出賈桂琳・貝弗是兇手。可是後來兇手該怎麼辦呢？把手槍留下來，把那支該死的手槍——賈桂琳・貝弗的手槍留下來，讓大家發現它嗎？不，這位先生，或者女士，把那支手槍，那件最最關鍵的物證扔到水裏去了。為什麼要這樣做呢，我的朋友？為什麼呢？」

雷斯搖搖頭：

「這很怪。」

「這不光是怪，這簡直是不可能！」

「不是不可能，這件事已經發生了。」

「我不是這個意思。我指的是，這一串事件的連貫性是不可能的。其中有個地方出了差錯！」

17

雷斯上校好奇地朝他的同事瞅了一眼。他尊重赫丘勒·白羅的思考能力，他完全有理由尊重。可是眼下他跟不上白羅的思路。不過他並沒有提出問題。他確實是不大習慣提問題的，只是直截了當地把手頭的工作繼續做下去。

「下一步該怎麼辦？盤問那位奧伯恩家的女孩嗎？」

「好吧，這會使我們得到一點進展。」

羅莎莉·奧伯恩傲慢地走了進來，她看起來沒有緊張或是害怕的樣子，只是不大情願和繃著個臉。

「嗯，」她問道，「什麼事？」

雷斯充當了發言人。

「我們正在調查多伊爾夫人的死因。」他解釋說。

羅莎莉點了點頭。

「你可以告訴我們你昨晚做了些什麼事嗎？」

羅莎莉想了一會兒。

「母親和我很早就睡了，大概十一點以前。除了貝斯納醫生房間外面一點亂哄哄的聲音以外，我們並沒聽到什麼特別的聲響。我聽到遠處那個老頭低沉的德國嗓音，當然，一直到今天早晨，我才知道發生了什麼事。」

「你沒聽到槍聲？」

「沒有。」

「你昨天夜裏離開過房間沒有？」

「沒有。」

「你能肯定嗎？」

羅莎莉瞪著眼看著他。

「你這是什麼意思？當然我能肯定。」

「你有沒有，比方說，走到船的右舷那邊，把什麼東西扔到水裏去？」

她的臉脹紅了。

「有規定不許人往水裏扔東西嗎？」

「沒有，當然沒有。那麼說，你扔過了？」

「沒有，沒扔什麼。我從沒離開過房間，這我可以告訴你。」

「那麼，如果有人說他們看到你——」

她打斷了他的話：

「誰說他們看到我？」

「史凱勒小姐。」

「史凱勒小姐？」從她說話的聲音可以聽出，她真的很吃驚。

「是的，史凱勒小姐說她從房間裏往外看，看見你在船邊往外扔東西。」

羅莎莉很清楚地說：

「這是可惡的謊話。」後來，突然想起來什麼似的，她又問：「那是什麼時候？」

這回是白羅回答了。

「一點過十分，小姐。」

她若有所思地點了點頭：

「她還看到別的嗎？」

白羅好奇地望著她，他摸摸下巴。

「看到——沒有。」他回答，「可是她聽到聲音。」

「她聽到什麼？」

「她聽到有人在多伊爾夫人的房裏走動。」

「我知道了。」羅莎莉咕噥說。

她現在臉色蒼白，死一般的蒼白。

「你還堅持說你沒有往水裏扔過東西嗎，小姐？」

「我幹嘛要在深更半夜往水裏扔東西？」

「也許是事出有因——出於清白無辜的原因？」

「清白無辜？」姑娘機警地重覆問道。

「我是這麼說的。你要知道，小姐，昨天夜裏有一樣東西被扔到水裏去了——這樣東西可不是清白無辜的。」

雷斯默默地拿出那捆玷污了的絲絨披肩，把它打開來，展現出裏頭包著的東西。

羅莎莉．奧伯恩往後一縮：

「這就是，就是——她就是被這個東西打死的嗎？」

「是的，小姐。」

「你認為是我——我做的嗎？真是胡扯！我幹嘛要殺死琳妮．多伊爾？我甚至根本不認識她！」她大笑起來，蔑視地站了起來：「這一切太荒唐了。」

「記住，奧伯恩小姐，」雷斯說，「史凱勒小姐發誓說她在月光下非常清楚地看到了你的臉。」

羅莎莉又笑了。

「那個心腸惡毒的老女人，她大概眼睛快瞎了。她看到的不是我。」她停了下來，「我可以走了嗎？」

雷斯點點頭，羅莎莉・奧伯恩離開了房間。

屋裏兩個人的目光再次相遇，雷斯點燃了一支香煙。

「嗯，事情就是這樣，完全是矛盾的，我們該相信哪一個呢？」

白羅搖搖頭：

「我似乎覺得她們沒有一個是誠實的。」

「這太糟了，」雷斯沮喪地說，「這麼多人為了無謂的理由不肯說實話。我們下一步怎麼辦呢？繼續盤問船上的乘客嗎？」

「我看是該這樣做，按部就班地總沒錯。」

雷斯點點頭。

奧伯恩夫人在她女兒走後進來了，她穿著一身輕飄飄的印花布料。她和羅莎莉的說法一致，她倆都是在十一點以前睡覺的，她本人一整夜也沒聽到什麼引人注意的聲響，她說不出究竟羅莎莉有沒有離開過她們的房間。但就犯罪這個題目，她倒是頗有興趣發表一場演說的。

「這是一樁情殺案！」她喊道，「謀殺是原始的本能！這和性的本能是緊密相連的。賈桂琳那女孩有一半拉丁人的血統，她血氣旺盛，聽從了她內在深處的本能，偷偷地走過去，手持左輪槍——」

「可是賈桂琳・貝弗並沒有打死多伊爾夫人，對這一點我們是確定的。這是可以證實的。」白羅解釋說。

「那麼，一定是她的丈夫。」奧伯恩夫人說。白羅的解釋對她而言是個打擊，可是她不甘失敗。「殺人的慾望和性的本能──這是個跟個性有關的罪行，以前有許多著名的例子。」

「多伊爾先生的腿給槍打穿了，他不可能走動，骨頭碎了。」雷斯上校解釋說，「他整夜都跟貝斯納醫生在一起。」

奧伯恩夫人更為失望了，她懷著希望苦想著。

「當然不是多伊爾先生，」她說，「我真傻！是鮑爾斯小姐！」

「鮑爾斯小姐？」

「對啦，這是很自然的。從心理學上來說是很明顯的。壓抑！受到壓抑的處女！她看到那對年輕的夫婦非常幸福甜蜜就發狂了。一定是她！她正是這一類的人──毫無性的吸引力，天生品行端正。在我寫的一本書《不結籽的葡萄樹》裏面──」

雷斯上校客氣地打斷了她：

「你的提示對我們很有幫助，奧伯恩夫人。我們還要繼續調查，非常感謝你。」

他彬彬有禮地把她送到門口，然後擦著額頭走回來了。

「真是個惡毒的女人！唉，為什麼沒有人把她謀殺掉！」

「也許會有的。」白羅安慰他說。

「把她做掉還真是有道理的。我們還剩下什麼人？潘尼頓——我看咱們還是把他留在最後。還有瑞希提、弗格森。」

瑞希提先生很健談，也很激動。

「太可怕了，太可恥了，這麼年輕漂亮的女人！這真是一樁殘暴的罪行！」

瑞希提先生富有表情的雙手在空中比劃著。

他回答得很乾脆俐落。他很早就睡了，非常早，事實上是一吃過晚飯就去睡了。他看了一會兒書——一本最近出版的有趣小書，《小亞細亞的史前研究》——這本書對安納托利亞山麓發現的彩色陶器提出了新的看法。

他在十一點鐘不到熄了燈。不，他並沒聽到槍聲，也沒聽到開瓶塞似的響聲。他聽到的唯一聲音就是——那是之後的事了，在半夜——很響的噗通一聲，就在他的舷窗外邊。

「你的房間是在右舷甲板下邊，是嗎？」

「是的，是的，就在那裏，我聽到很響的噗通一聲。」他又一次揮起雙臂，比劃著這噗通的一聲有多麼大。

「你能告訴我當時是什麼時間嗎？」

瑞希提先生想了一會兒。

「我睡著以後的一、二、三個小時。也許是兩個小時。」

「會不會是一點十分呢?」

「這是有可能的。啊!真是一樁可怕的罪行,太殘忍了……這麼迷人的女人……」

瑞希提先生下場了,他一邊走著一邊不敢置信的打著手勢。

雷斯看著白羅,白羅把眉毛一揚,然後聳聳肩。他們接著盤問弗格森先生。

弗格森很難對付。他傲慢地手腳展開坐在椅子上。

「今天這件事可真有些小題大做!」他冷笑著說,「這件事到底有什麼了不起的?世界上多餘的女人多著呢!」

雷斯冷冷地說:

「我們可以了解一下你昨晚的活動嗎,弗格森先生?」

「我不懂你幹嘛要了解,可是我不在乎。我到處逛來逛去,逛了很長的時間。和羅布森小姐到岸上去了一趟。她上船以後我又逛了一會兒,大約半夜的時候回來,然後就去睡覺了。」

「你的房間在下面一層甲板的右舷嗎?」

「是的,我沒跟那些上流人一起待在上面。」

「你聽到槍聲沒有?這槍聲聽起來可能就跟開瓶塞的聲音一樣。」

弗格森考慮了一會兒:

「是的,我想我是聽到了像開瓶塞一樣的聲音……不記得是什麼時候了,是我睡著以前。可是當時還有許多人在跑來跑去，亂哄哄的，在上層甲板奔跑著。」

「那可能是貝弗開的那一槍。你沒聽到另外一槍嗎？」

弗格森搖搖頭。

「沒聽到噗通一聲嗎？」

「噗通一聲？對了，我想我是聽到的，可是當時有那麼多的吵鬧聲，我不能肯定是否真的聽到噗通的一聲。」

「你夜裏離開過房間沒有？」

弗格森咧開嘴笑了：

「沒有，沒離開過。我運氣不好，沒有參與這件好事。」

「弗格森先生，別孩子氣了。」

這小伙子發火了。

「為什麼我不能怎麼想就怎麼說？我崇尚暴力。」

「可是你並沒有在實行你所宣揚的東西，不是嗎？」白羅喃喃地說，「我不能理解。」他身子往前靠著。「那個叫弗利伍德的人不是告訴過你，琳妮・多伊爾是英國最富有的女人之一嗎？」

「弗利伍德跟這件事有什麼相干？」

「我的好朋友，弗利伍德有充份的理由殺死琳妮・多伊爾。他和她特別過不去。」

弗格森像個彈簧似的一下子從座位上彈了起來。

「原來這就是你卑鄙的把戲，是嗎？」他盛怒地問道，「你想把事情栽到弗利伍德這個可憐的傢伙頭上。他沒有自衛能力，他沒有錢請律師。我告訴你吧，要是你想把這案子強加到弗利伍德身上的話，你就跟我較量一下。」

「請明確說一下，你究竟是什麼人？」白羅親切地問道。

弗格森先生的臉脹得通紅。

「不管怎麼樣，我是不會出賣朋友的。」他粗暴地說。

「好吧，弗格森先生，我想眼下我們想要了解的就是這些了。」雷斯說。

弗格森出去把門關上以後，雷斯出乎意料地說：

「真是個相當可愛的小伙子。」

「你不認為他是你要追捕的人嗎？」白羅問道。

「我不認為是他，我想他是誠實的。他提供的消息非常確切。噢，一樣一樣地來吧，咱們來試試潘尼頓。」

18

安德魯・潘尼頓表現正常，是一副悲傷和震驚的樣子。和往常一樣，他穿著很講究，不過換了一條黑領帶，他剛修過鬍鬚的長臉上，流露出一副迷惑不解的表情。

「先生們，」他憂傷地說，「這件事讓我很不好受。小琳妮——我至今還記得她當年伶俐可愛的小女孩模樣。梅伊許・瑞奇威那時候是多麼為她感到驕傲啊！唉，再提這些幹嘛呢！告訴我，我能做些什麼，我所求的就是這個。」

雷斯說：

「首先，潘尼頓先生，昨晚你聽到什麼聲音沒有？」

「沒有，先生。我說不上聽過什麼聲音。我房間就在貝斯納醫生房間隔壁，也就是四十一號房。我在半夜聽到一陣亂哄哄的聲音，當然，那時我不知道發生了什麼事。」

「你沒聽到別的嗎？沒聽到槍聲？」

安德魯・潘尼頓搖搖頭。

「沒聽到任何那類聲音。」

「你什麼時候睡覺的？」

「一定是十一點以後了。」他身子向前傾。「我想，對你們來說這也許不是新聞了，船上散佈著種種流言。那個有一半法國血統的女孩——賈桂琳・貝弗——你知道，有些可疑的情況。琳妮並沒有跟我講過什麼，但我並不是天生的又瞎又聾。這女孩和賽門曾經有過一段風流韻事，不是嗎？『去找那個女人』——這可是一道靈驗的法則，所以我認為你們不必繞太多圈子。」

「你的意思是說，你認為賈桂琳・貝弗開槍打死多伊爾夫人？」白羅問道。

「我看是這樣的，當然我並不知道任何情況……」

「不幸的是，我們知道一些！」

「呃？」潘尼頓先生看起來大吃一驚。

「我們知道，貝弗小姐完全不可能開槍打死多伊爾夫人。」

他把情況詳細地解釋了一番，潘尼頓似乎不願意相信。

「我同意，表面上看來似乎是這樣的，可是那個女護士，我可以打賭她並沒有整夜都醒著，她打了一個盹兒，那女孩就溜了出去又溜了進來。」

「這不大可能，潘尼頓先生，別忘了，她打了一針份量很重的麻醉劑。而且護士總是警覺性很高，病人醒了她也會醒的。」

「我總覺得這很可疑。」潘尼頓說道。

雷斯以帶權威的口吻說：

「我認為你應該相信我的話。潘尼頓先生，我們已經非常仔細審查過所有的可能性，結果是十分肯定的——賈桂琳‧貝弗並沒開槍打死多伊爾夫人，所以我們不得不往別處去找線索，這就是我們希望你能幫助我們的地方。」

「我？」潘尼頓嚇了一跳，緊張起來。

「是的。你是死者較為親近的朋友，你知道她一生的經歷，很可能比她的丈夫還了解得多，畢竟他是在幾個月以前才認識她的。比方說你可能知道誰跟她有怨仇，有什麼人想要把她弄死。」

安德魯‧潘尼頓用舌頭舔了舔發乾的嘴唇。

「我向你們保證，我一點都不知情……你們知道，琳妮是在英國長大的，關於她周圍的環境和她的交往，我一點也不了解。」

「可是，」白羅沉思地說，「在這艘船上，有人確實很想殺掉多伊爾夫人，你別忘了，她曾有一次死裏逃生，就在這個地方，一塊大圓石頭從上面滾了下來。啊！也許當時你並不在場吧？」

「是的，我不在場，我當時正在神廟裏面。當然，後來我聽說過這件事。好險啊，你不認為，那可能是一次偶發事故嗎？」

白羅聳聳肩。

「當時是會這麼想，可是現在，就有疑問了。」

「是的，是的，當然。」潘尼頓用一塊精緻的絲綢手帕擦了擦臉。

雷斯上校繼續說：

「多伊爾先生曾經偶然講起過，船上有一個人，不是和她本人，而是跟她的家庭有冤仇，你知道這人是誰嗎？」

潘尼頓看起來是真的吃驚了。

「不，我不知道。」

「她沒跟你談起過這件事嗎？」

「沒有。」

「你是她父親的親密夥伴，你知道她父親曾經毀掉過一個對手嗎？」

潘尼頓絕望地搖了搖頭：

「想不起有什麼特別典型的例子。這種生意上的風險當然是經常有的，可是我想不起有什麼人發出過威脅，沒有這一類的事。」

「總之，潘尼頓先生，你不能幫助我們囉？」

「看來是這樣，先生們，我對自己的無能為力深感遺憾。」

雷斯和白羅交換了眼色，然後說：

「我也感到遺憾，我們本來還對你抱有很大的期望呢。」

他站了起來，表示會晤就到此結束。安德魯・潘尼頓說：

「多伊爾先生病倒了，我想他會要我料理一切，請問，上校，事情會怎麼安排呢？」

「我們離開這裏以後就一路開往謝拉爾，明天早上到達那裏。」

「那屍體——」

「先移置在一個冷凍間裏。」

安德魯鞠了一個躬，然後離開了房間。白羅和雷斯又交換了一下目光。

「潘尼頓先生感到很不自在。」雷斯點燃了一支香煙說道。

白羅點了點頭，說道：

「而且潘尼頓先生扯了一個很愚蠢的謊，為此他很慌張。那塊大圓石滾下來的時候，他並不在阿布辛拜勒神廟裏。這我可以發誓，因為當時我剛從神廟裏出來。」

「愚蠢的謊話，」雷斯說，「不過這謊話說的也很明顯。」

白羅又一次點了點頭。

「但到目前為止，」他笑著說，「我們仍要對他一視同仁，當他是清白的，是吧？」

「是這樣的。」雷斯同意了。

「我的朋友，我們兩個人可真是默契十足呀。」

這時他們腳底下有一陣震動，傳來了一陣隱隱約約嘎吱嘎吱的響聲。卡納克號郵輪發動起來，開始往回開向謝拉爾。

「那串珍珠，」雷斯說，「是另一件必須要弄清楚的事。」

「你有什麼打算嗎?」

「是的，」他看了一下手錶，「再過半小時就是午餐時間了，我想在快吃完飯的時候宣佈一個消息——我只說因為珍珠被竊，要求大家在進行搜查的時候留在餐廳裏。」

白羅表示贊同地點了點頭。

「這樣設想很好。不管是誰偷的珍珠，東西總歸還在。事先毫無警告地來一番搜查，竊賊就來不及把珍珠扔到水裏去了。」

雷斯取了幾張紙過來，他低聲不好意思地說：

「我想一邊繼續調查，一邊把掌握的事實扼要列個大綱，以免於頭腦混亂。」

「你這樣做很好。有條有理，這是很重要的。」白羅回答說。

雷斯用清秀的字體寫了幾分鐘，最後他把他的成果推到白羅面前。

「你有什麼不同意的地方嗎?」

白羅拿起了這幾張紙，紙上的標題是：

琳妮·多伊爾夫人謀殺案

最後見到多伊爾夫人活著的是她的女僕路易絲·布爾傑。時間：大約十一點三十分。

十一點三十分到十二點二十分之間，下列數人有不在場證明：科妮莉・羅布森、詹姆斯・范索普、賽門・多伊爾、賈姬・貝弗，沒有別的人了，可是做案的時間可以肯定是在這段時間以後，因為幾乎可確定做案用的手槍是賈姬・貝弗的，而當時那支槍還在她的手提包裏。究竟做案用的是不是她的手槍，這有待於驗屍官鑑定子彈以後才能真正確定——可是，使用她的手槍可能性是很大的。

案子發生的經過可能是：X（兇嫌）目睹了賈姬和賽門・多伊爾在觀景艙裏吵架，並注意到手槍掉到了長椅底下。客廳裏的人走光以後，X取得了手槍——他（或者她）的想法是，人們會認為謀殺是賈姬・貝弗幹的。根據這個理由，某些人就自然地不受懷疑了：

科妮莉・羅布森：因為在詹姆斯・范索普回來尋找手槍以前，她是沒有機會取得手槍的。

鮑爾斯小姐：同樣的理由。

貝斯納醫生：同樣的理由。

附註——范索普不能完全排除懷疑，因為他可能事實上把槍放到口袋裏，卻宣稱找不到手槍了。

在這間隔的十分鐘裏，任何人都有可能取得手槍。

有謀殺動機的人可能有：

安德魯・潘尼頓：這是根據他可能犯下詐欺行為而推測的。有一定的證據可以證明這個推測是正確的，可是卻沒有足夠的證據可以向他提出控告。如果大圓石就是他推下來的話，可證明他是一個一有機會就會行動的傢伙。很明顯的，除了在總體方面是預謀外，這次謀殺並不是事先策劃的。昨天晚上的吵架、開槍，這為兇手提供了一個理想的做案機會。

對潘尼頓是兇手這一假設的異議：既然手槍是對貝弗不利的強力線索，他為什麼要把它扔到水裏去？

弗利伍德：動機，報復。弗利伍德認為他受到琳妮・多伊爾的迫害，他可能偷聽了吵架，注意到手槍的位置。他取得手槍可能只是因為這支槍用起來很方便，而不是想要嫁禍於賈桂琳。這就說明了為什麼要把手槍扔到水裏的原因。可是，既然這樣，他為什麼要用血在牆上寫一個大寫字母J？

附註——跟手槍一起發現的廉價手帕，很可能是屬於像弗利伍德這樣的人，而不是有錢乘客中的任何一個人。

羅莎莉・奧伯恩：我們應該相信史凱勒小姐的見證，還是相信羅莎莉的否認？在當時確實是有一樣東西被扔到水裏去了，而這樣東西據推測就是包在絲絨披肩裏的那支手槍。

重點：羅莎莉有殺人的動機嗎？她可能不喜歡琳妮・多伊爾，甚至嫉妒她。可是做為殺人的動機這看來顯然是不夠的。如果我們能找到一個理由充份的動機，控告她的見證才會使人信服。就我們所知，羅莎莉和琳妮・多伊爾之間早先並不相識，也無聯繫。

史凱勒小姐：包手槍的絲絨披肩是屬於史凱勒小姐的。根據她本人所述，她最後見到這條披肩是在觀景艙裏。晚上她讓大家都注意到她掉了披肩，大家尋找過，可是毫無結果。

披肩怎麼會到了X的手中？X是否在晚上稍早的時候的把它偷去了？如果是這樣，那又為什麼？沒有人事先知道賈桂琳跟賽門兩人會吵起來。X是不是從長椅底下取出手槍的時候發現了披肩呢？可是為什麼在先前尋找披肩的時候卻沒有發現它呢？是不是披肩始終在史凱勒小姐那裏？那就意味：是不是史凱勒小姐謀殺了琳妮・多伊爾？她指控羅莎莉・奧伯恩，是不是故意在撒謊呢？如果她確實謀殺了她，她的動機是什麼呢？

其他的可能性：

動機是搶劫——這是可能的，因為珍珠項鍊不見了，而琳妮・多伊爾昨晚確實是戴著這串珍珠。

某人跟瑞奇威一家有冤仇——有可能，可是還沒有證據。

我們知道船上有一個危險人物，一個殺人犯。而我們這裏有一個殺人犯，有一個人被殺。這兩者之間有關聯嗎？可是我們必須有證據說明琳妮・多伊爾掌握了這個人的把柄，而她掌握的情況對她本人來說是很危險的。

結論：我們可以把船上所有的人分成兩組。一組是可能有謀殺動機或有明顯不利證據的人，另一組是就我們所知，可以排除懷疑的。

第一組	第二組
安德魯・潘尼頓	阿勒頓夫人
弗利伍德	提姆・阿勒頓
羅莎莉・奧伯恩	科妮莉・羅布森
史凱勒小姐	鮑爾斯小姐
路易絲・布爾傑（偷竊？）	貝斯納醫生
弗格森（政治原因？）	瑞希提先生

白羅把紙張推回去。

「你所寫的很準確，很清楚。」

「你同意嗎？」

「同意。」

「那麼你能提供些什麼呢？」

白羅一本正經地挺直了腰板。

「我嗎，我向自己提出一個問題：為什麼要把手槍扔到水裏？」

「就這一個問題嗎？」

「目前就這一個。除非我能得到令人滿意的答案，不然的話，怎麼空想都沒有意義。也就是說，一定要從這一點出發。我的朋友，你應該已注意到，你總結了我們目前進展到什麼地步，可是你並沒有試圖要解答這個問題。」

「扔掉手槍或許是出於驚慌。」雷斯聳聳肩。

白羅迷惑不解地搖搖頭。他撿起了濕透的絲絨披肩，把它放在桌子上攤平，這塊披肩又濕又軟。他用手指指著燒焦的斑點以及燒穿的洞眼。

「我的朋友，請告訴我，」他突然說，「你比我更了解武器。如果用這樣一塊東西把手槍包住，是不是能多少把槍聲悶住一些？」

「不，悶不住多少槍聲。畢竟，這和消音器是不一樣的。」

白羅點點頭，繼續說：

「一個男人——當然，我指的是一個常使用武器的男人——會知道這一點，可是一個女人……一個女人通常是不會知道的。」

「可能不會知道。」雷斯好奇地看著他。

「不會知道的。也許她讀過一些偵探小說，但在偵探小說裏，細節問題大半不是講得非常清楚。」

雷斯用手指輕輕彈了一下這支鑲著珍珠柄的手槍。

「不管怎麼樣，這個小玩意兒發不出多大聲音的，」他說，「就是『噗』的一聲，不會很響。周圍有別的聲音的話，十有八九你根本不會注意到槍響。」

「是的，我也是這樣想。」

白羅拿起了手帕，仔細地看了一番。

「是一條男人的手帕，但這不是上等人用的手帕，像是從伍爾沃思商店買來的便宜貨，最多只值三個便士。」

「正是弗利伍德這種人可能會用的手帕。」

「是的，我注意到了，安德魯・潘尼頓隨身帶的是一條非常考究的絲綢手帕。」

「弗格森呢？」雷斯提出來。

「也有可能，用這類的手帕做做樣子而已。如果是那樣的話，那應該是一條帶紅點或藍點的大絲質手帕。」

「我想這塊手帕也許是用來代替手套，握槍的時候就不會留下指紋了。」他接著又有點開玩笑地說了一句，「『謎底就在臉紅的手中』。」

「啊，真是的，看來相當年輕的顏色，不是嗎？」

他把手帕放下，又去研究披肩了，他再次仔細看了一次燒焦的斑點。

「不管怎麼說，」他低語說，「這真怪……」

「什麼？」

白羅輕輕地說：

「太可憐了，多伊爾夫人。如此安詳地躺在那裏，頭上被打穿了一個洞。你還記得她生前的模樣嗎？」

雷斯好奇地望著他。

「你可知道，」他說，「我感覺你想要說些什麼——可是我一點也不知道那究竟是什麼。」

19

有人在敲門。

「進來，」雷斯高聲說。

一個侍者進來了。

「請原諒，先生，」他對白羅說，「多伊爾先生想見你。」

「我就來。」

白羅站起來，走出房間，走上升降口的扶梯，來到甲板上，然後沿著甲板走到貝斯納醫生的房間。

賽門靠著枕頭坐在那裏，面孔發紅，正在發燒，他顯得苦惱不安。

「白羅先生，你能來實在太好了。聽著，我有事情想問你。」

「什麼事？」

賽門的臉變得更紅了。

「是這樣的——是關於賈姬的事，我想見見她。你是不是認為——你會不同意嗎？

你認為，如果你請她到這裏來一趟，她會不同意嗎？我一直躺在這裏想著，這個可憐的孩子，她畢竟還只是個孩子，我過去待她太不好了，而且——」他結結巴巴說不下去了。

白羅頗感興趣地望著他。

「你想見賈桂琳小姐嗎？我去把她請來。」

「謝謝，你太好了。」

白羅去找她了。他發現賈桂琳・貝弗縮成一團坐在觀景艙的一個角落裏。她腿上放著一本打開的書，可是她並沒有在讀。

白羅輕輕地說：

「小姐，請跟我來一趟好嗎？多伊爾先生想見你。」

她一驚，臉紅了——又變得更蒼白了，她看上去簡直發愣了。

「賽門？他想見我——真想見我？」

她不相信，這倒使他很感動。

「你願意來嗎，小姐？」

她像個孩子一樣，像個不知該怎麼辦才好的孩子一樣，乖乖地跟著他走了。

「我——當然願意。」

白羅走進房間。

「賈桂琳小姐來了。」

她跟在他後面進來了，身子一晃，又站住了，站在那裏一聲不響，兩眼盯著賽門的臉。

「你好，賈姬。」他也很窘。他接著說：「你來這兒太好了。我想說——我的意思是，我想說的意思是——」

她打斷了他的話。她的話是一咕嚕出來的，氣喘喘地、不顧一切。

「賽門——我沒殺琳妮。你知道不是我……我，我昨晚是發瘋了。哦，你能原諒我嗎？」

現在他說話容易一些了。

「當然。沒關係！完全沒關係！真的，我要說的就是這個。我想你也許有點擔心，你知道……」

「擔心？有點？噢！賽門！」

「我想見你就是為了這個。一切都很好，你看，好女孩！你昨晚只是有點激動，有點醉了。發生這一切都是很自然的。」

「哦，賽門！我差一點把你打死！」

「不會的，用那麼一支破手槍是打不死我的……」

「你的腿！也許你再也不能走路了……」

「我說，賈姬，別哭了。我們一到亞斯文，他們就會給我照X光，把那顆錫做的子彈頭取出來，然後一切就都好了。」

賈桂琳哽咽了兩次，她撲了過去，跪在賽門的床邊，埋頭抽泣起來。賽門尷尬地拍拍她的頭。他的目光和白羅的目光相遇了。白羅不情願地歎了一口氣，離開了房間。

他出去的時候聽到斷斷續續的低語：

「我怎麼會這樣著了魔？噢，賽門！我太對不起你了。」

科妮莉正在外邊倚著欄杆，她轉過臉來。

「哦，白羅先生，是你啊。天氣雖然這麼好，但事情好像有些不順利。」

白羅抬頭看看天。

「當太陽照耀的時候，你就看不見月亮了，」他說，「可是當太陽沒有了的時候呢——唉，當太陽沒有了的時候呢？」

科妮莉張著嘴。

「對不起，你說什麼？」

「小姐，我在說，太陽下山以後，我們就能看到月亮了。是這樣的，不是嗎？」

「噢——噢，是的，當然。」

她疑惑地望著他。白羅溫和地笑了。

「我在說傻話，」他說，「請不要介意。」

他慢步走向船尾。當他走過隔壁房間的時候，他停了一會兒，聽到裏面傳出來的片言隻語。

「太忘恩負義了，我為你花了那麼多心血，你卻一點也不體諒你可憐的母親，一點也不知道我是多麼地不好受……」

白羅緊緊抿住了嘴唇，他舉起手敲起門來。

室內的人嚇呆了，靜下來。奧伯恩夫人的聲音在問：

「誰呀？」

「羅莎莉小姐在嗎？」

羅莎莉出現在門口，白羅看到她的模樣不禁一驚。她眼圈發黑，嘴角邊有兩道線條。

「什麼事？」她不客氣地問，「你要幹嘛？」

「小姐，我希望能跟你談幾分鐘，願意來嗎？」

她立即繃緊了嘴，狐疑地看了他一眼。

「我憑什麼要來？」

「小姐，我請求你。」

「嗯，我想想——」

她跨出房門走到甲板上，隨手關了門。

「什麼事？」

白羅輕輕扶著她的手臂，領著她繼續朝船尾的方向走著。他們經過浴室，轉了個彎，船尾部份的甲板上只有他們兩個人。尼羅河在他們的身後流向遠方。

白羅把手肘靠在欄杆上。羅莎莉僵直地站在那裏。

「什麼事？」她又問了，她說話的聲音還是那麼不客氣。

白羅逐字推敲著，慢慢地說道：

「小姐，我有幾個問題要問你，可是我十分懷疑你是否願意回答我。」

「那麼，看來你把我帶到這兒來是完全多餘的。」

白羅用一個指頭慢慢摸著木欄杆。

「小姐，你習慣於自己的重擔自己挑……可是你挑得太久了。這重擔變得太沉重了，小姐，對你來說，這重擔有些承受不了啦。」

「我不知道你在講些什麼。」羅莎莉說。

「我在陳述事實，小姐，明明白白令人不愉快的事實。讓我們直截了當地說吧，簡而言之，小姐，你的母親酗酒。」

羅莎莉沒有回答。她張著嘴，然後又把嘴閉緊了，她看起來一下子變得茫然不知所措。

「小姐，你不必說了。讓我全替你說出來吧。在亞斯文的時候，我就對你們之間的關係感到很有興趣。我當時就看到，儘管你小心謹慎地故意說著不孝順的話，可是事實上你卻在奮勇地保護她，使她免受什麼責難。我很快就知道這是怎麼一回事了。有一天早晨我發現你母親處於酒精中毒的狀態，可是早在這之前我就知道了。更糟的是，你母親的情況是她偷偷地狂飲酗酒，這種情況是很難應付的，但你很有毅力地解決了這個難題。然而她像所有偷偷酗酒的醉鬼一樣，很狡猾。她設法偷偷藏著一批酒，不讓你知道，直到昨天你才發現藏酒的地方，這點我不感到奇怪。昨天夜裏，你母親一熟睡，你就偷偷把酒庫裏的存貨全都搬了出來，走到船舷的另一邊（因為你們房間那邊是靠岸的），把酒全部扔到尼羅河裏去了。」他停了下來。「我說的沒錯，對嗎？」

「對的——你說的都對。」羅莎莉突然激動地說，「我想我要是不承認就太傻了！可是我不願意讓大家都知道這件事。這種事情很快就會傳遍全船的。這看起來可真好笑，我的意思是說——我自己。」

白羅替她說完了這句話：

「你是說，你竟然被懷疑犯下了謀殺罪，這很可笑嗎？」

羅莎莉點了點頭。然後她又突然說了：

「我想盡了辦法不讓大家知道這件事……這不是她的過錯，她受過挫折，她的書賣不出去了。人們對那些下流的性慾描寫感到厭煩了。這使她傷心，使她非常傷心。因此她就開始——開始喝酒了。在相當長的一段時間裏，我不懂她怎麼會變得那麼古怪，後來我發現了，我想——我想阻止她。她好了一陣子，可是突然又喝了，常會和別人大吵大鬧，這真可怕。」她打了一個冷顫。「我一直在注意著，把她引開……後來，為了這件事，她開始不喜歡我。她——她和我做對，我感到她有時簡直就是痛恨我。」

「可憐的孩子。」白羅說。

她猛然對他發作起來。

「你不必可憐我，不要那麼好心腸，你不這樣做我還感到好受些。」她歎了一口氣，一聲令人心碎的長歎，「我非常疲倦……我簡直是疲倦極了。」

「我懂。」白羅說。

「大家都認為我這人很討厭，自以為是，而且暴躁易怒，脾氣又很壞。我也沒有辦法，我已經忘記怎麼樣才能——才能討人喜歡。」

「我剛才對你說過了，你一個人獨挑重擔，挑的時間太長了。」

羅莎莉慢慢地說：

「把這些說出來，解除了一個重擔。白羅先生，你——你一直待我很好，可是我常常對你很不禮貌。」

「哦，禮貌，朋友之間沒有必要虛情假意。」

她臉上突然又露出了懷疑的表情。

「你會——你會告訴其他的人嗎？我想你不得不告訴大家，因為我把那些該死的酒瓶扔到水裏去了。」

「不，不，這沒有必要。你只要說出我想知道的。那是什麼時候？一點十分？」

「我想大概是那個時候，我記不清楚。」

「小姐，現在請告訴我。史凱勒小姐說她看見你了，那你看見她沒有？」

羅莎莉搖搖頭。

「沒有，我沒看見她。」

「她說是從她房間的門口朝外看的。」

「我想我是不會看見她的。我只是沿著甲板看了一看，又朝外看了看河。」

白羅點點頭。

「你沿著甲板看過去的時候，有沒有看見什麼人——任何人？」

一陣沉默——相當長時間的沉默。羅莎莉皺著眉頭。她似乎在認真地思索。

最後她十分果斷地搖搖頭。

「沒有，」她說，「我什麼人也沒看見。」

赫丘勒・白羅慢慢地點點頭。可是他的目光顯得很嚴肅。

20

大家以一種克制的態度稀稀疏疏慢步走進餐廳，似乎有一種共同的認知：如果急於坐下來吃東西，是一種幸災樂禍、冷酷無情的表現，因此乘客們幾乎都是以一種內疚的表情在餐桌前坐下。

提姆．阿勒頓是在他母親坐下來幾分鐘後才到的，他看起來脾氣壞透了。

「我真希望我們沒參加這次倒楣的旅行。」他咆哮著說。

他母親悲傷地搖著頭。

「哦，親愛的，我也是這麼想的。那個漂亮的女孩！她死得太不應該了。居然有人這麼殘忍地開槍打死她。幹這種事真令人感到可怕。另外那個女孩也真可憐。」

「賈桂琳．貝弗嗎？」

「是的，我真為她感到難過。她看起來很不好受。」

「這對她是個教訓，告訴她再也別隨便玩弄小手槍了。」提姆一邊取過奶油，一邊無動於衷地說。

「我猜想她小時候一定沒有受到好的教養。」

「哦，看在上帝的份上，拜託，別像個好心的媽媽那樣看待這件事了。」

「提姆，你今天脾氣很不好，真令人吃驚。」

「是的，我脾氣不好，在這種場合誰脾氣會好呢？」

「我就看不出為什麼要發脾氣，這件事只不過是令人傷心罷了。」

提姆憤憤地說：

「你的觀點也太羅曼蒂克了吧！你似乎沒有意識到，被牽連到一件謀殺案裏，可不是什麼開玩笑的事。」

阿勒頓夫人看起來有點吃驚了。

「可是當然——」

「問題就在這裏，沒有什麼『可是當然』的。在這條該死的船上，每一個人都是被懷疑的對象——你和我，跟其他所有的人都一樣。」

阿勒頓夫人提出了異議：

「我認為從技術上說來，我們都是。可是這真夠荒唐！」

「就謀殺案而言，沒有什麼是荒唐的！親愛的媽媽，你儘管可以坐在那裏裝出一副品德高尚、誠實正直的樣子，可是謝拉爾和亞斯文那一幫令人討厭的警察，可不會輕易相信你的外表。」

「也許我們到那裏之前就會真相大白了。」

「怎麼會呢?」

「白羅先生會破案的。」

「那個老騙子嗎?他什麼也發現不了的。他能說善道，有一把大鬍子，除此以外他什麼也不是。」

「呃，提姆，」阿勒頓夫人說，「也許你說得對，就算是那樣吧。一些不愉快的事我們總是無法避免的了，既然如此，我們還不如盡量快活地經歷這一切。」

可是她兒子抑鬱不歡的表情一點也沒有減輕。

「還有，那串該死的珍珠不見了。」

「琳妮的珍珠?」

「是的，看來有人把它偷走了。」

「我想這就是謀殺的動機。」阿勒頓夫人說。

「怎麼說呢?你把兩件毫不相干的事混為一談了。」

「誰告訴你珍珠不見了?」

「弗格森。他從機房裏的大老粗朋友那裏聽到的，他的朋友是從女僕那裏聽到的。」

「那是一串很好看的珍珠。」阿勒頓夫人說。

白羅向阿勒頓夫人欠身致意，在桌前坐下。

「我遲到了一會兒。」他說。

「我知道你一直很忙。」阿勒頓夫人回答說。

「是的，我一直沒停下來過。」

他向侍者要了一瓶剛開瓶的酒。

「我們的興趣都不同，」阿勒頓夫人說，「你總是喝葡萄酒，提姆喝威士忌加蘇打，而我呢？各種牌子的礦泉水我都要逐個嚐嚐。」

「的確！」白羅說，他盯著她看了一會兒，接著喃喃自語地說：「這的確是一種想法……」

然後，他不耐煩地聳聳肩，擺脫了那突然使他心煩意亂的念頭，開始輕鬆地談起別的事情。

「多伊爾先生傷得厲害嗎？」阿勒頓夫人問道。

「是的，傷勢很重。貝斯納醫生迫不及待要趕到亞斯文，給他的腿照X光，把子彈取出來，他希望那不會造成終身瘸腿。」

「可憐的賽門，」阿勒頓夫人說，「昨天他看起來還是那麼快活的一個小伙子，世界上該有的東西他都有了，可是如今他漂亮的妻子被殺了，自己又無能為力地躺在床上。我真希望，雖然──」

阿勒頓夫人沒說下去，白羅問了：

「夫人，你希望怎麼樣？」

「我希望他對那可憐的小女孩沒有生很大的氣。」

「生賈桂琳小姐的氣嗎？恰巧相反，他非常為她著急。」他轉向提姆。「你可知道，這是心理學上的一個微妙之處。賈桂琳小姐一直不停地跟蹤著他們，他簡直給氣瘋了；可是如今她結結實實地向他開了一槍，把他傷得很重——可能會使他終身殘廢——他的怒氣卻似乎煙消雲散了。你能理解嗎？」

「能，」提姆若有所思地說，「我想我能理解。首先這事使他很難堪——」

白羅點點頭：

「說得對，這損傷了他男子漢的尊嚴。」

「可是如今——如果你從另一個角度來看這問題——如今是她被弄得很難堪，大家都責怪她，所以——」

「他就可以寬宏大量地饒恕她了，」阿勒頓夫人替他說完了這句話，「男人真像孩子一樣！」

「女人總是這麼說，但這根本不是事實。」提姆嘀咕著說。

白羅微笑著。接著他對提姆說：

「告訴我，多伊爾夫人的表妹喬安娜・索伍德小姐，跟多伊爾夫人像不像？」

「你有點搞錯了，白羅先生。她是我的表妹，是琳妮的朋友。」

「啊，請原諒，我給搞糊塗了。這位小姐的名字經常見報，我一直對她很感興趣。」

「為什麼？」提姆不客氣地問道。

白羅微微一欠身向賈桂琳・貝弗打招呼，她這時才剛進來，經過他們的餐桌旁，來到自己的桌前。她臉頰發紅，雙眼發亮，呼吸有點急促。白羅重新坐下來以後，似乎忘記了提姆的問題。他含糊地低聲說：

「我不知道，是不是戴著貴重珍珠的年輕女孩們，都會像多伊爾夫人那麼粗心。」

「那麼說來，那串珍珠確實是被偷了？」阿勒頓夫人問。

「夫人，誰告訴你的？」

「弗格森說的。」提姆主動回答。

白羅嚴肅地點點頭。

「這是事實。」

「我想，」阿勒頓夫人緊張地說，「對我們大家來說，這會造成很不愉快的場面。這是提姆說的。」

她的兒子繃著臉，可是白羅還是轉向了他。

「啊！也許你曾經有過一次這樣的經歷吧？你曾經在一個剛被搶劫過的房子裏待過？」

「從來沒有。」提姆說。

「噢，有過的，親愛的，你在波林頓家的時候，那個討厭的女人的鑽石失竊了。」

「真沒辦法，你總是把事情搞錯，母親，我在那兒的時候，正趕上他們發現戴在她胖脖子上的那串鑽石是假的！很可能在幾個月以前，那串真鑽石就被調包了。事實上許多人都說那是她自己搞的！」

「我猜這是喬安娜說的。」

「喬安娜不在現場。」

「可是她跟她們很熟，很可能她會這樣向她們暗示。」

「母親，你對喬安娜就是有成見。」

白羅急忙轉了話題，說他打算到亞斯文的一家店裏去好好買一樣東西。到一家印度商人的鋪子裏去，買些漂亮的紫色繡金布料，當然了，這是要付稅的，可是——

「他們對我說，他們能夠——怎麼說呢？他們能幫我運送，花費並不太大。你覺得怎樣？貨物能安全到達嗎？」

阿勒頓夫人回答，據她聽說，許多人在那種店裏買了東西，而且由商店直接把貨寄到英國，每樣東西都是平安到達的。

「好哇。那麼我也這樣辦了。可是一個人出國旅行的時候，如果有包裹從英國寄出來，那就有麻煩了，你們有過這種經歷沒有？你們這次出來旅行有沒有收到過什麼包裹？」

「我想沒有吧，是不是，提姆？你有的時候收到一些書，當然了，寄書是沒有什麼麻煩的。」

「是啊，書可不一樣，不會麻煩。」

大家都用過點心了。突然，事先一點警告也沒有，雷斯上校站起來講話了。他談到了這起謀殺案件，並宣佈那串珍珠失竊了，立即要進行一次全船的搜查，如果全體乘客都肯留在餐廳裏等到搜查結束再離開，他將非常感謝。在這之後，如果乘客們同意的話——他相信他們是會同意的——他要對他們本人進行一次搜身。

白羅敏捷地向他身旁走去。他們周圍是一陣嗡嗡的喧鬧聲，說話的聲音有懷疑、有憤怒、有激動……

雷斯剛打算離開餐廳的時候，白羅來到了雷斯的身邊，在他耳邊嘀咕了幾句話。雷斯聽著，點點頭表示同意，招呼一個侍者走過來。他對他說了幾句話，然後和白羅一起走了出來，來到甲板上，他隨手把門帶上。

他倆靠著欄杆站了一兩分鐘，雷斯點了一支香煙。

「你的主意不壞。」他說，「我們很快就會知道究竟這裏面有什麼問題。我給他們三分鐘。」

餐廳的門打開了，他們吩咐過的那個侍者出來了。他向雷斯敬禮，然後說：

「先生，有位小姐說有急事要跟你講，一點也不能拖延。」

「哦！」雷斯臉上流露出滿意的表情，「是誰？」

「是鮑爾斯小姐，先生，那位護士。」

雷斯的臉上顯得有點驚奇，他說：

「把她帶到吸煙室來，不要讓其他人離開。」

「他們不會離開的，先生；另一個侍者會看著的。」

他又走進了餐廳，白羅和雷斯朝吸煙室走去。

「呃，鮑爾斯？」雷斯喃喃自語地說。

他們剛剛進入吸煙室，那個侍者就帶著鮑爾斯小姐來了。他把她領進來以後就離開了，隨手把門關上。

「怎麼樣，鮑爾斯小姐？」雷斯上校看著她，問道，「有什麼事？」

鮑爾斯小姐看上去和往常一樣鎮靜、從容，沒有表現出特別激動的情緒。

「請原諒我，雷斯上校，」她說，「在目前這種場狀況下，我想還是立即找你談談，」她打開那精巧的黑色手提包，「並且把這個還給你。」

她取出一串珍珠，把它放到桌子上。

21

如果鮑爾斯小姐是那種以引起轟動為樂的女人，她這個舉動一定會使她如願以償。

雷斯上校流露出極為吃驚的表情，他從桌上拿起了那串珍珠。

「這太不尋常了，」他說，「鮑爾斯小姐，請你解釋一下好嗎？」

「當然，我到這裏來就是要解釋的，」鮑爾斯小姐在椅子上舒服地坐了下來。「要做出正確的決定，自然是很困難的。那個家族對各種醜聞都十分反感的，他們信賴我根據自己的判斷行事，但如今的情況很不尋常，我沒有別的選擇了。當然，等一會兒你在房間裏找不到什麼的話，你下一步就要對乘客進行搜身了。如果發現珍珠在我身上的話，那會很尷尬的，不管怎樣，真相總會暴露出來。」

「可是到底真相是什麼？你從多伊爾夫人的房間裏把珍珠拿出來的嗎？」

「噢，不是的，雷斯上校，當然不是。是史凱勒小姐拿的。」

「史凱勒小姐？」

「是的，她忍不住要這樣做，你知道，可是她確是——呃，喜歡拿別人的東西，特別是珠寶。我總是跟她在一起就是為了這個理由，其實我跟著她並不是為了她的健康，而是為了她這種怪癖的緣故。我時刻保持警惕，幸運的是，自從我跟她在一起以來，還未曾有過什麼麻煩事。你知道，我只要小心提防就行了。她總是把拿來的東西藏在同一個地方——捲在一雙襪子裏面，因此很簡單，我每天早上看一看就行了。當然我很小心，我總是睡在她的隔壁房間，如果住旅館的話，兩個房間之間相通的門總是開著的，因此有什麼聲音，我總是能聽到。她要去拿東西我就去追她，勸她去睡覺。當然在船上要困難些。可是她通常不是晚上做這種事，多數情況是，她看到別人遺忘的東西就撿起來。當然，珍珠對她來說是很有吸引力的。」

鮑爾斯小姐停下來了。

雷斯問：

「你怎麼發現她拿了這串珍珠？」

「今天早上那串珍珠在她的襪子裏。當然我知道這是誰的，我經常看到它。我想把它放回去，希望多伊爾夫人還沒醒來，還沒發現丟了珍珠。可是一個侍者站在那裏，他告訴我發生了謀殺案，沒有人可以進去。因此，你知道，我真是騎虎難下了。可是我仍然希望能在人們發現它失竊之前溜進去把它放回去。我向你保證，我今天上午很不好過，想著該怎麼辦才好。你知道，史凱勒這一家多麼孤芳自賞，如果這件事給登到報上去那可不行，沒有必要那樣做，不是嗎？」

鮑爾斯小姐看起來真的著急了。

「那要看情況，」雷斯上校謹慎地說，「當然我們會盡力而為。史凱勒小姐對此事會怎麼說？」

「哦，她當然會否認的。她總是否認的，說哪個壞傢伙把它放在那兒的。她從不承認她拿了別人的東西。這就是為什麼如果你及時抓住她，她會像一隻小羊乖乖地去睡覺，或說她剛走出來賞月，或者諸如此類的話。」

「羅布森小姐知道這個——呃，這個弱點嗎？」

「不，她不知道，但是她母親是知道的，因為她是個非常淳樸的女孩，她母親認為最好還是不要讓她知道。讓我來應付史凱勒小姐就可以。」這位能幹的鮑爾斯小姐又補充一句。

「小姐，你及時來找我們，我們必須向您表示感謝。」白羅說道。

鮑爾斯小姐站了起來。

「我相信這樣做是對的，我衷心盼望。」

「放心吧，你做得很對。」

「你要知道，這裏面還牽涉到一樁謀殺案——」

雷斯上校打斷了她的話，他說話的口氣很嚴肅。

「鮑爾斯小姐，我要問你一個問題。我要向你強調，你必須說實話。史凱勒小姐精神有些不正常，到了有盜竊癖的地步，她是不是還有殺人狂的傾向？」

鮑爾斯小姐馬上就回答了這個問題：

「哦，天啊，不！沒有這種事，這我完全可以擔保，這位老小姐連一隻蒼蠅也不會傷害的。」

回答得如此肯定，似乎沒有什麼可以問的了。然而白羅還是提了一個小問題。

「史凱勒小姐有聽覺上的毛病嗎？」

「事實上是有的，白羅先生。可是並未嚴重到會引起你的注意，我是說，如果你和她說話，她並不聾，可是當你進入房間的時候，她經常是聽不見的。」

「多伊爾夫人的房間就在她隔壁，如果有人在裏面走動，你認為她聽得見嗎？」

「哦，我認為她聽不見，一點也聽不見。你要知道，她的床在房間的另一頭，並且不是靠牆的。不，我認為她什麼也聽不見。」

「謝謝你，鮑爾斯小姐。」

「是不是請你回到餐廳和其他人一起等著，好嗎？」雷斯說。

他給她開了門，看著她走下扶梯，進入餐廳。然後他關上門，回到桌旁。白羅已經拿起了那串珍珠。

「呃，」雷斯板著臉說，「反應倒很快。這個頭腦冷靜、狡猾的年輕女子——絕對能夠繼續隱瞞下去，如果她認為可行，說不定她可以隱瞞得更久些。現在該怎麼來看瑪麗・史凱勒小姐?我認為我們不能把她從嫌疑犯名單中除掉。要知道，她可能為了攫取這些珠寶而犯下了謀殺罪，我們不能相信這個護士的話，她為這個家庭是全心全意付出的。」

白羅點頭表示同意，他用手指一個個撥弄著珍珠，把它們舉起來，放到眼前看著。他說：

「我認為那位老小姐的說法有一部份是真的，她確實從房間裏朝外邊看過，也的確看見了羅莎莉・奧伯恩。可是我認為她並沒有聽到琳妮・多伊爾房間裏有什麼聲響或是有什麼人。我認為她只是從房間裏朝外偷看，準備溜出去偷珍珠。」

「而那時奧伯恩家的女孩正在那裏?」

「是的，正忙著把她母親的秘密藏酒扔到水裏去。」

雷斯上校同情地搖搖頭。

「原來是這麼一回事!這對年輕女孩來說是很不幸的。」

「是的，她的生活一直很不快樂。可憐的小羅莎莉。」

「嗯，我很高興事情澄清了，但她沒看到或是聽到什麼嗎?」

「我問過她了。她，停了二十秒鐘以後，回答說她沒有看到任何人。」

「哦?」雷斯臉上露出了警覺的表情。

「是的，這能給我們一些暗示。」

雷斯不慌不忙地說：

「如果琳妮・多伊爾是在一點十分左右，或是船上安靜下來後的任何時間被槍殺的話，那常奇怪的是，怎麼會沒有人聽到槍聲？我承認這樣的一支小手槍發出的聲音不會很大，可是那時船上非常安靜，任何聲音，哪怕是輕輕『噗』的一聲，也會被聽見的。可是現在我開始了解了，她前面的房間是空著的——因為她丈夫在貝斯納醫生的房間裏。她後面的房間住的是那個耳聾的史凱勒小姐，剩下的就只有——」

他沒說下去，期待地望著白羅，白羅點了點頭。

「船另一邊的那個隔壁房間了，也就是說——潘尼頓。我們似乎總要回到潘尼頓這裏。」

「我們很快就要掉頭來對付潘尼頓了，一定得和他攤開來說！這一定很過癮。」

「眼下我們最好還是著手搜查全船，尋找珍珠仍然是一個很好的藉口，儘管珍珠已經找到了，可是鮑爾斯小姐是不會大聲嚷嚷這件事的。」

「啊，這串珍珠！」白羅把它舉起來又照著亮處看一看。

他伸出舌頭，舔了舔珍珠，甚至用牙齒小心地咬了咬其中的一顆。然後，他歎了口氣，把它扔到桌子上。

「我的朋友，事情更複雜了，」他說，「我並不是珠寶專家，可是我過去曾處理過珠寶，我對我說的話還是很有把握的——這串珍珠只不過是個很精巧的複製品。」

第二十二章

22

雷斯上校急躁地開罵了：

「這個倒楣的案子越來越複雜了。」他拿起那串珍珠。「你沒有搞錯吧？我看不出有問題。」

「這些珠子是極高明的仿製品，就是這樣。」

「我們從這些假珠子上能得出什麼結論呢？我想琳妮・多伊爾該不會故意去做一串仿製的珍珠，然後為了安全起見，帶假珍珠上船。很多女人倒是會這樣做的。」

「我想，假如是這樣，她丈夫應該知道。」

「她可能並沒有告訴他。」

白羅不滿意地搖搖頭。

「不，我認為不是這樣的。上船後的第一個晚上，多伊爾夫人的珍珠曾使我讚賞不已，那種奇妙的色澤和光采——我可以肯定，她那時戴的是真珍珠。」

「所以我們可以設想出兩種可能性。第一，史凱勒小姐是在別人偷走真珍珠之後才偷了這串假珍珠。第二，盜竊癖的故事完全是編造的，可能鮑爾斯小姐就是個盜竊犯，她匆匆編造出那個故事，並且交出假珍珠以減輕嫌疑；要不就是她們一夥全都參與犯案。也就是說，她們是一夥狡猾的珠寶竊賊，卻假裝成一個美國上等家庭。」

「是啊，」白羅低聲說，「這很難說。但是我要給你指出一點——要做出一個和那串珍珠一模一樣的複製品——包括項鏈釦等等，而且要相似得騙得過多伊爾夫人，這需要高度熟練的技術，它不可能匆匆忙忙地製作出來。不管誰去複製那些珍珠，都需要有一個仔細研究原物的機會。」

雷斯站起來。

「現在再推測下去也無濟於事，我們繼續行動吧。我們必須找到真的珍珠，同時我們還得睜大眼睛處處留神。」

他們先檢查下層甲板上的客艙。瑞希提先生的艙房裏有用各國文字書寫的考古學著作，各式各樣的衣服，香味極濃的髮油和兩封私人信件——一封是一支考古工作隊從敘利亞寄來的，一封顯然是他在羅馬的妹妹寄給他的。他的手帕全都是絲綢的。

接下來他們檢查弗格森的艙房。

艙房裏有一些激進派的宣傳印刷品，不少照片，山繆爾・布特勒的《Erewhon》（Samuel Butler, 1835~1902，英國小說家）和平裝本的佩皮斯日記。他私人的東西不多。他的外衣大半是又破又髒；而內衣則是上好的材質，他用的是昂貴的麻紗手帕。

「這是很有趣的不協調。」白羅低聲說。

雷斯點頭：

「完全沒有私人證件、書信等等，這很奇怪。」

「是啊，這點需要想一想，弗格森先生是個奇怪的年輕人。」

他深思地看著他手裏拿的私章戒指，然後把它放在抽屜裏原來的地方。

然後他們到路易絲·布爾傑的艙房去，這個女僕要等其他旅客用完餐之後才去吃飯。但是雷斯已經通知別人先去把她帶到其他旅客那裏。這時一個侍者來找他們。

「對不起，先生，」他道歉說，「我到處都找不到這個年輕女人，我想不出她會在什麼地方。」

雷斯朝艙房裏看，裏面沒有人。

他們走到上層甲板，並從右舷開始檢查。第一間是詹姆斯·范索普的艙房。這裏的一切都井井有條，范索普先生行李不多，但是他的東西都是上等貨。

「找不到信件，」白羅沉思地說，「我們這位范索普先生很仔細，他把往來的書信都銷毀了。」

接下來他們到隔壁提姆·阿勒頓的艙房去。

在這裏有一些能呈現出英國國教派思想的東西——精美的三位一體聖像和一串雕工精細的木質念珠。除了私人衣服之外，有一部寫到一半的手稿，裏面有許多附註和塗改的痕跡；還有不少的書，大半是新近出版的。另外還有一些隨便扔在抽屜裏的信件。白羅對於閱讀別人的信件向來是蠻不在乎的，他大致看了一遍，注意到其中沒有喬安娜・索伍德的來信。他拿起一管膠水，心不在焉地晃了一下，然後說：

「我們去檢查下一間艙房吧。」

「沒有找到任何伍爾沃思廉價商店出售的手帕。」雷斯報告說，他把抽屜裏的東西放回原處。

下一間是阿勒頓夫人的艙房。艙裏十分整潔，飄蕩著老式的薰衣草香味。他們兩人很快就檢查完畢，雷斯走出這間艙房時說：

「她真是個有教養的女人。」

接下來是賽門・多伊爾用來做更衣室的艙房。他隨身用的東西——睡衣、梳妝用具等等，都搬到貝斯納的艙房裏去了，但是其餘的東西仍然在這裏——兩個大號手提皮箱和一個長形帆布袋，衣櫥裏還有些衣服。

「我的朋友，這裏我們要仔細檢查一下，」白羅說，「因為那個竊賊很可能把珍珠藏在這裏。」

「你認為有這個可能嗎？」

「當然有哇。你想一想！那個竊賊，不管是誰，一定知道遲早會進行搜查，因此把贓物藏在他或她自己的房間裏是極為愚蠢的。藏在公用的房間也會有其他的困難。可是這間艙房情況不同，它的主人不大可能到這裏來，如果在這裏找到珍珠，我們仍然不會知道誰是竊賊。」

但是經過了一絲不漏的搜查，他們並沒有發現失去的珍珠項鍊。

白羅輕輕地說了聲「去他的！」然後又走回甲板上。

琳妮・多伊爾的艙房自從屍體搬走後一直是鎖上的，但是雷斯隨身帶著鑰匙。他把門打開，兩人走了進去。

除了屍體被搬走以外，這間艙房完全保持著那天早晨時的原狀。

「白羅，」雷斯說，「如果這裏能找到什麼東西，看在上帝的份上，你就去找吧！如果有誰能找到什麼，那個人一定是你，這我知道。」

「這一回你指的不是珍珠吧，我的朋友？」

「說得對，我主要是指兇手，今天早晨我可能有查漏了的地方。」

白羅從容而熟練地進行搜查。他跪下來一吋一吋地仔細檢查地板，再檢查床鋪。他很快地翻看衣櫥和五斗櫃，檢查大皮箱和兩個精緻的手提箱，又檢查了昂貴的鑲金化妝盒。最後他的注意力轉到洗臉台上，架上有各種面霜、香粉、潔膚乳。但是唯一使白羅感興趣的東西似乎是兩個貼著「指甲油」標籤的小瓶子。最後他把這兩個瓶子拿到梳粧台上。貼著「玫瑰紅指甲油」標籤的那個瓶子是空的，瓶底還有一兩滴深紅色的液體。另外一個瓶子同樣大小，上面貼著「深紅指甲油」的標籤，裏面幾乎是滿的。白羅先打開空的那瓶，再打開滿的那瓶，然後仔細地聞這兩個瓶子。

一陣水果糖似的氣味瀰漫整個房間。他做了個鬼臉，蓋上瓶蓋。

「找到了什麼東西？」雷斯問。

白羅用一句法國諺語做答：

「『用醋黏蒼蠅辦不了事』。」然後他歎了口氣說：「我的朋友，我們運氣不好。那個兇手不肯助人為樂，他沒有給我們留下袖釦、煙蒂、雪茄煙灰；如果是女人的話，她也沒有留下手帕、唇膏或是髮夾。」

「只留下指甲油？」

白羅聳了聳肩：

「我一定要去問問那個女僕。這裏面的確是——有點奇怪。」

「我真想知道那個女孩究竟去哪兒了。」雷斯說。

他們兩人走出艙房，隨手鎖上房門，然後到史凱勒小姐的艙房去。

在這裏又一次看到有錢人使用的各種東西，豪華的梳妝用品，優質的皮箱，一些整理得井井有條的私人書信和證件。

下一間是白羅住的雙人艙房，再過去是上校的艙房。

「珍珠不大可能藏在這兩間艙房中的任何一間。」上校說。

白羅表示異議。

「那不一定。有一次我在東方快車上調查一件謀殺案，案情中有一件緋紅色的女用便袍，而且那件便袍不見了，可是它一定是在列車上。後來我找到了——你猜在哪裏？在我鎖著的手提箱裏！啊！這實在太無禮了！」

「好吧，讓我們來看看這一回是否有人對你或是對我不敬。」

可是竊賊並沒有對赫丘勒・白羅或是雷斯上校無禮。

他們轉過船尾，十分仔細地搜查鮑爾斯小姐的艙房，可是找不到任何可疑的東西。她的手帕是素麻紗的，上面繡有姓名的開頭字母。

接下來是奧伯恩母女的艙房。在這裏白羅又一次進行了非常仔細的搜查，但是一無所獲。

下一間是貝斯納的艙房。賽門・多伊爾躺在那裏，他旁邊有一盤沒有動過的食物。

「我身體不舒服。」他抱歉地說。

他好像在發燒，情況比那天稍早時壞得多。白羅能理解為什麼貝斯納急於把他送到醫院去妥善治療。這位小個子的比利時人說明他們兩人的來意，賽門點頭認可。當賽門聽到珍珠是鮑爾斯小姐歸還的，但又被證明是仿製品時，他驚訝不已。

「多伊爾先生，你能確定你的夫人沒有一串仿製的珍珠，並且確定她帶上船的不是仿製品而是原物嗎？」

賽門堅決地搖頭。

「是的。這一點我能確定。琳妮喜愛那些珍珠，她到哪兒去都戴著。她幫珍珠做了各種保險，所以我想她對那串珍珠有點漫不經心。」

「那麼我們就必須繼續搜查。」

他開始打開抽屜，雷斯則從手提箱下手。

賽門瞪著眼看：

「喂，你們該不會疑心老貝斯納偷了珍珠吧？」

白羅聳了聳肩。

「這可說不定。關於貝斯納醫生，我們到底知道些什麼呢？無非是他自己說的那些。」

「可是如果他把珍珠藏在這裏，我不可能沒看到。」

「如果他今天把東西藏起來，你是不可能沒看到。可是我們不知道調包的事是什麼時候發生的，他可能在幾天之前就調了包。」

「這我倒從來沒想過。」

但是這次搜查也毫無收穫。

下一間艙房是潘尼頓的。兩人費了一些時間去搜查。白羅和雷斯特別仔細檢查了一箱子的法律和商業文件，這些文件大部份都需要琳妮的簽字。

白羅沮喪地搖了搖頭：

「這些文件看起來似乎是合法而且正當的，你同意嗎？」

「完全同意。雖然如此，但這個人不是個天生的傻瓜。如果那裏頭有任何一件對他不利的文件——比方律師授權書或諸如此類的東西——他一定會先行把它銷毀。」

「對，沒錯。」

白羅從五斗櫃的最上層抽屜裏拿出一支大型的科爾特左輪手槍，朝它看看又放回原處。

「啊，看起來仍然有人習慣帶手槍旅行。」他喃喃地說。

「是啊，也許對案情有些啟示。雖然如此，琳妮・多伊爾並不是被這種大口徑手槍打死的。」雷斯停頓了一下，然後說：「你知道，關於把槍從船上扔進水裏的論點，我想出了一個可能的答案。假定兇手的確把手槍留在琳妮・多伊爾的艙房裏，假定另外有個人——第二個人——把槍拿走扔進河裏，你看有這個可能嗎？」

「對，這是可能的，我也曾想到過。但是這會引起一連串問題。誰是這第二個人？有什麼利害關係要把手槍拿走好庇護賈桂琳・貝弗？這第二個人在那裏幹什麼？我們知道進過艙房的唯一另一個人是史凱勒小姐。也許能假設是史凱勒小姐把手槍扔掉的，不過她為什麼要庇護賈桂琳・貝弗？然而，除此之外還有什麼理由要把手槍扔掉呢？」

雷斯建議說：

「可能她認出那塊披肩是她的，她害怕了，因此就把一整包東西扔進水裏。」

「扔掉披肩，這有可能，可是她會把手槍也扔掉嗎？儘管如此，我同意這是一個可能的解答。可是這想法有些漏洞。至於披肩，有一點你仍然沒有明白——」

當他們走出潘尼頓的艙房時，白羅建議雷斯去搜查其餘的艙房，賈桂琳的、科妮莉的和盡頭處的兩間空艙房，而他自己則去和賽門・多伊爾說幾句話。因此他沿著甲板往回走，重新走進貝斯納的艙房。

賽門說：

「你知道，我一直在回想，我可以確定那些珍珠昨天並沒有出問題。」

「為什麼，多伊爾先生？」

「因為琳妮——」提到他妻子的名字時他有些畏縮，「在吃晚飯前把珍珠拿在手裏一顆顆看過，而且談論過這些珍珠。她對珍珠有些研究，如果是假的，她會看出來。」

「不過那些珍珠是很高明的仿製品。請問，多伊爾夫人有借出珍珠的習慣嗎？比如說，她曾把珍珠借給朋友過嗎？」

賽門臉上發紅，感到有些窘。

「你知道，白羅先生，這我很難說……我，我，你知道，我和琳妮相識的時間不長。」

「啊，不是很久，你們上演的是極速羅曼史。」

賽門接著說：

「因此，真的，那種事情我是不會知道的。可是琳妮非常慷慨大方，我想她有可能把自己的東西借給別人。」

「她從來沒有——比方說，」白羅的聲音很平靜，「把珍珠借給貝弗小姐嗎？」

「你這是什麼意思？」賽門的臉脹得通紅，他想坐起來，但痛得退縮，又倒了下去。「你是什麼意思？你是說賈姬偷了珍珠？她沒有，我發誓她沒有，賈姬非常正直。你說她是個賊，這個想法簡直荒唐，太可笑了。」

白羅朝他看著，臉色溫和，兩眼閃光。

「唉呀呀呀！」他出人意料地說，「我的假設可捅到了別人的痛處。」

賽門固執地重覆，不為白羅的輕鬆語調所動。

「賈姬是正直的人！」

白羅記起了他在亞斯文尼羅河畔聽到一個女孩的聲音，她說：「我愛賽門，他也愛我……」

他曾經很想知道，那天夜裏他聽到三個人的談話，究竟哪一個是真實的。這時看來，賈姬的話似乎最接近真實。

房門打開，雷斯走了進來。

「什麼也沒找到，」他不高興地說，「好吧，我們原本也沒指望找到什麼。我看見侍者正要過來報告搜查乘客的情況。」

一個男侍者和一個女侍者來到房門口，男的先說：

「沒查到什麼，先生。」

「男士們有誰吵鬧嗎？」

「只有那位義大利先生，他抗議了一頓，說這是一種侮辱和諸如此類的話。他身上還有一支槍。」

「什麼樣的槍？」

「點二五自動手槍，先生。」

「義大利人的脾氣暴躁，」賽門說，「瑞希提在瓦迪哈法時，只不過因為一封電報出了錯就鬧個沒完。為了這件事，他對琳妮非常地無禮。」

雷斯轉身朝向女侍者，她是一個漂亮的高個子。

「那些女士們身上沒有什麼東西，先生。她們吵鬧得很厲害——除了阿勒頓夫人，她真是再好不過了。珍珠項鍊毫無蹤影。順帶提一下，那位年輕女士，羅莎莉・奧伯恩小姐，她手提包裏有一枝小手槍。」

「什麼樣子的？」

「非常小，先生，槍柄有珍珠貝裝飾，像個玩具。」

雷斯睜大眼睛。

「這案子真是見鬼了，」他低聲說，「原想我們可以對她解除懷疑，可是現在，難道在這艘該死的船上，每個女孩都隨身帶著珍珠柄的手槍嗎？」

他突然向女侍者問道：

「在你找到手槍的時候，她流露出什麼神情嗎？」

這女人搖搖頭：

「我想她並沒有注意，我檢查手提包時是背對著她的。」

「儘管如此，她一定知道你看到那支手槍了。哦，真叫我不明白。那個女僕呢？」

「我們整條船都找遍了，先生，我們哪兒也找不到她。」

「你們說什麼？」賽門問。

「多伊爾夫人的女僕——路易絲・布爾傑，她失蹤了。」

「失蹤了？」

雷斯若有所思地說：

「可能是她偷了珍珠，她有許多機會可以拿去做一個複製品。」

「然後，當她發現你們在進行搜查時，她就從船上跳進河裏？」賽門幫著出主意。

「別胡扯，」雷斯煩躁地回答，「一個女人不可能大白天從這樣的船上跳到水裏而沒人知道。她一定是在船上的什麼地方。」他又問女侍者：「最後看見她是在什麼時候？」

「在午餐鈴響之前大約半小時，先生。」

「不管怎樣，我們去看看她的艙房，」雷斯說，「也許會找到點線索。」

他帶頭朝下層甲板走去，白羅跟在他後面。他們打開房門，走進房間。

路易絲•布爾傑的職業是把別人的東西整理得井井有條，可是對於她自己的東西，卻懶得收拾。零零碎碎的東西胡亂放在五斗櫃上面，有一個手提箱開著，衣服掛在箱子邊緣，使得蓋子是展開的；內衣也邋遢地掛在椅子邊。

當白羅用靈巧的手指拉開梳粧台的抽屜時，雷斯正仔細檢查手提箱。

路易絲的鞋子在床前的地上。其中有一隻黑漆皮的，位置有些異常，幾乎是懸空的，這奇怪的現象引起了雷斯的注意。

他關上手提箱，彎下身看那雙鞋，突然，他尖叫了一聲。

白羅急忙轉身。

「發生什麼事了？」

雷斯嚴肅地說：

「她沒有失蹤。她在這裏——在床底下……」

23

路易絲・布爾傑的屍體橫躺在她艙房的地板上，兩個人俯身看著屍體。

雷斯首先站起身來。

「依我看，她死了將近一個小時，我們去請貝斯納來鑑定。一刀刺進心臟，我想她是立即死亡的。她的樣子很難看，不是嗎？」

「的確。」

白羅搖搖頭，有點顫抖。

深色的皮膚、貓也似的臉龐，好似因為驚訝和憤怒而抽搐，嘴唇有點收縮，露出了牙齒。

白羅又慢慢地俯身提起死者的右手，手指間露出點東西。他扳開手指把它拿出來，遞給雷斯。那是一角扯碎的薄紙片，粉紅色而略帶點紫色。

「你看這是什麼？」

「鈔票。」雷斯說。

「我猜這是一千法郎鈔票的一角。」

「好吧，事情的經過很清楚，」雷斯說，「她知道一些內情，便用來向兇手勒索。我們早就覺得她今天早上不太老實。」

白羅大聲喊道：

「我們太傻了，太愚蠢了！我們那時候就應該知道了。她那時候是怎麼說的？『我怎麼可能看到或者聽到什麼呢？我當時在甲板下面。當然，假如我當時睡不著覺，假如我走上了樓梯，那麼也許我可能會看見那個兇手，那個魔鬼，走進或者走出夫人的房間，可是當時的情況是——』當然，這就是實際發生的過程！她的確上過樓梯，她的確看見有人悄悄溜進琳妮・多伊爾的房間或是從房間裏走出來。而由於她貪財，貪財而失去理智，結果現在躺在這裏——」

「而我們卻沒能進一步弄清楚是誰殺了她。」雷斯氣惱地把白羅的話說完。

白羅搖了搖頭：

「不，不，我們現在知道得很多了。我們確實知道，我們幾乎一切都知道了。只不過，我們所知道的似乎令人難以相信……然而一定是那樣的。只是我沒有事先看出端倪。哼！我太傻了，今天早上！我們覺得——我們兩人都覺得，她的陳述有所保留，可是我們怎麼也沒有想到，她的目的竟是要去勒索。」

「她一定是直截了當地要對方付錢封她的嘴，」雷斯說，「用威脅的手段要錢。兇手被迫答應她的要求，就拿法國鈔票付錢給她，是不是這麼回事？」

白羅沉思地搖了搖頭：

「我想不是這樣。很多人旅行的時候會隨身帶一筆錢，可能有五英鎊的鈔票，有美元，或許也帶點法朗。很可能兇手是用他手頭的各國鈔票付錢給她。我們繼續推論下去。」

「兇手來到她的房間，把錢給她，然後——」

「然後，」白羅說，「她數錢。哦，對的，我知道她那種人。她會去數錢的，當她數錢的時候完全失去警惕，兇手便下手了。他一舉得手，把錢收回然後逃走，卻沒有注意到其中一張鈔票的一角被扯掉了。」

「也許我們可以根據這一角鈔票來捉到他。」雷斯半信半疑地說出他的想法。

「我很懷疑，」白羅說，「他會檢查那些鈔票，會注意到鈔票撕破了。當然，如果他是個生性小氣的人，他不會捨得銷毀一張一千法郎的鈔票——可是我怕他的性格恰恰相反。」

「你是怎樣推論出來的？」

「犯下這件案子和謀殺多伊爾夫人的人，都需要具備某種性格：有勇氣、有衝勁、動作大膽而且行動敏捷。省吃儉用、謹慎小心的人，是做不出來的。」

雷斯難過地搖搖頭。

「我最好還是去把貝斯納找來。」他說。

這位矮胖的醫生沒有花太多的時間檢查，他一邊檢查一邊用德語說著「啊！」和「原來如此。」

「她死了不超過一個小時，」他宣佈，「死得很快——一擊斃命。」

「你認為用的是什麼兇器？」

「啊，這個問題很有趣。應該是件很鋒利、很薄、很精巧的東西，我可以給你看是什麼樣的東西。」

他帶頭回到自己的房間，打開一個盒子，拿出一把精巧的長刃手術刀。

「我的朋友，是像這樣的東西，它不是一把普通的餐刀。」

「我想，」雷斯平靜地說，「你沒有遺失——呃，自己的手術刀吧，醫生？」

貝斯納盯著他看；然後他發火了，臉脹得通紅。

「你這是什麼話？你認為我，我卡爾・貝斯納——在奧地利全國聞名，有自己的診所，貴為皇室禮聘的人，會殺死一個可憐的小女僕？啊，說得真可笑，真荒唐！我的手術刀沒有遺失，一把也沒有。我告訴你，它們都在這裏，一把也沒有弄丟，排列得整整齊齊的。你可以自己來看，這是對我的職業的侮辱，我一輩子都不會忘記的。」

貝斯納醫生「啪」的一聲關上盒子，把盒子放下，踏著重重的腳步走出艙房到甲板上去了。

「喲！」賽門說，「你們把這個老傢伙惹火了。」

雷斯聳了聳肩：

「很遺憾。」

「你弄錯人啦，老貝斯納是個最好的人，即使他有些德國脾氣。」貝斯納醫生突然又出現了。

「現在，是否可以請你們把我的房間讓給我？我要給病人的腿上換藥。」

鮑爾斯小姐和他一塊兒來到，她精神抖擻且十分在行地站著等待閒人走開。

雷斯和白羅順從地輕輕走出去。

雷斯低聲說了些什麼就走開了。白羅向左轉身，他斷斷續續聽到女孩子們的對話和笑聲。賈桂琳和羅莎莉在一起，她們兩人在羅莎莉的房間裏。

門開著，這兩個小姐靠近門站著。他的影子落在她們身上，她們抬起頭來。他第一次看到羅莎莉・奧伯恩朝他微笑——一種羞怯而表示歡迎的微笑，笑容的線條顯得不大有把握，好像是在做一件不熟悉的新鮮事。

「你們在談論哪件八卦，小姐們？」他責怪她們。

「不是的，」羅莎莉說，「其實我們是在討論唇膏。」

白羅微笑。

「女孩子的重要瑣事。」他喃喃地說。

可是他的微笑有些不自然，賈桂琳・貝弗比羅莎莉機靈、善於察言觀色，她看出來了。她放下手裏拿的唇膏，走到甲板上來。

「又出了——出了什麼事？」

「你猜對了，小姐，出事了。」

「什麼？」羅莎莉也走了出來。

「又有人死了。」白羅說。

羅莎莉大聲吸了一口氣。白羅仔細地望著她。他看見她眼裏有一兩分鐘出現了害怕甚至是震驚的神色。

「多伊爾夫人的女僕被人殺死了。」他直截了當地告訴她們。

「被人殺死了？」賈桂琳喊道，「你說被人殺死了？」

「對，我是這樣說的。」他雖然是在回答賈桂琳，可是他卻看著羅莎莉。接下去他對羅莎莉說：「你知道，這個女僕意外地看到了什麼東西，所以，她被人滅口了，以免她到處亂說。」

「她看見了什麼？」

這又是賈桂琳問的，但白羅的回答又是對著羅莎莉，這是一場奇怪的三角對話。

「我想，她看到什麼，是毋庸置疑的，」白羅說，「她看到那天夜裏有人走進又走出琳妮・多伊爾的房間。」

他的耳朵很靈敏，他聽到她急忙吸了一口氣，看見她的眼皮眨了一下。羅莎莉・奧伯恩的反應正像他預期的那樣。

「她有沒有說她看見了誰？」羅莎莉問。

白羅慢慢地、遺憾地搖了搖頭。

甲板上有腳步聲走來，這是科妮莉。她睜大眼睛，神色驚慌。

「哦，賈桂琳，」她大聲說，「發生了可怕的事情！又是一件可怕的事！」

賈桂琳朝她轉身，兩個人朝前走了幾步。白羅和羅莎莉則是不知不覺朝另一個方向走去。

羅莎莉尖聲說：

「為什麼你朝著我看？你在想什麼？」

「你一下子就問了我兩個問題。我只回問你一個問題，你為什麼不把真話全告訴我，小姐？」

「我不懂你這是什麼意思。今天早晨，我把所有的事都告訴你了。」

「不對，有些事情你沒有說。你沒有告訴我，你手提包裏帶著一把珍珠柄的小口徑手槍，你沒有把你昨天夜裏看到的全部情況告訴我。」

她臉紅了。然後她尖聲地說：

「你在誑我，我沒有左輪手槍。」

「我沒有說左輪手槍，我說你在手提包裏帶著一把小手槍。」

她轉身，奔進了她的艙房又奔了出來，把她的灰皮手提包塞到他手裏。

「你在亂說一氣，如果你願意，你就自己看吧。」

白羅打開手提包，裏面沒有手槍。

他把提包還給她，和她那嘲諷的得意目光相遇。

「沒有。」他和藹地說，「槍不在裏面。」

「你看，你並不永遠都是對的，白羅先生。還有其他那些荒謬的說法，你也弄錯了。」

「不，我可不那樣想。」

「你真是不可理喻！」她生氣地跺腳，「你腦子裏有了先入為主的想法，就一直、一直、一直那樣想。」

「我要你對我說真話。」

「什麼真話？你似乎比我知道得更清楚。」

白羅說：

「你要我告訴你你看見的是什麼？如果我說對了，你就得承認，好嗎？我把我的想法告訴你。我認為昨晚你繞過船尾的時候不由自主地站住了，因為你看見一個人走出甲板中段的房間——第二天你才知道那是琳妮・多伊爾的房間。你看見他走出來，隨手關上門，從你站的地方走開，在甲板上朝前走去，然後，也許，走進盡頭兩個房間中的一間。現在，你說，我說得對嗎，小姐？」

她沒有回答。白羅說：

「也許你認為不說比較好，因為如果你說了，你怕自己也會被殺掉。」

一時間他想她就要上當了。責怪她沒有勇氣或許會使她上當，和她耐心說理反而不奏效。

羅莎莉的雙唇張開、抖動了一下，然後她說：

「我誰也沒看見。」

24

鮑爾斯小姐從貝斯納醫生的房間裏出來，把捲在手腕上方的袖口撫平。

賈桂琳突然撇下科妮莉去跟這位護士說話。

「他怎麼樣了？」她請護士回答。

白羅走過來及時聽到了回答。鮑爾斯小姐顯得憂慮不安。

「情況不算太壞。」她說。

「你是說他的傷勢惡化了？」賈桂琳叫道。

「我看，要等船到了目的地，給他照X光，再注射麻醉劑，把整個傷口清理乾淨之後，我才會鬆口氣。白羅先生，你看我們什麼時候才能到達謝拉爾？」

「明天早上。」

鮑爾斯小姐噘起嘴，把頭搖了搖。

「真是不幸，我們雖然盡力而為了，但是還是有發生敗血症的可能。」

賈桂琳抓住鮑爾斯小姐的手臂猛搖著說：

「他會不會死？他會不會死？」

「哎唷，不會的，貝弗小姐。當然，我希望不會，而我也的確這樣想。這傷口本身並不危險，可是應該趕快送醫治療。可憐的多伊爾先生，今天本來應該讓他保持絕對的安靜，他實在憂慮過度，受的刺激太深，難怪他的體溫一直升高。一方面是由於他太太突然遇害受到打擊，另一方面又是接二連三的——」

賈桂琳鬆手放掉護士的手臂，轉身走到一邊去，背對著其餘兩個人俯身靠著船舷。

「我是說，我們總得往好處去想。」鮑爾斯小姐說，「當然，多伊爾先生的體質強壯，這大家都看得出來，可能他這輩子沒有生過一天病。這是有利之處。但不能否認，像這樣體溫不斷的上升，是種危險的徵兆——」

她搖搖頭，再次理了理袖口，就步伐輕快地走了。

賈桂琳轉過身來，淚水模糊了她的雙眼，她摸索著走回自己的房間。有人用手扶著她給她帶路。她抬起頭來，透過淚眼一看，發覺在她身邊的是白羅。她微傾著身子依著他，隨白羅進了自己的房間。

她往床上一倒，眼淚越發撲簌簌地流個不停。她悲痛欲絕，不時地嗚咽抽泣。

「他活不成了！他活不成了！我知道他活不成……是我害死他的。是的，是我害死他的……」

白羅聳聳肩，微微搖了搖頭，遺憾地說：

「小姐，覆水難收，既成的事實是無法挽回的，如今懊悔已經太遲了。」

她更激動地大聲叫道：

「他是我害死的！我多麼愛他……我是多麼地愛他。」

白羅歎了口氣：

「太愛他了……」

很久以前，在布隆丹酒店裏他就有這個想法，現在它又重新浮現。

他有點躊躇地說：

「千萬別相信鮑爾斯小姐說的話，當護士的人總是比較憂鬱悲觀！上夜班的護士看到隔夜她的病人還活著往往嚇了一跳。日班護士也總是這樣，看到這個病人在早上還活著就會感到意外！你要明白，病人可能發生的種種狀況，她們知道得太多了。一個人在開汽車的時候，會自然而然地對自己說：『到十字路口，萬一有輛汽車從側面闖出來，或者萬一前面那輛卡車突然開倒車，或者正在開過來的那輛車有個輪子掉下來，或者有條狗從籬笆上跳到我握在方向盤上的手臂，那麼，我就可能沒命』，但其實他不真認為這些事情會發生——這也沒錯——他會安全到達目的地。當然，如果一個人曾經出過車禍，或者看到過一次或多次車禍，那麼他就可能會持相反的觀點。」

賈桂琳雖然滿面淚水，這時卻不禁破涕為笑地問：

「你是想安慰我吧，白羅先生？」

「仁慈的上帝知道我想幹什麼！你本來就不該參加這次旅行的。」

「對，我不來就好了。這——真可怕。可是，現在事情快要結束了。」

「是的——是的。」

「賽門會進醫院去，他們會給他好好治療，然後一切就沒事了。」

「你說話像個孩子似的！『然後他們就永遠過著幸福快樂的生活。』你就是這個意思，對不對？」

她的臉突然脹得緋紅。

「白羅先生，我絕不是這個意思，絕不是——」

「現在就這樣想未免為時過早！你說你沒有這個意思，是十足的虛偽。你天生具有拉丁血統，賈桂琳小姐，你應該勇於承認事實，即使這些事聽起來不太合理。舊國王死了，新國王萬歲！太陽沒有了，月亮就出來了。你就是這麼想，不是嗎？」

「你不明白，他的確為我擔心，他非常擔心我，因為他知道，如果我認為是我把他傷害得這麼嚴重，我會非常傷心。」

「那麼，」白羅說，「純粹的憐憫，是一種很高尚的情操了。」

他半嘲笑、半同情地看了看她。他用柔和的聲調，悄悄地哼著一段法語詩：

人生虛幻。

有一點愛情，
有一點仇恨，
還有一聲日安問候。
人生短暫。
有一點希望，
有一點夢想，
還有一句互道晚安。

他走出房間又回到甲板上。雷斯上校正邁著大步沿甲板走過來，一看到白羅馬上招呼他。

「白羅！好吔，我正要找你。我有一個主意。」他伸出手臂挽著白羅，拖著他向船首的方向走去。

「不過是多伊爾隨便說的一句話。當時我並不怎麼在意，是和一封電報有關。」

「看吧，確有其事。」

「也許沒什麼幫助，不過我們什麼線索都得考慮一下。唉，老兄，出了兩條人命，而我們仍然在黑暗裏摸索，一無所知。」

白羅搖搖頭：

「不，我們不是在黑暗裏瞎忙，我們已經找到頭緒了。」

雷斯好奇地看著他：

「你有了想法？」

「現在不光只是猜猜，我還有把握。」

「什麼時候的事？」

「從那個女僕路易絲・布爾傑死了以後。」

「我完全看不出來。」

「朋友，事實很清楚，已經非常清楚了。只是目前有點困難，有點小麻煩，有點障礙！你要知道，像琳妮・多伊爾這樣的人，在她周圍存在著許多對她抱懷憎恨、嫉妒、猜忌以及種種惡意情緒的人，他們就像是一大羣蒼蠅，老是嗡嗡嗡地鬧個不停……」

「所以你認為你已經知道了？」雷斯好奇地看著他。「除非你有把握，你是不會這麼說的。我還不能確定說我自己真的有所發現。當然，我有所懷疑……」

白羅的腳步停了下來，很慎重地把一隻手搭在雷斯的肩膀上。

「你是個聰明人，我的上校，你不會說：『告訴我，你想的是什麼？』你知道，如果能說，我現在就可以說了。但是有許多障礙得先排除掉。請你思考一下，按照我下面給你指出的線索再想一會兒。有些細節值得注意。賈桂琳・貝弗小姐說過，有人偷聽了那天晚上我和她在亞斯文花園裏的談話；提姆・阿勒頓先生說過，他在兇手犯案的那天晚上聽到過什麼和做過什麼；路易絲・布爾傑對我們今天早上的提問做了很重要的回答。還有以下的事實：阿勒頓夫人喝的是水，她兒子喝的是威士忌摻汽水，而我喝的是葡萄酒；再想想那兩瓶指甲油和我引用的諺語。最後我們來看看整個事件的關鍵點，就是，那支手槍被人用一塊廉價的手帕和一條絲絨披肩包起來扔到河裏去……」

雷斯沉思了一會兒，然後搖了搖頭。

「不，」他說，「我不明白。我是說，你的意思我約略懂得一點。不過，依我看，這幫助不大。」

「說得是，不過你只說對了一半。請記住我這句話：既然我們第一次的想法完全錯誤，我們就得從頭再來。」

雷斯略微做了個鬼臉。

「這我已經習慣了。我常常覺得，偵探的工作簡直就是：打一開始先犯錯，全部推翻再重來。」

「對，這句話說得很對，而這正是有些人不願意做的事；他們一旦抱有某種成見，那一切查證就得符合這一成見，如果有某個細節不合，他們就會把它扔到一邊；但是能解答問題的線索，偏偏總是不符合那些成見。我深知那支槍從案發現場被拿走是至關重要的事，這裏面一定暗藏蹊蹺，但究竟是什麼道理，直到短短的半個小時之前我才領悟。」

「而我還是不懂！」

「你會明白的！只要照我說的那些線索想一想。現在我們得把一封電報的事情弄清楚。就是說，如果那位德國醫生允許我們進去的話。」

貝斯納醫生的情緒仍然很不好，當他聽到敲門聲去開門時，眉頭緊皺，滿臉不高興。

「有什麼事？你們又要來打攪我的病人？我可是告訴你們，不行，他正在發燒，他今天所受的刺激已經超過了限度。」

「只問一個問題，」雷斯說，「再也沒有別的，我向你保證。」

醫生無可奈何地哼了一聲，身子向旁邊挪動了一步，兩個人隨即進入房間。貝斯納醫生自言自語地從他們身旁擠過去。

「我過三分鐘回來，」他說，「然後——你們非走不可！」

他們聽見他踏著沉重的步伐走到甲板上去了。賽門・多伊爾詫異地輪流盯著他們倆。

「呃，」他說，「有什麼事？」

「一件很小的事情。」雷斯回答說，「剛才侍者們向我回話時，提到瑞希提先生特別難伺候，你說你不感到意外，因為你知道他脾氣不好，曾經為了一封電報的事對你的夫人很不禮貌。你現在可以談談這件事嗎？」

「這沒問題。那是在瓦迪哈法，我們剛從第二大瀑布回來，琳妮看到有封電報貼在佈告欄上，她認為是她的。要知道，她當時已經忘了她不叫瑞奇威了，而瑞希提和瑞奇威兩個名字，如果寫得潦草一些，看起來是很像的。因此她就把電報拆開來看，誰知她看完一點兒也摸不著頭緒，正感到迷惑的時候，瑞希提這個傢伙走了過來，理直氣壯地把電報從琳妮手裏一把奪過去，嘴裏還氣沖沖地咕噥個不停。琳妮過去向他道歉，他對琳妮卻非常粗魯無禮。」

雷斯深深地吸了口氣：

「多伊爾先生，那封電報的內容你是否知道一些？」

「知道。有一部份琳妮曾唸了出來。電報上說——」

他停了下來，外邊起了一陣騷動，很快傳來高嗓門的說話聲音。

「白羅先生和雷斯上校在哪兒？我必須立刻見見他們！非常重要，我有無比重要的情報。我——他們是不是在多伊爾先生房裏？」

貝斯納剛才沒有把房門關上，門口只有門簾遮著。奥伯恩夫人把門簾往邊上一掀，像一陣旋風似的闖了進來。她滿臉通紅，步態有點兒蹣跚，說起話來舌頭已不聽使喚。

「多伊爾先生，」她就像在演戲似的，「我知道是誰殺害了你的夫人。」

「什麼？」

賽門兩眼盯著她，其餘兩個人也是。

奧伯恩夫人得意洋洋地把三個人掃視了一下，她感到很高興，高興極了。

「真的，」她說，「我的看法完全得到證實。這是強烈的、原始的、原生的衝動，看來似乎不可能，是異想天開，但這卻是事實！」

雷斯緊接著問道：

「你是不是說，你手中已經有了證據，可以證明誰殺害了多伊爾夫人？」

奧伯恩夫人在一把椅子上坐下來，前傾著身子使勁地點一點頭。

「當然有。誰殺死了路易絲・布爾傑，誰也就殺死了琳妮・多伊爾——兩樁罪行都是同一個人幹的，這一點你們是同意的，對不對？」

「對，對，」賽門不耐煩地說，「當然，說得有理，請再說下去。」

「那麼我的判斷就無懈可擊。我知道誰殺害了路易絲・布爾傑，因此我知道誰殺害了琳妮・多伊爾。」

「你的意思是說，關於誰殺害路易絲・布爾傑，你有你的看法。」雷斯懷疑地說。

奧伯恩夫人興奮難抑地把身子轉向雷斯。

「不是，我是確實知道，我親眼看見這個人。」

賽門激動地大喊道：

「看在上帝的面子上，請你從頭說起。你說你知道是誰殺死了路易絲・布爾傑。」

奧伯恩夫人點點頭。

是的，她感到很高興——這一點不容懷疑！這是屬於她的時刻，是她再造風光之機！如果她的書賣不出去，如果那些買過、讀過她的書的讀者們已經另擇所愛，那有什麼關係呢？莎樂美・奧伯恩將再次名揚四海，她的大名會登在所有的新聞報紙上，她將是開庭審判時檢舉罪犯的主要證人。

她深深地吸了一口氣，然後張開嘴巴繼續說下去。

「那是我到下面去吃午餐的時候。我不大想吃東西——因為剛發生的悲劇太恐怖了。呃，這我不必去談它。往下面走了一半，我想起我，呃，有件東西忘記在房間裏，於是我讓羅莎莉自個兒先去餐廳，她就走了。」

奧伯恩夫人歇了一會兒。

門簾微微動了一下，好像是風吹的。三個男人都沒注意。

「我，呃——」奧伯恩夫人停頓下來。說到這兒她非常的謹慎，深恐稍有疏忽就會說溜了嘴，可是又不得不說下去。「我，呃，和船上的某個……約定好了一件事情。他要把我需要的一件東西交給我，而我又不想讓我女兒知道。她在某方面很不可愛。」

這一段話說得不太高明。不過，等到要上法庭說這段故事的時候，她會想出更合適的說法。

雷斯雙眉一揚，用眼光向白羅詢問。

白羅極其輕微地把頭點了一下。他做了一個「酒」字的口型。

門簾又動了，在門簾和房門之間有一樣東西發出微弱的青色閃光。

奧伯恩夫人接著往下說：

「我們商量好，我到下面一層甲板的船尾去，在那兒會有個人在等我。我在甲板上走的時候看見有一間艙房的門打開了，有個人走出來張望了一下，就是這個女孩──路易絲・布爾傑，或者叫什麼都行。她好像在盼著什麼人來，一看是我，似乎感到很失望，馬上又縮回裏面去了。我當然沒把這事放在心裏。就像我剛才說的，我繼續往前走，並且從那個人手裏把──把那件東西接過來，然後我就往回走。正當我走到拐彎的地方，我看見一個人在敲這個女僕的房門，然後這個人就走了進去。」

雷斯說：

「而這個人就是──」

砰！

爆炸聲震動了整個房間，有一股刺鼻的火藥味。奧伯恩夫人慢慢地轉向一側，好像在和別人進行重要的談話，然後她的身體慢慢前傾，終於啪的一聲倒在地下，鮮血從耳後的一個小圓洞直往外流。

頓時全場嚇得目瞪口呆。一陣靜默之後，白羅和雷斯一躍而起。奧伯恩夫人的身體擋住他們的行動，白羅像隻貓似的跳到房門口，再跑到甲板上，雷斯則在房間裏彎著腰認真察看死者。

甲板上空無一人，但是地上有一支大號的左輪手槍，就在門檻前面。

白羅向左右兩邊匆匆一看，甲板上依然空無一人。於是他快步奔向船尾。在拐彎時，他和從相反方向飛奔過來的提姆・阿勒頓撞個滿懷。

「究竟是怎麼回事？」提姆喘著氣叫道。

白羅緊接著問：

「你跑過來時有沒有碰見什麼人？」

「碰見什麼人？沒有。」

「那麼你跟我來。」

他拉著那小伙子的手由原路折回，這時候房門口已經聚集了一小羣人。羅莎莉、賈桂琳和科妮莉已經從房間裏跑了出來，還有人從觀景艙走到甲板上來，是弗格森、吉姆・范索普和阿勒頓夫人。

雷斯站在左輪手槍旁邊。白羅轉過頭去對提姆・阿勒頓說：

「你口袋裏有沒有手套？」

提姆摸了摸口袋。

「我有。」

白羅一把拿過手套戴上，彎下腰去檢查左輪手槍，雷斯也在一旁細看，其餘的人屏息看著。

雷斯說：

「他沒有向船首的方向跑過去。范索普和弗格森都坐在這層甲板的休息台，他們一定會看見他的。」

白羅接著他的話說：

「而如果他向船尾跑，阿勒頓先生會碰見他的。」

雷斯指著左輪手槍說：

「真奇怪，不久以前，我們還看過這支槍。雖然這樣，我們還是得再確認一次。」

他去敲潘尼頓的房門，沒有應門的聲音，房間裏沒有人。他大步走到衣櫃右邊的抽屜面前，把抽屜猛然拉開，左輪手槍已不翼而飛。

「這個解決了。」雷斯說，「那麼潘尼頓人在哪兒？」

他和白羅出了房間又回到甲板上，這時阿勒頓夫人也來了，白羅快步走到她面前。

「夫人，請你把奧伯恩小姐帶在身邊看好。她的母親已經被——」他向雷斯使了個眼色，雷斯點點頭。「打死了。」

貝斯納醫生慌忙地走過來。

「上帝啊！現在又出了什麼事？」

他們讓路給他，雷斯指著艙房，貝斯納走了進去。

「去找潘尼頓。」雷斯說，「左輪手槍上有沒有指紋？」

「完全沒有。」白羅說。

他們在下面一層的甲板上找到了潘尼頓，他正坐在小客廳裏寫信。他抬起刮得很乾淨的臉孔。

「有新的情況嗎？」他問。

「你沒有聽見一記槍聲嗎？」

「啊，你們現在這麼一提，我想我剛才是聽見砰的一聲。可是我絕沒有想到——誰被打死了？」

「奧伯恩夫人。」

「奧伯恩夫人？」潘尼頓顯得十分震驚，「呃，這確實使我感到意外。奧伯恩夫人。」他搖搖頭。「我不懂。」他放低了聲音，「兩位先生，我想我們船上似乎有個殺人狂，我們應該團結起來，嚴加提防才是。」

「潘尼頓先生，」雷斯說，「你在這個房間裏待了多久？」

「哦，讓我想想看，」潘尼頓輕輕撫摩著下巴，「我看大約有二十分鐘吧。」

「你沒有離開過這兒？」

「沒有，絕對沒有。」

他詫異地看著他們倆。

「你要知道，潘尼頓先生，」雷斯說，「奧伯恩夫人是被你的左輪手槍打死的。」

25

潘尼頓先生大吃一驚，他簡直不敢相信。

「唉，兩位先生，這可是一件非常嚴重的事情，非常嚴重。」

「潘尼頓先生，對你來說尤其嚴重。」

「我？」潘尼頓吃驚地揚起了眉毛，「可是，親愛的先生，槍響的時候我正在這個房間裏埋頭寫信。」

「你有證人可以證明這一點嗎？」

潘尼頓搖了搖頭。

「噢，沒有，我想沒有。可是要說我跑到頂層甲板去，用槍把那個可憐的女人打死（我為什麼要打死她？），而且又要不讓人看見，那顯然是不可能的。白天這個時候，頂層甲板的休息台總是有許多人在那兒的。」

「兇手用的是你的手槍，這你怎麼解釋呢？」

「呃，這一點恐怕要怪我不好。我們上船後不久，有一天晚上大家在大廳裏閒聊，我記得是在談武器之類的事，當時我曾提起，我出門旅行時總是帶著一支左輪手槍。」

「有哪些人？」

「呃，我記不清楚了，我想大多數人都在那兒，反正人很多。」他緩緩地搖著頭。

「唉，沒錯。」他說，「這一定是我的錯。」他接著往下說：「先是琳妮，然後是琳妮的女僕，現在又是奧伯恩夫人，這中間似乎毫無道理！」

「有道理。」雷斯說。

「有嗎？」

「有。奧伯恩夫人正要對我們說她看見某個人進了路易絲的房間，而那個人的名字還沒來得及說出口，她就被一槍打死了。」

安德魯・潘尼頓掏出一條精緻的絲質手帕把眉毛擦了擦。

「真可怕。」他咕噥著說。

白羅說：

「潘尼頓先生，我想和你討論本案的某些問題，請你過半個小時後到我房裏來，好不好？」

「沒問題，我很樂意。」

潘尼頓的聲音聽起來並不樂意，他的臉色看上去也很不樂意。雷斯和白羅互看了一眼，隨即離開了小客廳。

「狡猾的老狐狸，」雷斯說，「可是他害怕了，是不是？」

白羅點點頭：

「是啊，我們的潘尼頓先生現在生氣了。」

他們又回到了頂層甲板。這時阿勒頓夫人從她的房間裏走出來，看到白羅就急切地向他招手。

「夫人！」

「那可憐的孩子！請你告訴我，白羅先生，船上還有沒有雙人艙房可以讓我跟她住在一起？我想她不應該再回到她們的房間去了，而我住的是單人房。」

「這應該可以安排，夫人，你真是好心。」

「這是應該的，況且我很心疼這孩子，我一直很喜歡她。」

「她是不是難過的不得了？」

「傷心極了，她對那個討厭的女人似乎是百依百順。但可悲的也就在這裏，提姆說，他認為那個女人酗酒，是真的嗎？」

白羅點點頭。

「哦，可憐的女人，我想我們不要對她妄下定論；可是那孩子想必一直十分痛苦。」

「是的，夫人，她相當乖巧自愛，並且非常誠懇。」

「對，我喜歡這一點——我是指誠懇。現在這已經不多見了。這孩子性格很特別，穩重、沉默又倔強，但在她心底，我看是非常熱情的。」

「我知道我能放心把她交給你這位好人，夫人。」

「對，你放心好了，我會照顧她。她一直緊緊地挨著我，那樣子真是可憐極了。」

阿勒頓夫人回到房間去，白羅則回到悲慘事件的現場去。

科妮莉仍在甲板上站著，眼睛睜得大大的。她說：

「我不明白，白羅先生，那個開槍打死她的人怎麼能不被看見就跑掉了？」

「對呀，怎麼可能呢？」賈桂琳附和說。

「啊，」白羅說，「這並非你想像的那種脫身之計，小姐，這個兇手可以朝三個不同的方向逃走。」

賈桂琳顯得迷惑不解。她說：

「三個？」

「他可能往左邊跑，可能往右邊跑，可是我看不出他還可能往哪兒跑。」科妮莉感到茫然。

賈桂琳也皺起了眉頭，然後她的眉頭又鬆開了。她說：

「在平面上，他可以朝兩個方向移動，但是他還可以往垂直的方向跑。也就是說，雖然他無法往上跑，但他可以往下跑。」

「你很聰明，小姐。」白羅笑笑。

科妮莉說：

「我知道我一向很笨，我還是不懂。」

賈桂琳說：

「我的寶貝，白羅先生的意思是，他可以把身體繞過欄杆，跳到下一層甲板上去。」

「我的天哪！」科妮莉喘著氣說，「我從沒想到這一點。可是他的行動一定要很敏捷，他能那麼快嗎？」

「這個是很容易的。」提姆・阿勒頓說。「記住，發生這樣的事情，現場的人大半會呆住一會兒。一個人聽到了槍聲，總會有一兩秒鐘嚇得不敢動彈。」

「這是你的經驗之談嗎，阿勒頓先生？」

「對。我站在那兒呆若木雞足足有五秒鐘，然後才拚命地往甲板上跑。」

雷斯從貝斯納的房間裏出來，像下命令似的說：

「請你們都馬上離開好不好？我們要把人抬出來。」

所有人都遵命走開了，白羅也和大家一起離去，科妮莉很嚴肅地對他說：

「只要我活著，我絕忘不了這一趟旅行。三條人命……真像是在做惡夢。」

弗格森聽到她的話，挑釁似地說：

「這是因為你太文明了。對待死人的事，你該學學東方人的態度。不過是件小事情嘛，沒有什麼值得大驚小怪的。」

「你說得是不錯，」科妮莉說，「可是他們沒受過教育，他們很可憐。」

「對，沒受過教育，這可是件好事，教育使白種人喪失了生命力。看看美國——漫無節制地醉心於文化活動，簡直令人作嘔。」

「我認為你在胡說八道。」科妮莉紅著臉說，「我每年冬天去聽希臘藝術和文藝復興講座，我還聽過幾次歷史上知名婦女的講座。」

弗格森先生痛苦地歎息著說：

「希臘藝術！文藝復興！歷史上的知名婦女！聽到這些真叫我噁心。人最重要的是放眼未來，傻女孩，而不是緬懷過去。船上死了三個女人，這又有什麼了不起？失去她們不算損失！琳妮·多伊爾和她的錢！那個法國女僕——一條家庭的寄生蟲。奧伯恩夫人——一個毫無用處的傻女人。她們是死是活，你以為有誰真的在乎？我就不在乎，我認為他們死了也好！」

「那你就錯了！」科妮莉對他發起火來，「聽你談這談那，好像除了你以外，什麼人都無足輕重。我並不很欣賞奧伯恩夫人，可是她女兒很愛她，她母親的死，讓她簡直痛不欲生。對於那個法國女僕，我的了解不多，但是我想這世上的某個地方總還有人喜歡她。至於琳妮·多伊爾，別的暫且不談，她非常美麗，一走進房間，就會成為注目的焦點。我自己長得不好看，就越發激起我對美的欣賞。她，做為一個女人，可以和希臘藝術中的任何一件藝術品媲美，而任何美的東西死去，都是整個世界的損失。這就是我的想法！」

弗格森先生往後退了一步，他用雙手揪住自己的頭髮拚命地拉。

「我認輸，」他說，「你簡直令人難以相信，女人那種與生俱來的壞心腸你竟然一點也沒有。」他轉向白羅：「你知不知道，先生，科妮莉的父親被琳妮‧瑞奇威的父親給弄得傾家盪產。可是這個女孩看到這位女繼承人戴著珍珠項鍊、穿上巴黎時裝大搖大擺的時候，她曾咬牙切齒過嗎？不，她就像一隻愚蠢而咩咩叫的羔羊那樣乖乖地說：『她是多麼美麗呀！』我認為她甚至不曾氣惱過琳妮。」

科妮莉臉紅了：

「我生氣過——但只是一會兒。你要知道，爸爸是因為不得志而死的，他的事業失敗了。」

「你生氣過？太誇張了。」

科妮莉馬上轉過身來兩眼盯住他。

「好哇，剛才你不是說重要的是放眼未來而不是緬懷過去嗎？這一切不都是過去的事嗎？不是現在都結束了嗎？」

「這下子你把我難倒了，」弗格森說，「科妮莉‧羅布森，我從未遇見過像你這樣的好女人，你和我結婚好不好？」

「你別亂說。」

「我真的是在求婚——儘管這是當著偵探老爺面前這麼做。白羅先生，反正你是見證人。我是經過慎重考慮才向這位女士求婚的——這跟我的個人原則背道而馳，因為我不主張兩性之間訂立正式的婚約；但是我想她不會容忍兩性交往存在任何其他的方式，因此我們必須結婚。說呀，科妮莉，說你同意和我結婚。」

「我認為你荒唐透頂。」科妮莉說。

「你為什麼不願意和我結婚？」

「你這個人玩世不恭。」科妮莉說。

「你是說我求婚玩世不恭，還是說我為人玩世不恭？」

「二者都有，但我是指你的為人。你對所有嚴肅的事物都加以嘲笑，教育，文明，還有——人命。你不是個可靠的人。」

她突然住口，臉上又泛起了紅暈，急忙回到自己的房間裏去了。

弗格森凝視著她的背影：

「該死的丫頭！我看她真的是這個意思。她寧可要一個可靠的男人。可靠，活見鬼！」他停頓一下，然後好奇地說：「你怎麼啦，白羅先生？你似乎在冥思苦想，搜索枯腸。」

白羅驚醒過來。

「我喜歡思考，就這麼回事，喜歡思考。」

「《死亡沉思錄：死亡只是循環小數》，白羅著，作者的著名專題論文。」

「弗格森先生，你這個年輕人十分魯莽無禮。」

「請你務必原諒，我就是喜歡攻擊陳規陋習。」

「那麼我也屬於陳規陋習囉？」

「完全正確。那個女孩你認為怎麼樣？」

「羅布森小姐嗎？」

「對。」

「我認為她很有個性。」

「你說得對，她很有氣魄。她看來溫和懦弱，但實際上不是。她很有膽量，她——哦，我非要這個女孩不可，我去和那位老夫人打打交道，這主意也許不壞。儘管老夫人可能完全反對，但對科妮莉可能有點效果。」

他拐了個彎，走進觀景艙。史凱勒小姐照例坐在角落上她的老座位。她顯得比往常更為傲慢，正在織毛線。弗格森大步走到她面前。赫丘勒・白羅悄悄地進來以後，留神地在不遠處坐著，好像在專心看一本雜誌。

「你好，史凱勒小姐。」

史凱勒小姐的眉毛才揚起，就又收下來，她冷淡地小聲說：

「呃——你好。」

「請聽我說，史凱勒小姐，我有一件十分重要的事情想跟你談。是這樣的，我要和你的表妹結婚。」

史凱勒小姐的毛線團掉到地上，從觀景艙這一頭一路滾到那一頭。她惡狠狠地說：

「年輕人，你想必是神經失常吧？」

「絕不是。我決心要跟她結婚，我已經向她求婚了！」

史凱勒小姐冷冰冰地打量著他，看她那副猜測的神氣，好像是在打量著一隻奇形怪狀的甲蟲。

「是嗎？我想也許是她派你來談這件事的。」

「她已經拒絕我了。」

「自然。」

「才不『自然』，我要繼續向她求婚，直到她同意為止。」

「我可以向你擔保，先生，我會採取行動，以避免我的表妹遭受這種折磨。」史凱勒小姐嘲諷地說。

「你憑什麼反對？」

史凱勒小姐只是揚了揚眉毛，她把毛線猛力一拽，準備把毛線團收回來，並且結束這場談話。

「你說，」弗格森先生堅持問道，「你憑什麼反對？」

「原因很明顯，呃——我該怎麼稱呼你？我不知道你的姓名。」

「弗格森。」

「弗格森先生，」史凱勒小姐說這個姓氏時顯然帶著厭惡，「存有這樣的念頭等於是癡心妄想。」

「你的意思是，」弗格森說，「我配不上她。」

「我認為這一點你應該很清楚。」

「我哪一點配不上？」

史凱勒小姐再次默不做答。

「我有兩條腿，兩條手臂，健全的身體，以及理智的頭腦，還有什麼不好？」

「世界上存在著社會地位這種東西，弗格森先生。」

「社會地位是用來騙人的！」

門開了，科妮莉走了進來。一看到她那位厲害的表姐在和那位求婚未遂的人談話，她馬上站在那兒楞住了。

蠻不講理的弗格森把頭一掉，笑嘻嘻地叫道：

「過來，科妮莉。我在以最得體的傳統方式向你求婚。」

「科妮莉，」史凱勒小姐說話的語氣著實叫人害怕，「你有沒有慫恿這個年輕人這麼做？」

「我……沒有，當然沒有，沒有真正……我的意思是——」

「意思是什麼？」

「她沒有叫我這麼做，」弗格森解圍說，「這完全是我自己的想法。她沒敢叫我這麼做，因為她的心地太善良了。科妮莉，你表姐說我配不上你，這當然是事實，但並非像她所說的那個意思。我在道德方面確實比不上你，可是她指的是，我的社會地位不足以高攀。」

「這一點，我認為科妮莉也看得很清楚。」史凱勒小姐說。

「是這樣嗎？」弗格森以銳利的目光看著科妮莉，「你不願意和我結婚，就是為了這個緣故嗎？」

「不，不是這樣。」科妮莉臉紅了，「如果——如果我喜歡你，我就會和你結婚，不管你是誰。」

「但是你不喜歡我，是不是？」

「我——我認為你這個人蠻不講理。看你說話的那種神氣，看你所說的事情……我——我從來沒有見過像你這樣的人。我——」

再說下去她眼淚就要掉下來了，她趕忙跑出觀景艙去。

「總而言之，」弗格森先生說，「這種開頭還不算太糟。」他仰靠在椅子上，兩眼盯著天花板，翹起了不雅觀的二郎腿說：「我遲早會稱呼你表姐。」

史凱勒小姐怒不可遏，渾身直打哆嗦：

「你給我立刻離開這個房間，先生，否則我就按鈴叫侍者來。」

「我是花錢買了票的，」弗格森先生說，「他們也沒辦法把我從公共的休息室裏趕走。但是我願意遷就你一下。」他小聲哼起歌來：「唷呵呵，來瓶蘭姆酒。」

他站起來以後，就若無其事地踱著悠閒的步子走出了觀景艙。

史凱勒小姐氣得話也說不出來，她勉強掙扎著站起來。白羅這時不再看雜誌了，他小心地從雜誌後面露出臉來，隨即一躍而起，去把毛線團收了回來。

「謝謝你，白羅先生。請你去把鮑爾斯小姐叫來，我感到很不舒服。那個目中無人的年輕人！」

「他也許是很古怪，」白羅說，「不過像他這種家庭背景的人大都如此，當然都是給寵壞的。他們喜歡像唐吉訶德一般，和實際上不存在的敵人抗爭。」他又隨便加了一句：「我想你大概已認出他來了吧？」

「認出他來？」

「他自稱弗格森。思想先進，他不願意使用自己的頭銜。」

「他的頭銜？」史凱勒小姐的語氣尖厲。

「是的，他就是年輕的道利什爵士。當然，他非常富有，可是他在牛津大學讀書的時候，傾向了左派。」

史凱勒小姐的面容突然變化萬千，簡直成了對立情緒奮力激戰的戰場。她說：

「你知道這件事有多久了，白羅先生？」

白羅聳聳肩。

「這兒的一份報紙上有他的照片，看來很像他。此外，我又發現他有一只鐫刻著家族象徵的戒指。哦，這是毫無疑問的，我可以向你保證。」

白羅十分感興趣地欣賞那些矛盾的表情在史凱勒小姐臉上交替出現。最後，她神態自如地點點頭說：

「非常感謝你，白羅先生。」

她走出觀景艙時，白羅目送著她的背影微笑。然後他坐下來，臉色再次變得嚴肅起來。他在自己的頭腦裏把一連串的想法繼續追究下去，並不時地點點頭。

「啊！原來是這樣。」他終於說道，「一切都吻合了。」

26

雷斯發現他還坐在那裏。

「喂，白羅，怎麼辦？潘尼頓再過五分鐘就要來了，我把這事交給你。」

白羅很快站了起來：

「首先，把范索普這年輕人找來。」

「范索普？」雷斯露出驚訝的神情。

「是的，把他帶到我房間裏來。」

雷斯點點頭就走了，白羅向他的房間走去，過了一兩分鐘，雷斯和范索普就到了。

白羅指著椅子請他們坐下，並向他們敬煙。

「好吧，范索普先生，」他說，「我們談談吧！我看到你的領帶和我朋友海斯汀的一模一樣。」

吉姆・范索普低下頭看了看自己的領帶，有些迷惑不解。

「這是一條伊頓公學的校友領帶。」他回答說。

「沒錯，你應該知道，雖然我是一個外國人，但我對英國人的觀點是有所了解的。例如，我知道『有些事可以做』，而『有些事不能做』。」

吉姆・范索普咧著嘴笑了。

「先生，如今我們不大說這樣的話了。」

「也許不說了，但是習慣還是照舊不變。伊頓校友的領帶仍舊是伊頓校友的領帶，而從經驗中我知道，有些事情是繫這種領帶的人不會做的。范索普先生，我們有件不應該做的事情就是，當你碰到不認識的人正在進行私下談話時，人家若不招呼你，你就不該介入。」

范索普目露驚訝之色。白羅繼續說：

「范索普先生，不久前的某一天，你就這樣做了。有幾個人在觀景艙裏靜靜地處理一些私人事務，你卻走近他們，顯然是想偷聽他們在說些什麼，而且你後來還轉過身來，向賽門・多伊爾夫人稱許她辦事得法，無懈可擊。」

吉姆・范索普的臉脹紅了。白羅滔滔不絕地說下去，不等他回嘴。

「范索普先生，那根本不是一個繫了和我朋友同樣領帶的人應有的行為！他會十分謹慎小心，死也不會做出這種事來！把你的行為和下面我要談到的一些情況連起來看，例如：你年紀很輕，但卻有錢來趟奢侈的度假——你是一家鄉間律師事務所的職員，當然不大可能有錢；你身上沒有露出疲態表明你剛生過一場大病，需要到國外去度個長假

——所以我問我自己，現在也問你，你在這艘郵輪上的理由是什麼？」

吉姆・范索普把頭向後猛地一晃。

「白羅先生，我拒絕向你提供任何消息。我認為你一定是神智不清了。」

「我沒有神智不清，我頭腦十分清醒。你的事務所在哪裏？在北安普敦，離沃德莊園不遠。你想偷聽什麼呢？討論法律文件的談話。你發表意見——當下顯然十分尷尬和不安——其目的是什麼呢？你的目的是阻止多伊爾夫人在沒有過目之前就簽署任何文件。」他停了一下。「這艘郵輪上發生了一起謀殺案，緊接著又發生了兩起謀殺案。如果我進一步告訴你，用來殺害奧伯恩夫人的手槍是安德魯・潘尼頓先生所有，也許你就會明白，盡量向我們提供你所知道的情況確實是你的責任。」

吉姆・范索普沉默了幾分鐘。最後他說道：

「白羅先生，你處理問題的方式很奇特，但是我很欣賞你提出的那幾點分析。問題是，我沒有什麼確切的訊息可以告訴你。」

「你的意思是說，因為本案仍處於懷疑階段？」

「是的。」

「於是你就認為談論此事是不公正的？從法律觀點看來，這可能是對的。但這裏不是法庭。雷斯上校和我正在努力追查兇手，任何對我們有幫助的線索都是有價值的。」

吉姆・范索普又陷入沉思，接著他說道：

「好吧，你們想知道什麼？」

「你為何參加這趟旅行？」

「我的叔叔卡邁克先生，是多伊爾夫人的英國律師，是他派我來的。他經辦夫人的許多事務。因此，他經常和安德魯‧潘尼頓先生有書信往來，潘尼頓是多伊爾夫人的美國財產託管人。有幾件小事（我無法一一列舉）使我叔父懷疑，情況有異。」

「說明白點，」雷斯說，「你的叔父懷疑潘尼頓是一個騙子？」

吉姆‧范索普點點頭，臉上露出一絲笑容。

「你的話說得比我更露骨，但大致是對的。潘尼頓編造了各種各樣的托辭，還有處理資金時某些花言巧語的解釋，引起了我叔父的疑心。

「當這些懷疑還僅停留在初步階段的時候，瑞奇威小姐突然結了婚，並且出國到埃及度蜜月。她結婚的事使我叔父大為寬慰，因為他知道，她回英國後，遺產就要正式解決並移交給她。

「然而，她從開羅發給我叔父的一封信中，偶然提到她和安德魯‧潘尼頓不期而遇，我叔父的懷疑就加重了。他判斷潘尼頓目前也許走投無路，企圖從她那裏得到簽字，以便掩蓋他本人侵吞財產的行為。因為我叔父不能向夫人提出確實的證據，因此他的處境變得十分為難。他唯一想到的辦法就是把我派到這裏來，搭飛機直達，指示我弄清楚正在發生的情況。我必須留心觀察，如有必要，就當機立斷，採取行動——這是一個極其不愉快的任務，我可以確定。事實上，那次我偷聽談話時，我還不得不裝出粗人的樣子。這真彆扭，但整體說來，我對結果還是滿意的。」

「你的意思是說，你使多伊爾夫人提高警覺吧？」雷斯問道。

「還沒有到這個程度，但是我認為我已經使潘尼頓膽怯起來。我相信，他在一段時間裏不會再玩投機取巧的把戲了，經過這段時間，我希望我能和多伊爾先生和夫人混得熟一點，到時就可以向他們提出某種警告。事實上我是希望透過多伊爾來達成。多伊爾夫人對潘尼頓先生十分有好感，如果向她提出潘尼頓的問題，會十分尷尬。和她丈夫接觸，就容易多了。」

雷斯點點頭。

白羅問：

「范索普先生，有一個問題你能不能坦率發表意見？如果你要佈下一個騙局，你選擇的目標會是多伊爾夫人還是多伊爾先生？」

范索普輕微一笑。

「應該是多伊爾先生，琳妮・多伊爾是相當精明的。我在想，她的丈夫太輕易相信別人，一點也不懂生意經，很可能隨隨便便就在文件上簽名，像他自己所說的那樣。」

「我同意。」白羅說。他看著雷斯：「還有一個動機的問題。」

吉姆・范索普說：

「但這不過是猜測而已，這並不是證據。」

「嗯！我們會找到證據的！」白羅很輕鬆地回答。

「怎麼找？」

「也許從潘尼頓先生那裏。」

范索普表示懷疑。

雷斯看看手錶：

「他快要來了。」

吉姆・范索普很快就領會了這個暗示，立刻走了。

過了兩分鐘，安德魯・潘尼頓來了。他滿面春風，儀表文雅，但他雙頰緊繃，兩眼露出警惕的神色，顯現他是一個經驗豐富的老手，正在戒備著。

「喂，諸位先生，」他說，「我來了。」

他坐下來，用詢問的目光望著他們。

「潘尼頓先生，我們請你到這裏來，」白羅開始說，「原因很明顯——你和這個案子有一種特別的直接關係。」

潘尼頓眉頭稍微皺了一下。

「是這樣嗎？」

白羅很溫和地說：

「當然，就我所知，你從琳妮・瑞奇威的兒童時代起就認識她了。」

「哦！那——」他的臉色變得沒那麼緊張了，「對不起，我還不很明白。的確，我今天上午告訴過你，我從琳妮還是逗人喜愛的嬰兒時就認識她了。」

「你和她父親是親密的朋友吧？」

「是的。梅伊許・瑞奇威和我的關係很密切。」

「你們的關係是如此密切，所以在他臨終時，他就指定你擔任他女兒的業務保護人和她鉅額遺產的受託人，是嗎？」

「當然，大體說來是這樣。」他的警覺性又表露出來了，說話的聲調更為謹慎，「當然，我不是唯一的受託人，還有其他的人。」

「從那時起，有誰已經去世了？」

「他們有兩位已經去世了，還有一位羅克福先生現在還健在。」

「他是你的合夥人？」

「是的。」

「據我所知，瑞奇威小姐結婚時還沒有成年吧？」

「她明年七月將滿二十一歲。」

「根據規定，她到那時就可以自行管理她的財產，對嗎？」

「是的。」

「但是她一結婚，事情就突然有了變化吧？」

潘尼頓的雙頰繃得很緊。他的下巴向前突出，顯出敵意。

「先生們，請原諒，這一切關你們什麼事呢？」

「如果你不願意回答這問題——」

「有什麼不願意？我不在乎你們問我什麼，但是我看不出這有什麼關聯。」

「哦，當然，潘尼頓先生！」白羅身體向前傾著，一雙綠眼瞇著，「事涉動機的問題。在考慮動機時，經濟問題一定得考慮進去。」

潘尼頓面有慍色地說：

「根據瑞奇威的遺囑，琳妮在她滿二十一歲或結婚後就自行管理財產。」

「沒有附帶任何條件嗎？」

「沒有任何條件。」

「我得到可靠的消息，說這財產大約有幾百萬英鎊。」

「是有幾百萬英鎊。」

白羅很和藹地說：

「潘尼頓先生，你和你的合夥人肩上的責任可不輕啊。」

潘尼頓很直率地回答道：

「我們習慣於承擔責任，這事也沒有什麼要我擔心的。」

「我懷疑。」

他這句話刺到了這位仁兄的痛處，他怒沖沖地問道：

「你這到底是什麼意思？」

白羅用生動而坦率態度回答說：

「潘尼頓先生，我懷疑琳妮‧瑞奇威這突然一結婚，是否讓你們的事務所感到——驚慌？」

「驚慌？」

「我是這樣說。」

「你到底有什麼企圖？」

「事情很簡單。琳妮‧多伊爾的財產事務，是否像以往那樣毫無差錯呢？」

潘尼頓站起身來。

「夠了，我說完了。」他向門口走去。

「但是請先回答我的問題。」

潘尼頓立刻頂了回來：

「毫無差錯。」

「當你聽到琳妮‧瑞奇威結婚的消息時，你是如此震驚，於是搭上第一艘輪船趕到歐洲，然後又安排了這次在埃及的偶遇，不是這樣嗎？」

潘尼頓又走回來了。他再次控制住了自己的情緒。

「你簡直在胡言亂語！我在開羅遇見琳妮之前，甚至不知道她已經結婚，我十分驚訝。她寄到紐約的信一定是差了一天才到，這封信後來又轉給了我，我是在一星期後才收到的。」

「我想你說過，你是乘卡馬尼克號來到這裏的。」

「是的。」

「這封信是在卡馬尼克號啟航後才寄到紐約嗎？」

「你還要我重覆說幾遍呢？」

「這真奇怪。」白羅說。

「有什麼奇怪的？」

「你的行李上並沒有卡馬尼克號的標籤。你橫渡大西洋貼的標籤是諾曼第號，而我記得，諾曼第號比卡馬尼克號晚兩天開航。」

一時間那位仁兄被弄得不知所措，兩眼游移不定。

雷斯上校這時非常有力地插話了。

「潘尼頓先生，得啦，」他說，「我們有好些理由相信你是搭諾曼第號來到，而不是像你說的乘卡馬尼克號來的。所以，你應該是在離開紐約之前就收到了多伊爾夫人的信，否認這一點是沒有用的，因為核對輪船航班是世界上最簡單的事。」

安德魯・潘尼頓看似不在乎地拉了一把椅子坐下了，他的面部毫無表情，在那副面具的掩蓋下，他靈活的頭腦在打算下一步。

「我不得不佩服你們，先生們，你們的聰明我永遠比不上。但是我這樣做本來也有一番道理。」

「毫無疑問。」雷斯的語調很直率。

「如果要我說出理由來，你們要同意替我保密。」

「我認為你可以信賴我們會恰當地處理。當然，我們不能盲目地給你保證。」

「好吧——」潘尼頓歎了口氣，「我願意和盤托出。在英國那邊發生了一些詐欺的事，這使我很擔憂，我沒有辦法用通信的辦法來處理，唯一的辦法就是自己親自來進行調查。」

「你說的詐欺行為指的是什麼？」

「我有充分的理由相信琳妮被人欺騙了。」

「誰？」

「她的英國律師。然而對於這種懷疑你總不能到處嚷嚷，我決定立刻親自前來了解這件事。」

「你的謹慎值得稱讚，無可否認。但是你為什麼要說沒有收到信，而撒了一個小小的謊呢？」

「噢，拜託——」潘尼頓把雙手一攤，「若沒有什麼要事商量，或者提不出任何理由，我總不可能來打擾一對度蜜月的新婚夫婦。我想，最好還是使這次會面看來像是偶然性的。此外，我對她的丈夫一無所知，他可能已捲入這場騙局，也未可知。」

「所以，你的行動完全是出自一片好心。」雷斯上校冷冷地說。

「你說得對，上校。」

接下來是一陣沉默。雷斯望望白羅，這位矮個子身體向前傾著。

「潘尼頓先生，我們對你所說的話一句也不相信。」

「信不信由你！但是你們又相信什麼呢？」

「我們相信琳妮・瑞奇威突然結婚，使你的財務陷入窘境。你兼程趕來是想找出擺脫困境的辦法——也就是說，想辦法爭取時間。為達此目的，你極力要使多伊爾夫人在某些文件上簽字，但沒成功。在溯尼羅河而上的航程中，你走上阿布辛拜勒的岩頂上，你滾動了一塊大圓石，它掉下來，差一點命中目標——」

「你們瘋了。」

「我們相信在回程中也發生了類似的情況。也就是說，再度出現這樣一次機會，便可以把多伊爾夫人解決掉，還可以把她的死確定地歸罪於另一個人。我們不但相信，而且確定，你用你的手槍打死了一個女人，她正要向我們透露某個人的姓名，因為她知道這個人不但殺了琳妮・多伊爾，而且也殺了女僕路易絲——」

「見鬼了！」這聲大叫打斷了白羅的口若懸河，「你們想幹什麼？你們瘋了嗎？我有什麼動機要去害死琳妮？我又拿不到她的錢；錢是要歸她丈夫所有的，你們為什麼不去盯住他？他才是獲得利益的人，不是我。」

雷斯很冷靜地說：

「兇殺案發生的那晚，多伊爾在被傷到腿骨以前，一直在休息室裏沒有出去過。在那以後他一步也不能走動，這一點已由一位醫生和一位護士所證明，這兩位都是公正可靠的證人。賽門・多伊爾不可能殺死他的妻子，也不可能殺死路易絲，而且也可以十分確定，他沒有殺害奧伯恩夫人，這一點你和我們一樣清楚。」

「我知道他沒有殺害她。」潘尼頓說話比較冷靜些了，「我想說的僅僅是，為什麼要盯住我，因為我無法從她的死亡撈到好處。」

「但是，親愛的先生，」白羅用一種輕快的聲音說，「那可是看法不同的問題。多伊爾夫人是一個精明能幹的女子，對自己的事務十分熟悉，任何一點差錯她都能很快看出來。她回到英國後就要立刻接管她的財產，一旦她接手，有些事必定會引起她的疑心。但是，既然她已經死去，而她丈夫也像你說的那樣繼承了財產，整個情況就大為不同。賽門・多伊爾除了知道他的妻子是一個有錢的女人外，對她的事務一無所知。他是一個頭腦簡單、容易相信別人的人。你可以很隨便地把一些複雜的文件放到他面前，把事實的真相掩蓋在一大堆數字裏面，並且推說由於法律手續和經濟蕭條之故，結帳要延遲解決。我想，對付這位丈夫還是對付那位夫人，對你來說是有天淵之別啊。」

潘尼頓聳了聳肩。

「你們的想法——真荒唐。」

「時間會證明一切。」

「你說什麼？」

「我說，『時間會證明一切！』這是一個牽涉到三個人死亡的問題——三件謀殺案。執法機關會對多伊爾夫人的全部資產進行最嚴格的調查。」

看到對方的雙肩突然下垂，他就知道他已得勝。吉姆•范索普的懷疑的確有根據。

白羅繼續說：

「你喜歡耍花樣——但是你輸了，再繼續虛張聲勢是沒有用的。」

「你們不知道，」潘尼頓喃喃地說，「的確，本來一切都是很正常的。就是這該死的經濟蕭條——華爾街瘋了似的不景氣。但是我已採取了挽救的措施，只要運氣好，到六月中旬一切就會好轉起來。」

他用搖晃的手拿起一支煙，想點又沒點著。

「我想，」白羅若有所思地說，「那塊大圓石滾下來可能是一時的衝動，你認為沒有人看見你。」

「那是一次意外事件，我發誓那是一次意外事件！」潘尼頓身體向前傾著，面孔抽搐，眼露驚恐之色，「我絆了一跤，撞到石頭上。我發誓那是一次意外事件……」

兩個人都沒有回答。

潘尼頓突然振作起精神。他仍然是一個頹喪的人，但是他的戰鬥精神在某些程度上又恢復了，他向門邊走去。

「你們不能把那事栽到我頭上，先生們，那是一次意外事件。不是我開槍打死她的，你們聽到了嗎？這你們栽不到我頭上——你們永遠辦不到。」

他走出去了。

27

潘尼頓出去後隨手關上了門，雷斯深深地歎了一口氣。

「我們的收穫比我預想的要多，他承認詐欺，也承認了企圖謀殺，再進一步就不可能了。一個人多多少少願意招認企圖謀殺，但是你無法使他招認真正的謀殺行為。」

「有時這點是能夠做到的，」白羅說，他的雙眼似乎陷入了夢境。

雷斯好奇地盯著他。

「有什麼想法嗎？」

白羅點了點頭。接著他扳著指頭一項項列舉出來：

「亞斯文的花園。阿勒頓先生的聲明。兩瓶指甲油。我喝的那瓶酒。絲絨披肩。沒留在犯案現場的手槍。路易絲被害。奧伯恩夫人被害。對了，全都在這裏了。潘尼頓沒有做這件事，雷斯！」

「什麼？」雷斯吃了一驚。

「潘尼頓沒有殺人。他曾經有過這種動機，這是肯定的。他有這樣打算，這也是沒錯的，甚至於他想試一試，但也僅止於此了。犯下本案所需要具備的某些特質，正好是潘尼頓所欠缺的。這個案子需要大膽、迅速、動作俐落、勇氣及置生死於度外的氣魄，並且還要有一個足智多謀、深思熟慮的頭腦。潘尼頓並不具備這些特質，他如果要犯案，一定得肯定它萬無一失，但這個案子並不是萬無一失的，它危險萬狀，這就需要有膽量。潘尼頓沒有膽量，他不過是詭計多端罷了。」

雷斯望著他，大有英雄惜英雄之慨。

「你把一切情況都仔細評估過了吧？」他說。

「是的，的確如此。但是有一兩件事情，例如琳妮‧多伊爾看過的那份電報，我想要弄清楚。」

「啊，我們忘了問多伊爾。當可憐的奧伯恩夫人來到的時候，他正在向我們講述這件事，我們要再問他一下。」

「現在，第一，我想找另外一個人談話。」

「是誰？」

「提姆‧阿勒頓。」

雷斯露出驚訝的神情。

「阿勒頓？好吧，我們把他請到這裏來。」

他按了一下電鈴，接著就請侍者前去傳話。

提姆・阿勒頓走了進來，帶著疑惑的神色。

「侍者說你想要見我，是嗎？」

「是的，阿勒頓先生。坐下吧。」

提姆坐下了，他全神貫注，但又微露厭煩。

「我能幫什麼忙嗎？」他的語氣彬彬有禮，但毫不熱情。白羅說：「在某種意義上也許是請你幫忙，不過我真正要求的是請你仔細聽著。」

提姆眉毛一揚，有禮貌地表示驚訝。

「沒問題。我是世界上最善於傾聽的人，我保證在適當的時候會發出『啊』之類的讚賞聲。」

「那太好了。『啊！』是很有表達力的詞語。好的，我們就開始吧。阿勒頓先生，當我在亞斯文遇見你和你母親的時候，我被你們強烈地吸引住了。首先，我認為你母親是我見過最動人的女性——」

那副疲倦的臉上一瞬間閃耀了一下，流露出一絲真情。

「她確是——獨一無二的。」他說。

「但使我感興趣的第二件事是，你談起的某一位女士。」

「是嗎？」

「是的，是一位叫做喬安娜・索伍德的小姐。你知道，我最近不斷聽到那個名字。

一直聽到……」他停了一下又繼續說：「在最近三年裏，有幾樁珠寶竊盜案使蘇格蘭警場大傷腦筋。這些案件可以稱作是集團性竊案，盜竊的方法如出一轍，總是用一個仿製品調換了原件。我的朋友傑派探長得出的結論是，這些盜竊案不是一個人所犯下的，而是兩個人很巧妙地聯手合作。根據做案人知道大量內情這一點判斷，他確信幹這勾當的人具有頗高的社會地位。最後他的注意力集中到喬安娜・索伍德小姐身上。

「那些受害人不是她的朋友就是她認識的人；並且在每個案件中，她要不是碰觸過相關的珠寶，要不就曾經借用過。此外，她的生活方式也大大超過了她的收入。從另一方面看來，很清楚的一點是，真正的偷竊——也就是說『調包行動』，並不是由她來動手。在某幾個案件中，珠寶調包的那段時間，她並不在英國。

「就這樣，在傑派探長的腦海裏逐漸形成了一個概念。索伍德小姐曾經與某一現代珠寶商公會有來往。他懷疑，她先拿到珠寶，畫了詳細的圖樣，並且叫某一個低級而又不誠實的珠寶匠進行仿製，第三步活動就是由另一個人進行調包，這個人可能從來沒有碰過這些珠寶，並且從來沒有和任何珠寶的仿製商打過交道。只是傑派對這另一個人的身分毫無所知。

「你談話中吐露的某些情況使我感到興趣。當你在馬約卡島上時，曾有一只戒指失竊；你參加過一次留客人過夜的聚會，結果在那裏也發生了一起仿製品調包的事件；你和索伍德小姐過從甚密。還有另一個情況是，你明顯地討厭我的出現，並且企圖使你母親對我產生反感。當然，那可能僅僅是出自個人的厭惡，但我認為並非如此，你很努力以和藹的外表掩蓋厭惡的情緒。

「好吧！琳妮・多伊爾被謀殺後，人們發現她的珍珠項鍊不見了。你當然想得到，我立刻就想到你！但是我還是有點不解，如果你是像我懷疑的那樣和索伍德小姐（她是多伊爾夫人的密友）串通一氣的話，那應該會用調包的辦法，而不是赤裸裸地偷竊。然而，珍珠項鍊又突然被送還，而且我發現，這串項鍊不是真的，而是仿製品。

「這一來我就明白了真正的竊賊是誰。被盜走而又送回的是項鍊的仿製品，這個仿製品就是你先前用來調包的那個珍珠項鍊。」

他兩眼盯著面前的年輕人，提姆黝黑的臉突然蒼白了，他不像潘尼頓那樣善於應對，他的耐力有限。為了維持他那種嘲笑的姿態，他問道：

「真的嗎？如果這樣，我又怎麼處理這條項鍊呢？」

「這我也很清楚。」

青年人的臉色陡變，十分頹喪。白羅又慢慢地說：

「只有一個地方可收藏那件東西。我已經想過了，我的腦子告訴我情況就是如此。阿勒頓先生，珍珠項鍊藏在你房間裏的那串念珠中。這串念珠的珠子是精工雕刻的，是特製的，珠子可以旋開。不過當人們看到珠子時，並不會想到這點。每個珠子裏有一顆珍珠，用黏合劑黏住。警方的搜查人員對具宗教象徵的東西都很尊重，除非有什麼明顯不正常的地方才會搜查。你設想到了這一點。我盡力想弄清楚索伍德小姐是用什麼辦法把假項鍊送到你手裏的。她必定會這樣做，因為當你聽到多伊爾夫人將到這裏度蜜月的消息後，就從馬約卡島趕來。我的推論是——用一本書寄來的，在中間挖了一個方洞，一本書兩頭開口郵寄，郵局是從來不會打開的。」

接著是一陣沉默，很長一陣沉默。最後提姆很平靜地說：

「你贏了。這本來是很好的一次賭博，但是最後都輸掉了，我想現在只好承擔後果。」

白羅微微點了下頭。

「你知道那天晚上有人看見了你嗎？」

「看見了我？」提姆吃了一驚。

「是的，在琳妮被謀殺的那天晚上，有人看見你凌晨一點從她的房間出來。」

提姆說：

「請注意，你不會是在想……殺死她的不是我！我敢發誓！我的處境極其尷尬，竟然正好選上那天晚上……上帝啊！真可怕！」

白羅說：

「是的，你必定有過一陣惶恐不安的時候。但是，既然真相已經清楚了，你就能夠幫我們的忙。當你偷項鍊的時候，多伊爾夫人是活著還是已經死去了？」

「我不知道，」提姆嘶啞著嗓子說道，「說真的，白羅先生，我不知道！我事先弄清楚了她晚上放項鍊的地方——在床邊的一個小桌子上。我偷偷地進去，輕輕地在桌子上摸索找到項鍊，把另一串假的放下，又偷偷地走出來。當然，我以為她已經睡著了。」

「你聽到了她的呼吸聲嗎？你總會仔細聽聽吧？」

提姆認真地思考了一下。

「當時非常靜，的確非常靜。是的，我記不起是否確實聽到她的呼吸聲。」

「空氣中有沒有留著一股煙的氣味，就像剛剛開過槍後的哪種情況？」

「我認為沒有，我記不起來。」

白羅歎了口氣。

「那麼我們沒有取得任何進展。」

提姆好奇地問：

「看見我的是誰？」

「羅莎莉・奧伯恩。她從郵輪的另一頭走過來，正好看見你從琳妮的房間出來又走到自己的房間去。」

「那麼是她告訴你的吧。」

白羅很溫和地說：

「對不起，她沒有告訴我。」

「那麼，你又是怎麼知道的呢？」

「因為我是赫丘勒・白羅，我不需要別人告訴我。當我詢問她這個問題時，你知道她說什麼？她說：『我沒有看見什麼人。』她撒了謊。」

「但她為什麼要這樣呢？」

白羅用漫不經心的語氣說：

「也許是因為她認為她看到的人是兇手。看來似乎合理，不是嗎？」

「如果是這樣，她似乎更有理由該告訴你。」

白羅聳聳肩膀：

「看起來，她不是這樣想的。」

提姆帶著有些古怪的語調說：

「她是一個很特別的女孩，她和她那位媽媽一定相處得非常差。」

「是的，她的日子是不好過。」

「可憐的女孩。」提姆咕噥著，然後他把視線轉向雷斯。「好吧，先生，下一步還要幹什麼呢？我承認從琳妮的房間裏取走了項鍊，你們可以從你們說的地方找到它，我是有罪沒錯。但關於索伍德小姐，我並沒有招認任何有關她的事情，你們沒有任何可以控告她的證據，我如何拿到假項鍊完全是我本人的事。」

白羅低聲說：

「這是十分正確的態度。」

提姆帶點幽默地說：

「永遠是一派紳士風度！」接著他又說：「也許你能夠想像，當我發現媽媽對你產生好感時，我是多麼苦惱。我不是那種喜歡炫耀的罪犯，不可能在準備冒險做一次大案子之前，還悠然自得地和一位鼎鼎大名的偵探親熱地混在一起。有的人可能覺得這樣做很得意，但我不是。坦白說，我會膽顫心驚。」

「但這並沒有使你怯步吧？」

提姆聳了聳肩。

「我還沒有害怕到那個程度。遲早總得調包，而在郵輪上正是千載難逢的機會——她的房間和我的只不過相隔兩間，而琳妮正忙於處理自己的那些煩惱，哪裏還會去注意珍珠給調了包。」

「我懷疑是否——」

提姆警覺地抬眼向上看：

「你這是什麼意思？」

白羅撳下了電鈴：

「我想請奧伯恩小姐到這裏來一下。」

提姆皺皺眉頭，但沒有做聲。一位侍者來了，接到要傳達的命令就走了。

羅莎莉幾分鐘後就來了，她的一雙眼睛由於剛剛哭過，還紅腫著，一看見提姆就睜大了些，但她原來那種懷疑和對抗的態度似乎完全消失了。她坐了下來，很溫順地看了看雷斯和白羅。

「我們很抱歉要打擾您，奧伯恩小姐。」雷斯很有禮貌地說，他對白羅的態度感到有點氣惱。

「沒關係。」女孩低聲回答。

白羅說：

「我們有必要弄清楚一兩個問題。當我問你今天早晨一點十分在右舷甲板上是否看到什麼人，你說沒有看到任何人。幸好，我還是把真相弄清楚了，儘管沒有你的幫助，阿勒頓先生已經承認他昨晚到過琳妮・多伊爾的房間。」

她很快掃視了一下提姆，提姆的臉色冷酷刻板，隨便點了一下頭。

「我說的時間對嗎，阿勒頓先生？」

「是的。」阿勒頓回答。

羅莎莉兩眼瞪著他，她雙唇顫抖良久，終於張開：

「但是你沒有，你沒有——」

他很快接著說：

「是的，我沒有殺害她。我是一個小偷，但不是殺人犯。真相即將水落石出，你還是早點知道的好，我的確偷了她的珍珠項鍊。」

「阿勒頓先生的說法是，昨晚他走進她的房間，並且用一串假珍珠掉換了那串真珍珠。」白羅說。

「你真的這樣做嗎？」羅莎莉問。

她的雙眼嚴肅、悲哀而又露出一點稚氣，向他發出了疑問的目光。

「是的。」提姆說。

又是一陣沉默。雷斯上校不安地左右移動身體。

白羅用一種古怪的語調說：

「那就是阿勒頓先生做過的事情，部份被你的證詞證實了。也就是說，有證據證明他的確在昨晚進入琳妮・多伊爾的房間，但是沒有證據可以證明他為什麼這樣做。」

提姆瞪著他：

「但是你知道！」

「我知道什麼！」

「唔，你知道我拿了珍珠項鍊。」

「當然，當然。我知道你拿了項鍊，但是我不知道你拿的時間。也可能是在昨晚以前……你剛才說琳妮・多伊爾不會注意到珍珠給調了包，我就不能這樣肯定。萬一她的確注意到，甚至於知道是誰做的……萬一昨晚她威脅要揭露整個事件，而你又知道她企圖這麼做……萬一你聽到賈桂琳・貝弗和賽門・多伊爾在餐廳鬧事的場面，一等餐廳裏沒有了人，你就溜進去拿了手槍，然後，過了一小時，當全船都靜下來的時候，你悄悄地走進琳妮・多伊爾的房間，為了保證以後不會被揭發……」

「天啊！」

提姆叫起來，灰白臉上那雙受折磨的痛苦雙眼，直楞楞地望著白羅。

白羅繼續說：

「但是另一個人看到了你，就是路易絲那女僕。第二天她來找你敲詐，要你給她一大筆錢，否則她就把知道的事情講出去。你了解讓人敲詐就是自己毀滅的開始，所以你假裝同意，約定在午餐前帶著錢到她房間去，後來，當她數鈔票的時候，你刺死了她。但是你又走衰運了。有人看見你走進她的房間，」他把身體稍轉過去對著羅莎莉，「是她的母親。你一不做二不休，儘管十分危險而又莽撞，但那是唯一的機會了。你曾聽見潘尼頓說起過他的手槍，所以你衝進他的房間，拿起手槍，在貝斯納醫生的房門外聽著，就在奧伯恩夫人要說出你的名字之前，開槍打死了她。」

「不！」羅莎莉喊起來了，「他沒有！他沒有！」

「然後，你跑向船尾。當我在你後面追過來時，你又轉回來，假裝是從另一個方向跑來的。你拿手槍的時候戴了手套，所以當我向你要手套時，手套還在你口袋裏……」

「上帝明證，我發誓你講的都是假的，沒有一句是真的。」提姆說，但是他的語調缺乏自信，顫抖不已，不能使人信服。

就在這當口，羅莎莉使他們吃了一驚。

「這都不是真的！白羅先生知道這不是真的，他這樣做是出於某些理由。」

白羅望著羅莎莉，唇邊露出一絲笑容，他把兩手攤開，表示認輸。

「小姐你太聰明了……但你總該同意，這是一個很好的論證吧？」

「究竟……」

提姆開腔了，怒火中燒，但是白羅舉起了一隻手。

「是有極具說服力的證據可以指控你，阿勒頓先生，我其實是想要你明白這一點。現在我想告訴你一些比較愉快的事。第一，我還沒有檢查過你房間裏的念珠，如果我現在去查，可能找不到什麼東西。其次，既然奧伯恩小姐堅持她昨晚在甲板上沒有看到任何人，好吧，那就根本沒有什麼證據可以指控你。珍珠項鍊是一個有盜竊癖的人拿走以後又送回來的，現在就放在房門邊桌上的一個小盒子裏，願意的話，你可以和奧伯恩小姐一道去看看。」

提姆站了起來，一時啞口無言。再開口時，他的話語雖不多，但聽的人可能感到滿意了。

「謝謝！」他說，「你不需要再給我一次機會了！」

他把門拉開讓奧伯恩小姐出去，她走出去後，接著他拿起了小硬盒也跟著出去了。

他們並排走著，提姆打開紙盒，拿出假珍珠項鍊，用力把它遠遠地扔進了尼羅河。

「好啦！」他說，「假東西扔了。再把盒子還給白羅的時候，真的珍珠項鍊就會放在裏面。唉！我做了一件傻透了的事。」

羅莎莉低聲問：

「你是怎麼開始去做這種事的呢？」

「你的意思是，我是怎麼開始的嗎？哦，我也不明白。只是煩悶無聊、遊戲人間罷了，這種謀生之道比被一個工作釘牢要有趣得多。我想你聽起來可能覺得不屑，但是這種事真有它的誘惑力，我想主要是其中的冒險性。」

「我想，我有點明白了。」

「是的，但你永遠也不會做這種事的。」

羅莎莉思考了一下，年輕的女孩接著把頭嚴肅地低下了。

「是的。」她直截了當地回答，「我不會。」

他說：

「啊，親愛的，你真可愛，可愛到極點了。你為什麼不願說昨晚看見了我呢？」

「我想……他們可能會懷疑到你。」羅莎莉回答。

「那你懷疑我嗎？」

「沒有，我無法相信你會殺人。」

「是的，我不是當殺人犯的料，我不過是一個順手牽羊的卑微小偷罷了。」

她羞怯地用手碰了一下他的手臂。

「不要那樣說好嗎？」

他用手牽住了她的手。

「羅莎莉，你願不願意——你懂得我的意思嗎？或者你會永遠蔑視我，並且拿這事責備我呢？」

她淡淡地微笑著：

「你也可以拿某些事情來責備我的……」

「羅莎莉，親愛的……」

但是她遲疑了一會兒。

「這個——喬安娜呢？」

提姆突然喊起來了：

「喬安娜？你和媽媽一樣壞，我一點兒也不在乎喬安娜呢。她一頭馬臉，眼睛露出兇光，是一個頂難看的女人。」

羅莎莉說：

「也許不該讓母親了解你偷東西的那一面。」

「我不確定，」提姆沉思起來，「我想我會告訴她。雖然媽媽充滿了傲氣，這你是知道的，但她能應付各種情況。是的，我想我要打破媽媽對我的幻想。當她知道我和喬安娜只不過是一種合作上的關係時，她會大大鬆一口氣，而饒恕我任何其他的過失。」

他們來到了阿勒頓夫人的房門前，提姆用力地敲著門，門打開了，阿勒頓夫人站在門檻上。

「羅莎莉和我——」提姆剛開始講話又停下了。

「啊，親愛的孩子。」阿勒頓夫人說，她張開雙臂擁抱羅莎莉，「我親愛的、親愛的孩子。我一直希望——但提姆總是不起勁，他假裝不喜歡你。當然，我還是看出來了。」

羅莎莉斷斷續續地說：

「你對我太好了——一直是這樣。我一直盼望——盼望——」

她說不下去了，依偎在阿勒頓夫人身上，高興得啜泣起來。

28

提姆和羅莎莉出去後隨手關上了門，白羅抱著幾分歉意望著雷斯上校。

上校面帶慍色。

「你會同意我這個小小的安排吧？」白羅懇求他，「這不合規矩，我知道這是不正當的，但是我對人類的幸福是十分重視的。」

「但是你對我的幸福毫不重視。」雷斯說。

「那位年輕女孩，我很心疼她。她喜歡那個年輕人，這會是段良緣佳話；她具有他缺少的那種堅強性格，他媽媽也喜歡她，可說是萬事俱備。」

「事實上，這婚事是由老天爺和赫丘勒・白羅安排的。我需要做的僅僅是，原物歸還而不予起訴。」

「但是，我的朋友，我可以告訴你，我這不過是猜想而已。」

雷斯突然咧開嘴笑了。

「我這方面沒什麼問題，」他說，「我不是一個死硬派的警察，感謝上帝！我敢說這傻小子會馬上改邪歸正的，當然這女孩的品德也沒問題。然而，我抱怨的是你對待我的態度！我是個有耐性的人，但這也是有限度的。你到底知不知道是誰在這船上犯下三件謀殺案？還是你根本不知道？」

「我知道。」

「那你為什麼要繞這些大圈子？」

「你認為我是拿這些枝節問題尋開心的嗎？這使你感到惱火吧？然而這絕不是在尋開心。有一次我為了職務的關係參加了一次考古調查，而我從中學到不少東西。在挖掘過程中，當你從地底下挖出什麼古物來時，首先得把它周圍附著的東西清除掉。先清除較鬆軟的泥土，再用刀四處刮刮，直到古物本身顯露出來，這時就可以進行繪圖或拍照，而不會受無關瑣物的干擾。現在我就是試圖這麼做——清除無關的東西，以便看到真相，赤裸閃亮的真相。」

「好的，」雷斯說，「我們就來找這赤裸閃亮的真相。不是潘尼頓，不是年輕的阿勒頓，我想也不是弗利伍德。換換花樣吧，請講講是誰做的。」

「我的朋友，我這就告訴你。」

有人敲門，雷斯用低沉的聲音咒罵了一句。來的人是貝斯納醫生和科妮莉。科妮莉顯得心煩意亂。

「啊，雷斯上校，」她大聲說，「鮑爾斯小姐剛剛和我談到瑪麗表姐，她說這是最可怕的一次打擊，她說她不能再獨自承擔這個責任了，並且要我理解這一點，因為我是家庭成員之一。起先我簡直不能相信，但是這位貝斯納醫生真是了不起。」

「沒什麼，沒什麼。」這位醫生謙遜地表示異議。

「他非常樂於助人，為我詳細地加以解釋，說人們有時會身不由己。他的診所裏就有盜竊癖的人，他向我解釋說，這常常是由於嚴重的神經官能症造成的。」科妮莉用一種敬畏的口氣重覆這些字眼。「這種病常常深植於意識中；有時是由於兒童時代發生的一件小事引起的，他曾幫助病人回憶起那件小事，而治好了一些人的病。」科妮莉停了一下，深深地吸了一口氣，接著又講。「但是我很擔憂這事會傳出去，在紐約市這是非常、非常可怕的事，唉，所有的八卦小報都會搶著登載。瑪麗表姐、媽媽和其他親人，他們再也抬不起頭來了。」

雷斯歎了一口氣：

「不要緊，」他說，「我們這裏是保密室。」

「對不起，我沒聽清楚，雷斯上校。」

「我想說的是，只要不是謀殺案，其他事情都不會張揚出去。」

「啊！」科妮莉緊扣雙手，「這我就大大鬆了一口氣，原先我是擔心的不得了。」

「你的心腸也太軟了。」貝斯納醫生說著並慈愛地拍了拍她的肩膀。他對另兩個人說：「她的天性是既敏感又善良。」

「唉，我沒那麼好，你把我說得太好了。」

白羅低聲問道：

「你有再見到弗格森先生嗎？」

科妮莉不覺脹紅了臉。

「沒有，但是瑪麗表姐不斷提起他。」

「看來這年輕人出身高貴，」貝斯納醫生說，「我得承認他表面上一點也看不出來。他的衣著很邋遢，一點兒也看不出他是一個有教養的人。」

「你的看法呢，小姐？」

「我想他不過有些想入非非。」科妮莉說。

白羅轉向大夫：

「你的病人怎樣了？」

「啊，他的情況良好，我剛才還請貝弗小姐放心，要她相信我。我發現她陷入了絕望之中，那傢伙不過是體溫高了點罷了！這是很自然的。不過他真不簡單，現在已經不再發高燒了。他有點像我們那裏的農民，身體很棒，簡直像條牛。我看過一些農民，對身受重傷一點也不在乎，多伊爾先生也是這樣。他脈搏正常，體溫稍許偏高。我認為那位女士的擔心不值一提。然而，這事終歸有點荒唐、說不通吧？一會兒開槍打人，接著又為這個人的身體擔憂得歇斯底里。」

科妮莉說：

「她很愛他，你要理解。」

「啊，但這是缺乏理智的表現。如果你愛一個人，你會企圖開槍打死他嗎？不可能，因為你有理智。」

「不管怎麼說，弄到要砰的一聲開槍，這種事情我不喜歡。」科妮莉說。

「當然你不喜歡，你是個嬌滴滴的人嘛。」

雷斯打斷了這個讚美的場面：

「既然多伊爾身體沒問題，那我可以去繼續進行今天下午的談話了，他剛剛在告訴我一封電報的事。」

貝斯納醫生的身軀來回晃動，表示欣賞。

「呵，呵，呵，真稀奇！多伊爾也告訴了我，那是一封跟蔬菜有關的電報——馬鈴薯，朝鮮薊，韭菜——啊，你說什麼？」

帶著一種抑制住的驚訝，雷斯在椅子裏坐直了身體。

「我的天啊！」他說，「就是那東西！瑞希提！」

他環顧三人迷惑不解的面孔。

「是一種新的密碼，在南非叛亂事件中曾被使用過。馬鈴薯是指機關槍，朝鮮薊是指猛烈性炸藥什麼的——瑞希提絕不是一個考古學家，就和我絕不是考古學家一樣！他是一個很危險的煽動家，是一個死過不只一次的人，我肯定他又死過一次了。你要知道，多伊爾夫人是誤拆了那電報，如果琳妮把電報內容透露給我，瑞希提的計劃保證完蛋！」

他轉向白羅：

「我說得對嗎？」他問，「是瑞希提這個人嗎？」

「他是你們要找的人。」白羅說，「我一直認為他有些問題，他把那角色的台詞背得太流利；他是十足的考古學家派頭，但沒有人性。」他停了一下又接著說：「但是殺害琳妮．多伊爾的不是瑞希提。在前一段時間裏，我已經知道了我稱之為殺人犯的『前半部』，現在我也知道了『後半部』，畫面已經完整了。但是你了解，雖然我知道事情發生的經過，可是我卻無法證明這些事情發生過。理論上的證據總是令人信服，但在實際上卻不能令人滿意。唯一的希望是，殺人犯自己坦白。」

貝斯納醫生聳起肩膀表示懷疑：

「啊！但那將會是一個奇蹟。」

「我不這樣認為，目前的情況不是如此。」

科妮莉喊道：

「那又是誰呢？你不準備告訴我們嗎？」

白羅目光平靜地掃視了他們三個人。雷斯在一旁冷笑，貝斯納還是露出懷疑的樣子，科妮莉的嘴微微張著，用焦急的眼光注視著他。

「好吧。」他說，「我得坦白，我是喜歡有人當聽眾。你們知道，我有虛榮心，我自負自大，我想說：『請看看赫丘勒・白羅是多麼聰明啊！』」

雷斯在椅子上挪動了一下身子。

「好吧，」他很有禮貌地問，「到底赫丘勒・白羅有多聰明呢？」

白羅情緒低落地把頭左右搖晃著說：

「一開始我很笨，笨得叫人難以相信。我的絆腳石是手槍，賈桂琳・貝弗的那支手槍。為什麼手槍沒有留在犯案現場呢？兇手的想法顯然是要嫁禍於她。為什麼兇手又把手槍拿走了呢？我真笨，設想了各種奇怪的理由，而真正的理由卻很簡單：兇手把槍拿走是出於不得已，因為除此之外，別無其他辦法。」

29

「我的朋友，」白羅微斜著身子對雷斯說，「你和我是帶著先入為主的想法開始調查的。這個想法是，犯案是在一時衝動之下動手的，並沒有預謀。有人想殺掉琳妮・多伊爾，當他們看到謀殺罪幾乎確定要栽到賈桂琳・貝弗身上時，就抓住機會動了手。當然下面的推論是：犯案人偷聽到賈桂琳・貝弗和賽門・多伊爾吵架，就在其他人都離開後，拿到了那支手槍。

「但是，我的朋友們，如果這個先入為主的想法是錯誤的話，這個案件的面目就完全變了。的確這想法是錯的！這絕不是一時衝動而犯下的罪行。相反的，這個案子是經過謹慎策劃的，時間是經過精確計算的，所有細節都事先仔細盤算過，甚至包括做案當天晚上，在赫丘勒・白羅的酒瓶裏下藥！

「的確，情況確是如此！我被下藥，昏睡了，這就不可能干預當晚發生的事情。我是剛剛才想到這種可能性。我一向喝葡萄酒，同桌共飲的其他兩個人一個喝威士忌，一個喝礦泉水，偷偷地在我酒瓶裏放一點無害的迷藥是再方便不過的事了，這些酒瓶整天放在桌子上。然而我曾經排除了這個想法，畢竟，那天天氣熱，我感到特別疲倦，那天我睡得很熟，不像平時那樣容易驚醒，但這也沒有什麼特別奇怪的。

「你們知道，我當時還受到先入為主的想法左右。如果我被迷藥弄睡了，那就意味著謀殺是預謀的，也就是說，在七點半開飯前，兇手就已經決定動手了。而從先入為主的想法來看，這是完全不可思議的。

「對這想法的第一個打擊，是手槍從尼羅河中撈起來的時候。首先，如果我們的設想是正確的話，手槍根本不應該被扔到河裏去。當然還有其他疑點。」

白羅轉向貝斯納醫生。

「貝斯納醫生，你檢驗過琳妮・多伊爾的屍體。你知道槍傷的地方有燒焦的痕跡，也就是說，在開槍之前，槍是放在離頭部很近的地方。」

貝斯納點頭：

「是的。正是如此。」

「但是當手槍找到時，卻是用絲絨披肩包起來的，這塊披肩明顯地有手槍射穿過的痕跡，這樣做也許是想把槍聲減弱。但是，如果手槍是通過披肩射出去的，那就不會在死者的皮膚上留下燒灼的痕跡。因此，射過披肩的那一槍不可能是打死琳妮・多伊爾的那一槍。於是，看起來兇手好像應該發射過第三槍，這一槍則是我們不知道的。但是從這手槍裏只打了兩槍，沒有跡象顯示它打了第三發。

「在這裏我們就面對著一個非常奇怪、無法解釋的情況。其次有一點值得注意是，在琳妮‧多伊爾的房間裏我找到了兩瓶有顏色的指甲油。現在的女士們經常變換她們指甲的顏色，但是一直以來，琳妮‧多伊爾的指甲總是染成深紅色。另一瓶有標籤的是玫瑰色，但是在這個瓶子裏剩下的幾滴卻不是玫瑰紅而是鮮紅色的。我感到好奇，就打開來聞了一下，它發出的不是平常那種強烈的水果糖氣味，而是酸醋的氣味！也就是說，在這瓶裏的一兩滴是紅墨水。當然，我們沒有理由說多伊爾夫人不應該有一瓶紅墨水，但是如果她把紅墨水放在墨水瓶裏而不是放在指甲油瓶裏，那不是更正常些嗎？這表示它和包手槍那塊有淡淡血跡的披肩有關。紅墨水很快就可以洗掉，但總是會留下淡粉紅色的痕跡。

「也許我本應該從這些微小的線索中找出真相來，但是發生了一件事，使所有懷疑都變得多餘了。路易絲‧布爾傑被殺的現場，準確無誤地表明，她曾經對兇手進行敲詐。她手裏不但捏著一張一千法郎鈔票的一角，而且我還記起，今天早晨她說過的幾句意味深長的話。

「請仔細聽著，因為這是整個問題的關鍵。當我問她前一天晚上她是否看見什麼，她做了這樣奇怪的回答：『當然，假如我當時睡不著覺，假如我走上了樓梯，那麼也許我可能會看到那個兇手，那個魔鬼，走進或者走出夫人的房間……』所以，這些話確實告訴我們什麼呢？」

貝斯納的鼻頭因用心思考都皺起來了，他立刻回答：

「這告訴你，她的確曾經登上了樓梯。」

「不是，你沒有理解其中的涵義，為什麼她要對我們說那些呢！」

「做出某種暗示。」

「但是為什麼要對我們發出暗示呢？如果她知道兇手是誰，她可以有兩個辦法，要不告訴我們真相，要不毫不聲張地去向有關的人勒索一筆錢，做為她不說出去的代價。但是她沒有這樣做，她既沒有立刻說：『我沒有看見任何人，我在睡覺。』她也沒有說：『是的，我看見了一個人，這就是某某人。』為什麼要用那種意味深長且捉摸不定的口吻呢？當然，只有另外一個可能，她是在向兇手暗示，顯然兇手當時必定在場。但是，除了我和雷斯上校，只有另外兩個人在場——賽門・多伊爾和貝斯納醫生。」

醫生叫著跳起來了。

「啊！你說的是什麼？你指控我？再一次？簡直是荒唐可笑，不值一提。」

白羅厲聲地說：

「安靜！我現在是在告訴你我當時在想些什麼。讓我們保持客觀的態度。」

「他的意思是，現在他不認為是你了。」科妮莉安慰地說。

白羅很快繼續說：

「情況明擺著不是賽門・多伊爾就是貝斯納醫生。但是貝斯納為什麼要殺琳妮・多伊爾呢？就我所知，他沒有任何理由。那麼賽門・多伊爾呢？那簡直是不可能的！有夠多的證人可以發誓說，那天晚上在爭吵發生前，多伊爾從來沒有離開過休息室。那以後他受了傷，他身體的狀況就更不可能讓他去犯案。在這兩點上我是否有夠力的證據呢？是的，在第一點上，我有羅布森小姐、吉姆・范索普，以及賈桂琳・貝弗做證，在第二點上，我有貝斯納醫生和鮑爾斯小姐的證明，沒有懷疑的餘地。」

「這一來貝斯納醫生必定是罪犯了。支持這種說法的事實是，女僕是被手術刀捅死的，另一方面，貝斯納曾經故意讓人注意這個事實。

「接著，朋友們，我明白了第二個無可辯駁的事實。路易絲・布爾傑的暗示不可能是對貝斯納醫生說的，因為她完全可以在任何時間私下對他講。但有一個人，而且只有一個人她需要這樣做——賽門・多伊爾！賽門・多伊爾受了傷，經常有醫生在照顧他，而他人又是在醫生的房間裏。她是冒著風險說那些含糊的話，以防她沒有第二次機會。我還記得，她轉向他繼續說：『先生，我請求你——你知道這是怎麼一回事嗎？我該怎麼說呢？』他回答：『我的好女孩，別傻了。沒有人認為你看到或聽到什麼，你不會有什麼事的。我會照顧你，沒有人會控告你。』那就是她需要的保證，而她終於得到了！」

貝斯納重重地哼了一聲。

「啊！這樣猜想真笨！你想，一個人骨頭裂損，腿上還有夾板，他能夠在船上四處走動並且用刀殺人嗎？我告訴你，賽門・多伊爾根本不可能離開我的房間。」

白羅溫和地說：

「我知道，也真是如此，這事情是不可能的，不可能的——但這也是真的！在路易絲話語的背後，只可能有一個合乎邏輯的涵義。

「於是，我又回到事情的開頭，並且根據這個新發現，回顧了整個案發過程。是否有可能在吵嘴前，賽門離開了休息室，而其他的人忘了或沒注意呢？我看沒有那種可能性。貝斯納醫生和鮑爾斯小姐的證明可以置之不顧嗎？我又感到不可能。但是，我記得，在這兩者之間有一個空隙。賽門獨自一人在休息室內待了五分鐘之久，而貝斯納醫生的證明只適用於那以後的時間。那段時間我們只有直接現象提供的依據，雖然看起來那也是十分有力的，但是不再是肯定的東西了。且把假設撇在一邊，我們實際看到的究竟是什麼呢？

「羅布森小姐看見貝弗小姐開槍，看見賽門倒在一個椅子上，看見他用一個手帕壓著自己的腿，看見那手帕逐漸染紅。范索普先生聽到和看見了什麼呢？他聽見一聲槍響，又看到多伊爾用一個染紅了的手帕壓著自己的腿。那時又發生了什麼事呢？多伊爾堅持貝弗小姐應該被帶走，並且不應該讓她單獨在房間裏。那以後，他要范索普去找醫生。

「於是，羅布森小姐和范索普先生把貝弗小姐扶出房間，接下來五分鍾他們都忙著，都在甲板的左舷。鮑爾斯小姐、貝斯納醫生和貝弗小姐三人的房間都在左舷。賽門只需要兩分鐘，他從長椅下面撿起手槍，脫下皮鞋，像脫兔般悄悄地沿右甲板跑去，進入他妻子的房間，趁她熟睡偷偷靠攏她，向她頭部開了一槍，並把裝紅墨水的瓶子放回她的梳妝台上（這東西不應該在他身上發現），再跑回去，拿起史凱勒小姐的絲絨披肩──這披肩他事先就偷偷塞在一個椅子下面做好準備──把披肩包住手槍並且向自己腿上開了一槍。他倒在靠窗的一個椅子上，這次可是真正的疼痛。他打開窗戶，把手槍扔進了尼羅河，手槍是用那塊洩漏秘密的手帕裹著，再用披肩包好的。」

「不可能！」雷斯說。

「不，朋友，不是不可能。請記住提姆・阿勒頓的證明。他聽見砰的一聲，接下來是濺落聲。他還聽見別的聲音──一個人的跑步聲，一個人跑過他的房門。但是這時沒有人會在右甲板上跑動，他聽到的是賽門穿著襪子跑過他的房間。」

雷斯說：

「我還是認為不可能。沒有人能夠在一瞬間完成這全部的工作，特別是像多伊爾這樣一個人，他的腦筋十分遲鈍。」

「但是他身體的動作十分敏捷俐落！」

「是的，但他不能夠想出全部的點子。」

「那不是他想出來的，朋友，這就是我們大家都搞錯的一點。表面看起來，這是一時衝動犯下的案件，但這不是一時衝動。就像我說的那樣，這是一次經過巧妙策劃、深思熟慮的行動。賽門口袋裏有一瓶紅墨水並不是偶然的，不是，這是預先設計好的。他帶著一塊樸素無標記的手帕也不是偶然的，賈桂琳・貝弗用腳把手槍踢到長椅下面去這也不是偶然的——在那裏人們就看不見，並且直到後來才會有人想起。」

「賈桂琳？」

「是的，這是兩人合謀的謀殺案。是誰給賽門提供不在場證明呢？是賈桂琳打的一槍。是什麼給賈桂琳提供不在場證明呢？是賽門堅持要有一個護士整夜陪著她。這樣，兩人合起來，你就可以得到所有必須的條件了——賈桂琳・貝弗的冷靜、足智多謀和善於策劃的頭腦，還有一個行動能手，以驚人的敏捷和準確的時間，把計劃予以執行。

「循著正確的方向看，一切疑問都可以得到解釋。賽門・多伊爾和賈桂琳原來是一對情人。要知道他們仍舊是情人，這一點也是十分清楚的。賽門殺掉他有錢的妻子後，就可以繼承她的財產，經過一段時間就可以與他原來的情人結合。這一切都想得很巧妙，賈桂琳不斷折磨多伊爾夫人也是計劃的一部份。賽門假裝生氣，然而，有時不免露出破綻。有一次他對我大談某類具有佔有慾的女人，聊的時候頗有抱怨的情緒。我本來應該明白他指的是他的妻子，而不是賈桂琳；還有他在公共場合對妻子的態度，像賽門這樣一個普通、沒有口才的英國人，要表達感情是應該會發窘的。賽門並不是一個真正的好演員，他表示鍾愛的舉動表演得太誇張。那次我和賈桂琳小姐談話時，她也裝出一副有人偷聽的模樣，但我根本沒有看到什麼人，的確也沒有什麼人！只是後來卻變成了轉移注意力的東西。後來有一天晚上，在這船上，我曾以為是聽見賽門和琳妮在我房間外面講話，他當時說：『我們現在必須做個了斷。』說話是多伊爾，一點也沒錯，但是說話的對象卻是賈桂琳。

「最後的一幕是經過精心策劃的，時間定得很精確。他們為我準備好了迷藥，以防萬一我插手干預這件事。他們挑選了羅布森小姐做證人，然後就是鬧事開槍，貝弗小姐故做姿態的悔恨和歇斯底里。她大喊大叫一氣，以免人們會聽見槍聲，的確，這是一個絕妙的主意。賈桂琳說她開槍打了多伊爾，羅布森小姐也這麼說，范索普也這麼說——而賽門的腿在受檢查時，他是受了槍傷。看起來無法解疑，因為兩人都有不在場證明——當然，這得以賽門受一定的皮肉之苦和冒一定風險做代價，他的槍傷總要使得他確實無法行動才行。

「後來，計劃出了問題。路易絲沒有睡著，她走上了樓梯並且看見賽門跑到他妻子的房間又跑出去，她一下就把第二天發生的幾件事情湊攏起來。這樣，她就可以為她的保密索取高昂代價，但是這樣做也給自己招來了殺身之禍。」

「但多伊爾先生不可能殺她啊！」科妮莉反駁說。

「是不能，這是另一個同謀者動的手。一等到情況允許，賽門就要求和賈桂琳見面，他甚至於叫我出去讓他們單獨談話。那時他就告訴她新出現的危機，他們必須行動。他知道貝斯納放手術刀的地方。在殺過人後，手術刀被擦乾淨又放回原處。後來很晚了，賈桂琳才上氣不接下氣地匆匆跑進來吃午飯。

「然而事情還是不妙，因為奧伯恩夫人看見賈姬跑進路易絲的房間。她匆忙跑去，想告訴賽門賈桂琳是殺人兇手。你們還記得賽門當時是怎樣對這個可憐的女人喊叫的嗎？我們想，是神經質的。但是，門是開著的，他是想把危險的信號通知他的同夥，她聽到了就立即行動——閃電般的行動。她記得潘尼頓談起他的一支手槍。她去拿了，悄悄走到門外，聽了一會兒，就在關鍵時刻，她開了槍。她曾經誇口自己是一個神槍手，而她的確名不虛傳。

「在第三次謀殺後，我曾經說過，殺人犯有三條道路可以逃掉。我的意思是，他可以跑向船尾，如果這樣，提姆・阿勒頓就是兇手；他可以跳過船舷，這非常不可能；或者他走進了一個房間。賈桂琳的房間離貝斯納醫生的房間只隔兩個門。她只需要丟下槍，衝進房間，把頭髮弄亂，一頭栽進床鋪即可。這很有風險，但這是唯一可能的機會。」

出現了一陣沉默，接著雷斯問：

「賈桂琳射向多伊爾的那粒子彈下落如何？」

「我認為它射進了桌子，在那裏有一個新的洞眼。我想多伊爾有時間用削筆刀把它挖出來，扔出窗外。當然，他還有一發備用的子彈，所以看起來似乎只打了兩發。」

科妮莉歎了一口氣。

「他們每個細節都想到了。」她說，「真可怕！」

白羅保持沉默，但這並不是謙虛的沉默。他的兩眼似乎在說：「你錯了，他們沒有顧慮到赫丘勒・白羅。」

他大聲說：

「現在，醫生，我們要去和你的病人談談。」

30

當天夜裏很晚的時候，白羅前來敲賈桂琳的房門。裏面有人說了聲「進來」，他就走了進去。

賈桂琳坐在一張椅子上，緊靠牆的另一張椅子上坐著大塊頭的女侍。

賈姬的目光若有所思地打量著白羅，她向女侍做了一個手勢。

「她可以走了嗎？」

白羅對女侍點點頭，她就出去了。白羅把椅子拉過來靠近賈桂琳坐下。兩個人誰都沒有說話。白羅面露不快，結果還是她先開腔。

「嗯，」她說，「事情都明朗了！你太聰明了，我們對付不了你，白羅先生。」

白羅歎了一口氣。他把雙手攤開，有些不可思議地保持沉默。

「不管怎樣，」賈桂琳沉思地說，「我看不出你有什麼證據。當然，你完全是對的，但是如果我們騙過了你……」

「小姐，這件事不可能有另外一種情況。」

「對於一個用邏輯思考的人，這已經足夠做為證據了，但是我不相信那會使陪審團信服。唉，沒辦法，你把事情都突然栽到他頭上，他毫無招架之力。他簡直是驚慌失措，可憐的老實人，他招認了一切。」她搖搖頭，「他是一個很蹩腳的輸家。」

「但是，小姐，你卻是一個精明的輸家。」

她突然笑了，一種古怪、高興、蔑視而淡淡的一笑。

「是的，我是一個精明的輸家，一點也不假。」她注視著白羅。突然很衝動地說：「不要關心得太多，白羅先生！我是指對我本人。你很關心我，不是嗎？」

「是的，小姐。」

「但是你不會放過我吧？」

白羅平靜地說：

「不會。」

她點點頭表示同意。

「是的，感傷是沒有用的。我可能再犯……我不再是一個無辜的人了。我自己也發現了這一點……」她尋思著繼續說：「殺人，竟是這麼輕而易舉。一開始你覺得那沒有什麼，而只有你自己才是最要緊的！這真是危險啊。」她停了一下，接著微微一笑地說：「你曾經對我盡了最大的努力，不是嗎，在亞斯文的那天晚上，你告訴我不要向邪惡打開心門。那時候你知道我心裏在想什麼嗎？」

他搖搖頭：

「我只知道我說的是真心話。」

「那是真心話。你知道，我本可以罷手不幹，我幾乎這樣做了……我本來想告訴賽門我不想繼續下去了……後來也許——」她停下了，她問：「你願意聽一聽嗎？從頭講起好嗎？」

「如果你願意的話，小姐。」

「我想我有必要告訴你，事情的經過也很簡單，你知道，賽門和我是相愛的。」這是一句簡單的話，然而，在她輕鬆的強調下，還有餘音隱現……

白羅只是說：

「對你來說，有了愛情就足夠了，但是對他來說還不夠。」

「也許，你可以那麼說，但你並不十分了解賽門。你知道，他拚命想致富發財。他喜歡花錢買一切的東西，馬、遊艇和娛樂，都是些好東西，男人應該喜愛的東西。但是他卻從來沒有辦法贏得其中任何一樣。賽門頭腦十分簡單。他想要什麼，就會像孩子那樣拚命想要，你知道的。

「儘管如此，他從來沒有想過要和一個有錢而討厭的女人結婚，他不是那種人。後來我們相遇，接著又訂了婚，只是我們不能確定什麼時候結婚。本來他有一個還算體面的工作，但是他丟了工作，某種程度上，這是他本人的過錯。他想在金錢上玩點花樣，但是立刻被發現了，我不相信他真正想詐欺，他只是認為這是倫敦商業界可以操作的那種事。」

白羅的面孔微微一動，但是他忍住沒說什麼。

「就這樣，我們面對的是這樣的情況。後來我想到琳妮和她的新莊園，於是我跑去找她。白羅先生，你知道我是愛琳妮的，的確如此。她是我最要好的朋友，我做夢也沒有想到我們之間會發生什麼事情。我只是在想，她如此有錢是多麼幸運啊，如果她能給賽門一個工作，我們的情況就會不大一樣。她十分樂意並要我帶賽門到鄉下去看她。大約就在那時候，你某天晚上看見我們在『姑姑筵』餐廳，我們正在狂歡，雖然實際上我們花不起這個錢。」她停下來，歎了口氣接下來又說：「我現在要說的是真話，白羅先生。雖然琳妮已經死了，但是這改變不了事情的真相。因此，直到現在我並不為她難過。她用盡心思把賽門和我拆開，這完完全全是真的，我認為她甚至連一分鐘都沒有遲疑過。我是她的朋友，但是她毫不在意，她一心一意要得到賽門……

「但是賽門一點也不喜歡她！我曾經對你講了一大堆關於魅力的話，當然那不是真的。他不想要琳妮，他認為她人長得漂亮但是太專橫，而他痛恨專橫的女人！這件事使他十分為難，但是他的確想要琳妮的錢。

「當然我看出了這一點。於是我最後提出，他把我甩掉而和琳妮結婚也許不是一件壞事。他說，不管有錢沒錢，和她結婚簡直是苦海無邊。他說他如果要錢也是想自己掌握，不是要一個有錢的妻子掌管錢包。『我就會像一個女王的可憐丈夫。』他對我說。他也說過，他不想要別人只想要我……

「我認為我知道他是什麼時候才開始打主意的。有一天他對我說：『如果我走運，我和她結婚，而在大約一年內她死去，全部家產就會是我的。』接著眼睛裏露出一種暗自吃驚的神色，那是他第一次想到這主意……

「他多次談到這件事，只是方式不同，他談到，如果琳妮死了就萬事如意了。我說這種想法很可怕，於是他就不再談起。後來，有一天我發現他在看關於砒霜的書。我當時就追問他，他笑了笑說：『不入虎穴，焉得虎子！這是我一生中唯一的機會，有可能獲得一大筆錢財。』

「過了一陣子我看出他已下了決心。我真是驚慌萬分，十分害怕。因為，我知道他是無法安然脫身的，他十分幼稚，他不想弄得巧妙，也沒有什麼想像力，也許他會把砒霜硬塞給她，而認為醫生會說她是死於胃炎。他總認為這樣出不了什麼事。所以我也必須參加，以便照顧他……」

她說得很簡單，但完全是真誠的。白羅一點也不懷疑她的動機和她說的是否完全一樣。她本人並不覬覦琳妮的錢財，但是她愛賽門，愛得已經超出理智，弄得是非不分，才橫下了一條心。

「我反覆思考，想出一條計謀來。在我看來，這個計劃的立足點應該是取得我們兩人的不在場證明。你知道，最好能做到賽門和我用某種方式提出證據指控對方，而實際上那證據只不過是替我們完全開脫罪責。要我假裝恨賽門是再方便不過的了，這在當時的情況下是十分可能發生的事。然而，如果琳妮被殺，我也許會受到懷疑，所以我還是立刻受到懷疑比較好。我們一點一點制定細節，我想結果應該是這樣，萬一出了事，人們會捉住我而不是賽門，但是賽門替我擔心。

「我感到唯一滿意的事，是我不需要動手。我簡直不能！不能在她熟睡的時候跑去殘忍地把她殺了！你知道，我並沒有原諒她，我想我可以面對面地殺掉她，但是不能在另一種情況下……

「我們把一切細節都仔細地安排好了。然而，賽門還是用血塗寫了一個J字，這是十分愚蠢的故作驚人之筆，這種事只有他才想得出！幸好這也還沒什麼大不了。」

白羅點了點頭。

「是的。路易絲那天晚上不能入睡，這是你的失算……但是後來呢，小姐？」

她雙目直視白羅。

「是的，」她說，「有些可怕，是嗎？我簡直不能相信，我竟會做出那種事來！我現在明白你說不要向邪惡打開心門的意思……事情的經過你是十分清楚的。路易絲向賽門透露她看見了他，賽門讓你把我叫到他那兒去，在只留下我們兩人的時候，他立即把情況告訴了我。他告訴我應該採取什麼行動，我甚至沒有感到震驚，我只是非常恐懼，恐懼得厲害……這就是謀殺帶給你的後果。賽門和我是安全的，十分安全，只是跑出了這個進行訛詐的法國女孩。我把我們能夠弄到的錢都給了她，我裝出卑躬屈膝的樣子，然後，當她在數鈔票的時候，我就動了手！這很方便，儘管是十分令人吃驚的……竟然那麼迅速……

「但是即使在這時候我們還不是安全的。奧伯恩夫人看見了我，她很得意地沿著甲板走來找你和雷斯上校，我沒有時間思考了，我閃電般地採取了行動，這幾乎使人感到興奮。我知道那情況刻不容緩，但那反而使事情更好辦……」她又停下了。「你記得你後來到我房間來嗎?你說你說不上為什麼，我是那麼悲哀，那麼震驚，我以為賽門要死了……」

「而我卻希望是如此。」白羅說。

她點了點頭。

「是的，那樣對他反倒好些。」

「那不是我的想法。」

她望著他嚴厲的面孔，溫和地說：

「不用對我這麼關心，白羅先生。說到底，我的生活一直是艱苦的，你也知道，如果我們成功了，我會過得很快樂幸福，也許永遠也不會懊悔。像目前這樣，嗯，一了百了。」她接著說：「我想你要女侍來看著我，是怕我上吊或者吞服奇妙的氰酸鉀藥丸，像有些小說裏的人那樣。你不需要擔心，我不會那樣。如果我在賽門旁邊，他會好過一些的。」

白羅站起來了，賈桂琳也跟著站了起來。她突然微笑著說：

「你還記得我說過，我要跟著我的命運之星走嗎？你說過那可能是一顆迷途之星。我說：『那顆不吉利的星星，老爺，那顆星星是會掉下來的。』」

他走出去上了甲板，她的笑聲還在他耳邊迴響著。

31

在微微的晨光中，郵輪進入了謝拉爾，峭岩險峻地伸展到水邊。

白羅低聲地說：

「多麼荒涼的地方！」

雷斯站在他旁邊。

「好了，」他說，「我們完成了任務。我已經把瑞希提首先帶上岸。抓到他真高興，他是一個腳上抹了油的傢伙。告訴你，他好多次從我們手上溜掉。」他繼續說：「我們弄一副擔架給多伊爾吧，他變成這副失魂落魄的樣子，真意想不到。」

「還沒有到那程度，」白羅說，「那種乳臭未乾的罪犯經常是愛慕虛榮的，一旦把自尊心的泡泡刺破，他們就完蛋了，他們會像小娃娃那樣地失魂落魄！」

「謀殺當處以絞刑，」雷斯說，「他是一個殘忍無比的惡棍，我有些可憐這女孩，但是又有什麼辦法呢？」

白羅搖搖頭。

「人們常說，若為愛情故，無事不可為，但這是不對的。像賈桂琳那樣痴愛男人的女人是非常危險的。當我初次見到她，我就這樣說過：『她愛得有些過份了，那個女孩！』的確如此。」

科妮莉・羅布森走到他旁邊。

「啊，」她說，「我們快到了。」她歇了一兩分鐘又說：「我在陪著她。」

「陪著貝弗小姐？」

「是的。我覺得把她和那個女侍關在一起有些可怕。瑪麗表姐很生氣，我想。」

史凱勒小姐緩步走下甲板，走過他們身旁，她目露兇光。

「科妮莉，」她怒氣沖沖地說，「你的行為令人不能容忍，我要把你送回家去。」

科妮莉深深吸了一口氣：

「對不起，瑪麗表姐，我不回家了，我要結婚了。」

「你終於明白事理了。」這位老太太打斷她的話。

弗格森大步走到甲板轉角處，他說：

「科妮莉，我聽到什麼了嗎？這不是真的！」

「是真的，」科妮莉說，「我打算和貝斯納醫生結婚。他昨晚向我求婚。」

「你為什麼要和他結婚？」弗格森氣沖沖地問，「只是因為他有錢，是嗎？」

「不，我不是為那個，」科妮莉憤怒地回答，「我喜歡他。他很善良，知識淵博，而我一直對病人和醫院感到興趣，和他在一起我會生活得很愉悅。」

「你的意思是說，」弗格森先生懷疑地問道，「你情願和那個討厭的老頭結婚，而不要我？」

「是的，我決定這樣。你不可靠！和你這種人生活在一起是不會舒服的。況且他並不老，還不滿五十。」

「他是一個大腹便便的男人。」弗格森先生惡意地說。

「那麼，我有駝背，」科妮莉反駁，「一個人的外貌不要緊。他說我會對他的工作有幫助，他還預備教我治療神經官能症的全部知識。」

她走掉了。

弗格森對白羅說：

「你認為她是當真的嗎？」

「當然囉！」

「她寧願要那個浮誇的老傢伙而不要我？」

「毫無疑問。」

「這女孩瘋了。」弗格森斷然說道。

白羅眼睛眨了一下。

「她是一個能獨立思考的女人，」他說，「也許你是第一次遇見這種人。」

郵輪向碼頭靠攏，在旅客的四周設置了警戒線，他們被告知下船前得等一下。

瑞希提臉色黝黑、滿面怒容，由兩個輪機技師押送上岸。

然後，耽擱了一段時間後，一副擔架送來了，賽門・多伊爾從甲板上被抬到舷梯口。

他看上去和過去判若兩人，畏縮、驚恐、原來帶孩子氣的漫不經心已經消失了。

賈桂琳・貝弗跟在後面，一個女侍走在她旁邊。她除了面色蒼白外，和平時並沒有什麼兩樣。她走近擔架，

「嗨，賽門！」她招呼著。

他很快地仰起頭來望著她，原來的那股孩子氣一瞬間又在臉上出現了。

「我把事情全搞砸了，」他說，「我驚慌失措，全都招供出來了！賈姬，真對不起，我辜負了你。」

她接下來對他微笑著。

「沒關係，賽門，」她說，「我們做了蠢事，失敗了，不過如此。」

她站開了。僕役們抬起了擔架的把手。賈桂琳彎下腰去繫鞋帶，接著她的手伸向長襪的頂端，然後又站直了身子，手裏多了一樣東西。

突然發出了尖銳的「砰」的一聲。

賽門・多伊爾的身體痙攣地抖了一下，就靜止不動了。

賈桂琳・貝弗點了點頭。她拿著手槍站了一會兒，向白羅短暫地一笑。

接著，雷斯衝上前去，她把那閃閃發光像玩具的小手槍對準自己的心臟，扣動了扳機。

她的身體縮成一團頹然倒下。

雷斯大吼：

「真是見鬼，她哪兒來的手槍？」

白羅覺得有一雙手輕輕碰著他的肩膀，阿勒頓夫人輕聲說：

「你知道吧？」

他點點頭。

「她有一對這種手槍。搜查的那天，聽說在羅莎莉・奧伯恩的手提包裏又找到一支手槍，我才了解。賈桂琳和她們同坐一桌，當她知道要進行搜查時，就把手槍塞到這小姐的手提包裏。後來，她再走到羅莎莉的房間，把槍取回來；當然，她用假裝在比較幾支口紅的方式引開羅莎莉的注意力。由於她本人和她的房間前一天搜查過了，所以大家認為沒有必要再去搜一遍。」

「你想讓她選擇這樣結束吧？」阿勒頓夫人說。

「是的，但她是不會獨自走上那條絕路的，賽門這樣死去是便宜了他。」

阿勒頓夫人顫抖了：

「愛情真是件非常可怕的東西。」

「因此大多數偉大的愛情故事都是悲劇。」

阿勒頓夫人目光落到提姆和羅莎莉身上，他們並肩站在陽光下，她突然激動地說：

「但是感謝上帝，人世間還是有幸福的。」

「夫人，就像你說的，讓我們為此感謝上帝吧。」

轉眼間所有的乘客都上了岸。

後來，路易絲・布爾傑和奧伯恩夫人的屍體也從卡納克號上運下來了。

最後，琳妮・多伊爾的屍體也抬上了岸。在世界各地，無線電發報機正在滴答作響，向大眾宣告，原名琳妮・瑞奇威的琳妮・多伊爾，就是那位知名、美麗又富有的琳妮・多伊爾已經去世。

喬治・沃德爵士在他倫敦的俱樂部裏得知了這個消息，史坦達・羅克福在紐約、喬安娜・索伍德在瑞士，都知道了這件事，而在莫爾頓「三王冠」旅館的酒吧裏，人們也在議論紛紛。

伯納比先生尖刻地說：

「嗯，看來她的財富沒為她帶來什麼好處，可憐的女孩。」

但是，過了一會兒，他們就不再談論她了，話題轉向誰將在每年一度的英國大賽馬中獲勝。因為，就像弗格森先生當時在盧克蘇說的那樣，重要的不是過去，而是未來。

策劃者的話

通俗是一種功力

吳念真（導演、作家）

通俗是一種功力。絕對自覺的通俗更是一種絕對的功力。

這樣的話從我這種俗氣的人的嘴巴說出來，大概很多人要笑破褲底了。不過，笑完之後請容我稍稍申訴。這申訴說得或許會較長一點，以及，通俗一點。

小時候身材很爛，各種遊戲競爭完全任人宰割，唯一隱遁逃避的方法是躲起來看書或聽大人瞎掰。那年頭窮鄉僻壤的小孩能看的書不多，小學二年級時最喜歡的是超大本的《文壇》，老師借的。看著看著，某天老師發現我的造句竟出現：「捧著：朝陽捧著一臉笑顏為群山剪綵」這樣亂七八糟的文字，就拒絕再讓我看那些超齡的東西了。

老師的書不給看，我開始抓大人的書看。一種是厚得跟磚塊一樣的日文書，對我來說那完全是天書，不過插圖好看，經常有限制級的素描。另一種書是比較薄的，通常藏得很嚴密，只是，裡面有太多專有名詞、重複的單字和毫無限制的標點，比如「啊啊啊」、「……！！！」老讓我百思不解。有一天，充滿求知慾地詢問大人後竟然換來一巴掌，那種閱讀的機會和樂趣也隨著消失了。

所幸這些閱讀的失落感，很快從大人的龍門陣中重新得到養份。講到這裡，我似乎先得跟一個村中長輩游條春先生致敬，並願他在天之靈安息。

我所成長的礦區幾乎是為著黃金而從四面八方擁至的冒險型人物，每人幾乎都有段異於常人的傳奇故事。這些故事當事人說來未必精采，但透過游條春先生的嘴巴重現，有時連當事人都聽得忘我，甚至涕泗縱橫，彷彿聽的是別人的故事。

條春伯沒當過日本兵，可是他可以綜合一堆台籍日本兵的遭遇，一如連續劇般從入伍、受訓、逃亡荒島，面對同鄉同袍的死亡，並取下他們的骨骸寄望帶回故鄉，乃至骨骸過多搞不清哪是誰的等等，讓聽的人完全隨他的敘述或悲或笑，彷彿跟他一起打了一場太平洋戰爭。此外他也可以把新聞事件說得讓一個三、四年級的小孩，到現在仍記得當時腦中被觸動的畫面。例如當年瑠公圳分屍案的兇手做案之後帶著小孩到安東街吃麵（這讓我一直以為台北的安東街是條專門賣麵的街道），還有甘迺迪總統被暗殺，賈桂琳抱住她先生，安全人員跳上飛快的車子保護賈桂琳……當然，這記憶全來自條春伯的嘴巴而不是報紙。我的記憶全是畫面，有畫面，是因為條春伯說得精采，說得有如親臨他至死都還搞不清地理位置的達拉斯命案現場。

於是這小孩長大後無條件地相信：通俗是一種功力，絕對自覺的通俗更是一種絕對的功力。透過那樣自覺的通俗傳播，即使大字都不識一個的人，都能得到和高階閱讀者一樣的感動、快樂、共鳴，和所謂的知識、文化自然順暢的接軌。也許就是因為這些活生生的例子，俗氣的自己始終相信：講理念容易講故事難，講人人皆懂、皆能入迷的故事更難，而能隨時把這樣的故事講個不停的人，絕對值得立碑立傳。

條春伯嚴格地說是有自覺的轉述者，至於創作者，我的心目中有兩個。

一個是日本導演山田洋次，一個是推理小說家阿嘉莎・克莉絲蒂。

山田洋次創造了寅次郎這個集合所有男人優點跟缺點的角色，在以〈男人真命苦〉為名的系列下，總共完成百部左右的電影。它們的敘述風格、開頭、結尾的方法不變，唯一改變的是故事、是時代、是遍歷日本小鄉小鎮的場景。數十年來，看〈男人真命苦〉幾已成為日本人每年的一種儀式，一如新春的神社參拜。

四年前訪問過山田導演，他說，當他發現電影已然有它被期待的性格時，電影已經不是導演自己的。他說：當所有人都感動於美人魚的歌聲時，你願意為了讓她擁有跟你一樣的腳，而讓她失去人間少有的嗓音嗎？

人間少有的嗓音與動人的歌聲，都來自山田導演絕對自覺的通俗創造。

再如阿嘉莎・克莉絲蒂，如果我們光拿出她說過的故事和聽過她故事的人口數字，就足以嚇死你。五十多年的寫作生涯，她總共寫出六十六本長篇推理小說，外加一百多篇短篇小說和劇本。其中有二十六本推理小說被改編，拍了四十多部電影和電視劇集。

作品被翻譯成七十種文字的版本，銷量超過二十億本。

夠了。你還想知道什麼？知道二十億本的意義是什麼嗎？

二十億本的意義是全世界平均三個人就有一個人讀過她的書，聽過她說的故事。

說來巧合，她和山田洋次一樣，創造出個性鮮明的固定主角（當然，前前後後她弄出來好幾個），然後由他（或她）帶引我們走進一個犯罪現場，追尋真正的罪犯。

故事就這樣？沒錯，應該說這是通常的架構。那你要我看什麼？不急，真的不急，克莉絲蒂會慢慢冒出一堆足夠讓你疑惑、驚嚇、意外，甚至滿足你的想像力、考驗你的耐心和智商的事件來。

推理小說不都是這樣嗎？你說得沒有錯，大部份是這樣，不一樣的是……對了，她像條春伯，像山田洋次，她真會說，而且她用文字說。

文字的敘述可以讓全世界幾代的人「聽」得過癮，「聽」個不停，除了聖經，也許就是克莉絲蒂。她不是神，但她真的夠神。

十幾二十年前，台灣剛剛出現她的推理系列中譯本（此指二〇〇二年起陸續出版的〈克莉絲蒂推理全集〉），那時是我結婚前，常有同齡的文藝青年來我租住的地方借宿，瞄到我在看克莉絲蒂，表情詭異地說：「啊？你在看三毛促銷的這個喔？」

我只記得他抓了一本進廁所，清晨四點多，他敲開我的房門說：「幹，我實在很討厭那個白羅……再拿一本來看看，我跟你說真的，要不是你的書，我真的很想把那個矮儸壓到馬桶吃屎！」

我知道他毀了，愛吃又假客氣，撐著尊嚴騙自己。克莉絲蒂再度優雅地撕破一個高貴的知識份子的假面具，她的手法簡單，那手法叫通俗，絕對自覺的通俗，無與倫比、無法招架的功力。

昔日的文藝青年如今跟我一樣，已然老去，但不時還會看到他寫一些充滿理念和使命感極重的文章，在報紙和雜誌上出現。我知道他要說什麼，只是常常疑惑他想跟誰說；同樣，我記得他說過什麼，但轉眼間忘記他說了什麼。但請原諒我，二十年前那個晚上，他在我家看完的那兩本克莉絲蒂的小說內容，我可還記得清清楚楚。

也許有一天再遇到他的時候，我會問他，之後是否還看過克莉絲蒂其他的書，如果沒有，我會跟他說，想讀要趁早，因為你會老，會來不及。至於白羅那個矮儸，大概永遠不會消失。哦，對了，還有一個叫瑪波，你說不定會來不及認識……

系列推薦1

少有破綻的一流推理作家

李家同（靜宜、暨南、清華、臺北商業大學榮譽教授）

在西方推理小說家中，有兩位推理作家是我認為最傑出的。一位是阿嘉莎・克莉絲蒂（Agatha Christie），一位是約翰・狄克森・卡爾（John Dickson Carr）。兩人都非常擅長於佈局，情節的設計絕少破綻。

克莉絲蒂有幾本書令人印象極深，首先是《謝幕》。它的層次已帶有哲學的意味，解釋什麼叫做犯罪。一般都認為犯罪就是代表犯了法，可是她在這本書中對犯罪的解釋是超過了法律的境界。她解釋了什麼叫做所謂「perfect crime」（完美的犯罪）。perfect crime的定義就是，你明明知道一個人做錯了事情，卻無法對他繩之以法。在歷史上，很多作家都想挑戰寫出perfect crime，但都沒有成功，包括美國羅斯福總統都曾嘗試過。而克莉絲蒂對perfect crime的解釋特別與人不同。對她而言，一個人沒有親自動手，卻唆使別人犯下罪惡，就是犯罪，例如發動戰爭的人，雖然沒有親自上戰場殺人，卻引發數百萬人喪失生命。但很遺憾的，很多人並沒有注意到這點。

而一般人耳熟能詳的《東方快車謀殺案》，在我看來，最有趣味的地方在於，它巧妙地利用了人在語言上的破綻及溝通上習慣的不同，讓白羅精采地破了案。

古典推理派的作家都有一個共同特色，就是對破案的關鍵都會給予解釋，絕非神來之筆，這跟現代的推理小說很不一樣。克莉絲蒂小說中的偵探永遠可以在玄機當中，或者自相矛盾的說法中，找出破綻。譬如前面明明說「我喜歡住在這裡，因為姊姊就住在這裡」，後來卻說「我會繼承遺產是因為我沒有家人」。要成為好的推理小說，有一點很重要，就是偵探不可以無緣無故說某人犯了罪；再者，他所要揭發的證據，之前就應該佈設在故事裡。偵探一定要解釋他為什麼開始懷疑、他搜集的證據是什麼，以及他為什麼要排除掉這個人或那個人的嫌疑，這些都要解釋清楚。現在的小說因為較缺乏這類的說明，就比較不能訓練人的邏輯思考能力。

我第一次看克莉絲蒂的推理小說《一個都不留》，是在飛機上看的。克莉絲蒂不能說百分之百沒有設計上的漏洞及破綻，但是非常的少。每次看她的書，我都會盡量設法抓她的漏洞，然而幾乎是沒有。其實克莉絲蒂設計的劇情都非常有趣，每次一開頭，就會讓你覺得「喔，怎麼會有這樣的事」而吸引你。像《謀殺啟事》，就是史無前例地有趣。書一開頭就公開佈告「某天晚上幾點，有人會被謀殺」，這就足夠吊人胃口了；而它破案的關鍵，更是非常之有趣——就只是「花枯掉了」這麼簡單的一件事。不僅如此，她還有許多其他絕妙的點子。我跟我學生討論過書中「某個在黑暗中射擊」的問題，我覺得有個破綻，但我學生說還是解釋得過，大家不妨去研究看看。

克莉絲蒂的整體佈局十分細膩，最後案情也都講解得非常詳細，回頭去看，在書中都找得到線索。故事的情節與內容也很好看，不是像一個流氓在街上被殺掉那麼單調。克莉絲蒂創造了超過上百個故事，其中幾乎沒有重複的劇情，這點很不容易做到。她的小說流暢的程度，大概國中生來閱讀都不是問題。

大家在讀克莉絲蒂的小說時，最有趣的讀法，就是盡量去抓它的破綻。像我讀推理小說的習慣，就是對偵探所公佈的結局，都要求能解釋清楚。如果不能說得出為什麼，或沒做解釋，在我心目中就不是好的偵探小說。而且他所揭露的線索，要能在書中找得到；解謎者不能說「它們都放在我的腦子裡」。所以偵探的學識不能太淵博，他知道的也是要在一般人的理解範圍之內。

看小說應該要花腦筋，要思考，從小就要養成思辨的能力，競爭力才會強。看推理小說就能培養這種能力。當老師拿一個推理問題問學生，問漏洞在哪裡，而他解釋得出來，那就表示他對這件事有個完整的邏輯思考了。

所以我都會要求學生看克莉絲蒂的小說，要他們去思考故事中合理或者不合理之處在哪裡。

看她的小說，就是對邏輯思考能力極佳的訓練。

系列推薦2

克莉絲蒂沒有寫的故事

——白羅先生與瑪波小姐的星空較勁

景翔（著名影評人及推理評論）

有「推理女王」封號的阿嘉莎・克莉絲蒂生前對她自己的小說改編成電影一事非但不很熱中，甚至頗多批評。根據克莉絲蒂《捕鼠器及其他》劇本集中，依拉・李文所寫的序文裡說到，克莉絲蒂之所以由小說轉而寫劇本的原因，是「有些編劇家把她的小說改編搬上舞台，讓她覺得他們錯在太貼近原著……」她在自傳中曾說：「偵探小說和劇本大不相同，情節極為繁複，通常都有很多人物和誤導的線索，必然會使人混淆，也會負擔太重，應該加以簡化才對。」這很可能也正是克莉絲蒂對她作品改編成電影所持的看法。

但儘管如此，依據「世界電影網」的統計，作品搬上電影電視大小銀幕數量最多的歐美作家中，克莉絲蒂卻是穩佔鰲頭第一名。而她的所有小說中，似乎只有《四大天王》、《問大象去吧！》和《謝幕》還沒有改編成影視作品。

以名探或系列主角來說，克莉絲蒂筆下不少於六、七位。不過以出現的次數來看，白羅與瑪波小姐最多，也最為人熟知。而這兩位名探在銀幕上都有過好幾位藝人扮飾，當然，銀幕形象和讀者從書本中所得到的印象，多少都有相合或不盡相同之處，就看讀者和觀眾個人的看法了。

雖然白羅是克莉絲蒂所創的第一個偵探（她於一九二〇年發表的處女作《史岱爾莊謀殺案》便是白羅擔任主角），而瑪波小姐的出現要晚上十年（一九三〇年的《牧師公館謀殺案》），但在大小銀幕上，瑪波小姐反而領先多了。在五〇年代，美國電視就播映過受英女王封過爵位的葛麗絲・費爾茲（Gracie Fields）主演的「謀殺啟事」。不過一直到一九六二年，瑪波小姐才躍登大銀幕，演出《殺人一瞬間》改編的「目擊謀殺」。但引起轟動的是女主角瑪格麗特・羅斯福（Margaret Rutherford），這位老演員多年來一直活躍於倫敦舞台，在影片中個人表演光芒也掩蓋了瑪波小姐這個角色，使克莉絲蒂看後大為不滿，可是一般觀眾偏偏喜歡羅斯福那種誇張式的喜鬧劇表演方式，因此她連續主演了好多部瑪波小姐系列影片，內容則和原著愈來愈遠。

克莉絲蒂筆下的瑪波小姐其實不是一個偵探，她只是思路縝密，人生閱歷豐富，見事往往能一針見血，即使讀者和警方忽略的事，也能讓她一語中的。大部份的書裡，她通常只站在故事背後，而讓警方來做所有的偵查工作，有時甚至一直是配角地位，最後才出面解決全案。但是羅斯福飾演的瑪波小姐卻始終站在主導地位，甚至把白羅探案改成以瑪波為主角，或是自編劇本，難怪克莉絲蒂要大為不滿了。

接下來扮演瑪波小姐的是安琪拉・蘭絲貝蕾（Angela Lansbury），她很有個人魅力，而且聰明伶俐，只是扮相太年輕、太活潑，也太美國化，不像英國鄉下的老姑婆。

八〇年代初，BBC籌畫新的瑪波系列，找到並不很有名的性格女星瓊安・希克森（Joan Hickson），結果大為成功。希克森的演技內斂而不濫情，極為貼合原著中的形象。生於一九〇六年的她，由七十八歲演到八十六歲，也是有史以來飾演瑪波小姐的演員中，年齡最老的一個。其後的基拉婷・麥克伊旺（Geraldine McEwan）評價一般；茱莉亞・麥肯錫（Julia Mckenzie）則被譽為是希克森之後最佳的瑪波小姐。

至於另一位神探白羅，最早出現在一九六二年從《羅傑・艾克洛命案》改編的「不在場證明」中，由奧斯汀・屈佛（Austin Trevor）飾演白羅，他後來還演了「十三人的晚宴」和以舞台劇搬上銀幕的〈純咖啡〉。同樣在一九六二年，電視上則有馬丁・蓋博（Martin Gabel）演出白羅，和瑪波小姐比起來，那個時候白羅的聲勢似乎弱了一點。其後亞伯・芬尼（Albert Finney）和彼德・尤斯汀諾夫（Peter Ustinov）才讓白羅風光了一陣。

亞伯・芬尼事實上只演過一次白羅，就是在「東方快車謀殺案」裡，卻讓人覺得不做第二人想，真如同從克莉絲蒂的書裡走出來的。他把白羅的沉著與慧黠表現得入木三分，造型和那口法國腔的英語更使形象鮮活。當然這部影片的演員陣容堅強，每個人都展現了精采的演技，更使得那部影片成為經典之作（後來在二〇〇一年美國電視重拍此戲，成績自然難以相比，編導把故事「現代化」，卻弄得非驢非馬，極為失敗）。

「東方快車謀殺案」叫好又叫座，使影片公司決定乘勝追擊，使用同一位編劇和製作團隊，在服飾、外景和佈景、道具等方面更加考究地拍攝「尼羅河謀殺案」，由彼德・尤斯汀諾夫來扮飾白羅。

在造型上，高大肥胖許多的尤斯汀諾夫，除了鬍子之外，和亞伯・芬尼可說是大同小異。而在性格表現上，尤斯汀諾夫比較「外放」，因而「娛樂性」大過「戲劇性」。然而這種輕鬆的演法卻很得觀眾喜愛，因此他又拍了「豔陽下的謀殺案」和「死亡約會」等兩部電影，以及「十三人的晚宴」、「弄假成真」和「三幕悲劇」等三部電視影片。也有觀眾覺得他是相當好的「白羅」。不過江山代有才人出，英國公共電視網從一九八九年起製作「神探白羅」系列，到目前已經進入第十二季，至少播映了六十五集，擔綱主演的演員是大衛・蘇契（David Suchet），他的造型很接近原著中的描述，在演出的方式上則介於亞伯・芬尼的「內斂化」與彼德・尤斯汀諾夫的「外放」之間，感覺上比較自然，口音方面不如亞伯・芬尼那樣強調，因此一般觀眾認為大衛・蘇契現在是最好的「白羅」，甚至有很多人認為，如果克莉絲蒂能夠看到蘇契的演出，應該也會認為這就是她所寫的白羅了。蘇契能夠連演十二季，始終大受歡迎，這樣的讚譽，應該也不算過當了吧。

當然，除了主角是白羅和瑪波小姐外，克莉絲蒂還有其他的著作改編成影視作品，像是短篇小說〈檢方證人〉改編而成的「情婦」等，都是令人難忘的佳作。如此看來，克莉絲蒂還真不必太在意少數她不滿意的改編作品，畢竟很多「觀眾」還是會變成「讀者」的。

系列推薦3

謀殺之後必有愛情

袁瓊瓊（名作家）

「沉默的羔羊」（*The Silence of the Lambs*）可能是第一部使用罪犯側寫技術（Criminal profiling）的影片，FBI探員克莉斯・史塔林透過食人魔醫師漢尼拔・萊克特的「教導」，揣摩連續殺人狂「野牛比爾」的心態，最終將野牛比爾擒獲。

這部影片在一九九一年上映，直到目前依舊是犯罪影片的經典。「沉默的羔羊」之後，無數電影和電視劇開始在影片中使用「側寫」技術。這門由FBI研究發展出來的破案「工具」，現在幾乎全世界的執法單位都或多或少在使用著，包括台灣，並且成效卓著。「側寫」技術可以由犯罪現場去反推兇手的意圖，甚至背景、相貌、年紀、身分，而且準確度相當高。之可以這樣神乎其技，依賴的是龐大的罪犯資料庫。FBI利用統計學，歸納出罪犯的特定行為模式，之後再以此模式去揣摩兇手心理，進而預測，甚或誘導兇手露面，達成逮捕的目的。

阿嘉莎・克莉絲蒂過世於一九七六年，極有可能不知道這門技術，但是奇妙的便是，事實上，在FBI之前，克莉絲蒂在她的作品中早已在使用「側寫」。

當然，不像FBI表現得那樣正式與嚴謹，而且，所謂的「罪犯資料庫」，也只是存在於偵探赫丘勒・白羅和珍・瑪波小姐的腦袋中，也就是白羅愛說的，「我那小小的灰色腦細胞」裡。兩個人的辦案方式，一個憑經驗，一個憑直覺。而直覺，科學研究已經同意那其實也是經驗的累積，只是超越了呆板的邏輯，用跳躍和直指人心的方式表現而已。

兩位名偵探的亮相距今都已經數十年。白羅第一次出現是一九二〇年的《史岱爾莊謀殺案》，而瑪波則是一九三〇年的《牧師公館謀殺案》；雖然兩個人都「活」在上一世紀，好像應該是老古董，但是說實話，兩個人的辦案手法，非常現代感。除了沒有那些科學儀器和現代裝置，其實就是「古早版」的CSI，或「法律與秩序」（*Law & Order*）。

他們的辦案程序，跟目前的警方非常相像。同樣注重犯罪現場的完整性（不像可憐的福爾摩斯多半面對的都是被干擾過的現場），同樣在犯罪現場蒐集證據、尋求專家鑑識、詢問證人、檢驗事證……或許全世界的偵探都是這樣辦案的，包括中國「包公案」裡的包公、「彭公案」裡的彭公，但是兩位主角的獨特之處，是他們對於罪犯以及被害者心理狀態的掌握。

白羅尤其喜歡「現場重建」。每每在揭發兇手之前，他會把整個犯案過程鉅細靡遺的交代一遍。他的虛擬式「現場重建」的精妙處，不在於讓大家看到了罪行的完整過程，而在於把所有線索放置到「應該的位置」；他補充了沒有被看見、被聽見的部份，還原了兇手與被害者的心態和想法，就如同他在現場一般。

而瑪波通常運用的則是直覺。瑪波常說：「我不會輕易相信人家告訴我的話。」這似乎表示她對於人性缺乏信心，然而她之所以不相信，其實不是不信任人性，而是肯定人是會犯錯的。因此，任何人的任何說法，她必定要自己實際看到，並且驗證了，才會相信。

瑪波不大來現場重建，她與白羅的差異，正顯現了克莉絲蒂的才華所在。這兩個克莉絲蒂系列中最傑出的偵探，無論是辦案手法或生活方式都迴然兩樣，幾乎像是不同的作者所創造出來的。

瑪波的才能是，她總是可以看出人性中的幽微之處。例如《藏書室的陌生人》，她推斷死者不是去見男友，因為女孩子去見情人一定會裝扮得美美的，而藏書室的死者雖然精心化妝，卻穿了一件舊衣服。而《殺人一瞬間》，卻是因為犯罪者不同尋常的積極使她產生了疑惑。一個與案情沒有直接關係的人，卻不斷地提供破案的線索，這並不合情理。

這位老太太完全是用人情世故來斷案。她的作法不像白羅，白羅多半是觀察到事件中的不合理，而找到了使整個事件合轍押韻的那一塊拼圖之後，便破案了。瑪波則是：「這種情況下這個人不該是這種作法。」她對人情世故的觀察，其細微與周到之處，既有趣味，也有智慧。

瑪波與白羅兩個人，正好是女性辦案和男性辦案的兩種典型。瑪波非常溫暖，從情感出發，而白羅則異常理性，以邏輯界定一切。

據說克莉絲蒂不太喜歡白羅，因此在《謝幕》裡安排了白羅的死亡，但是瑪波小姐只是告老還鄉。克莉絲蒂留給世人永久的想像：在白羅之後，克莉絲蒂之後，珍・瑪波小姐依舊在聖瑪莉米德村裡蒔花養草，喝她的下午茶，曬著太陽，打打毛線，逗弄腳邊的小貓小狗，偶爾與鄰舍朋友串門子。她永恆存在，從過去到未來。

《ABC謀殺案》裡，白羅的好友亞瑟・海斯汀記述了白羅的一句話：「愛情往往是犯罪事件的副產品。」這個觀念竟是白羅說出來的，實在有趣。因為白羅幾乎不涉愛情。他一生都是光棍，雖然有暗戀對象，克莉絲蒂卻硬是讓他「流水有意，落花無情」。

我不以為這是因為白羅的年紀或相貌，因為克莉絲蒂的作品裡，也還是有年歲一大把愛得死去活來的角色。可能的原因，或許可以用白羅的另一句話來做解釋。某一本白羅探案裡，他說過：「太聰明的人碰不到愛情。」他可能是在隱喻「戀愛讓人愚蠢」，也可能只是為自己與愛情絕緣解嘲。

多數的偵探，尤其是硬漢型偵推作品，主角一定會有或多或少的豔遇，但是白羅從來沒有。愛情都是兇手或被害者，或嫌疑犯，或關係人身上發生的事。從過去到現在，愛情或豔遇，對男性比女性寬容。我們難以接受高齡女性的戀愛故事（沒有人會期待珍・瑪波小姐的豔遇），但是通常可以接受男人的，所以白羅這樣清淨不染，不能不算是偵探中的異類。

他自己雖然沒有這一類的際遇，卻似乎非常能夠理解愛情。事實上，在他辦案之時，白羅甚至偶爾會插手他人夫妻的家務事，自然，以一種微妙的方式，他在《史岱爾莊謀殺案》裡挽救了一樁婚姻，在《底牌》裡撮合了一對陌生男女，更在《藍色列車之謎》中，點醒了女主角自己的真正所愛。白羅這種「月老」性格幾乎是不自覺的，在克莉絲蒂，給了他這種性格，可能也是不自覺的。白羅是邏輯理性其外，內在卻感情豐富，甚或也期待或渴望愛情；從不去觸碰，可能是不容許自己被拒絕，因此成為愛情的旁觀者。

身為偵探小說作者，克莉絲蒂一生卻有一件從未破案的謎團，那就是她一九二六年的失蹤事件。這一年她三十六歲，出版過一本詩集、七本小說，說不上大紅大紫，卻也小有文名。她已婚十二年，有個七歲女兒。看上去事業與家庭都有所成，然而卻在十二月的一個冬天晚上，駕車離家，就此失蹤。

警方在一個白堊礦坑裡發現她的車子，但是車內無人。阿嘉莎生死成謎，全國都懷疑她已經遇害；卻在十一天後，她本人出現在離家極遠的 Harrogate 某家旅店裡。

這件事情的離奇，與她自己的小說不遑多讓。阿嘉莎事後說明是受到丈夫外遇和母親過世的雙重打擊，情緒崩潰，離家出走，之後便得了遺忘症。

這或許是事實，但也可能是阿嘉莎最為拙劣的一次虛構。總之，這個奇妙的答案沒有說服世人，但是因為她不解釋，我們被迫接受事實便是如此。

阿嘉莎的感情歷練不多，一般所知的，只有兩段，失蹤事件兩年後，她與丈夫離婚，又兩年後再婚。這一段四十歲才展開的第二春非常幸福，她與第二任丈夫白頭到老。她最精采的作品多數在第二段婚姻中完成的。

克莉絲蒂是經歷過感情中的背叛與傷痛的，但是也同樣經歷過感情的復原與重拾信任。因此她對待感情，有一種瞭暢明澈。她知道愛情的可靠與不可靠、可貴與不高貴。這次重看這十二本精選集（此指〈克莉絲蒂120誕辰紀念版〉），才發現，幾乎每一本，裡頭都有一段純情之戀，雖然她在其中也安排了醜惡和功利的愛情，但是仍然有美好真摯、一無所求的純愛。

如同白羅所說：「愛情往往是犯罪事件的副產品。」這句話可有兩解：一是謀殺事件的背後往往是因為某種愛情。另一是：謀殺事件發生之後，偶爾也會觸發某些人產生愛情。而通常，不誠實的感情會被揭發，真誠的感情則得到美麗歸宿。

或許，身為女性，雖然被公認是冷靜且理性的謀殺天后，但是在理性之下，克莉絲蒂的底色依舊是感情。女人是感情史觀的，沒有事件能脫離感情。克莉絲蒂很明白，所有的慾望之後，都無非是某種愛情。在以性命相搏的犯罪世界裡，兇手以終結他人的性命來遂其私欲，不過是為了成全自己的愛，或者是成全自己的恨。

系列推薦4

藏在日常細節中的冒險

楊照（媒體人、作家）

一開始，就都在那裡了。

一九二〇年，阿嘉莎．克莉絲蒂出版了《史岱爾莊謀殺案》，神探白羅就已經退休了。而且在這個案子裡，藉由敘述者海斯汀的轉述，就鋪陳出克莉絲蒂小說最基本的偵探原則：

「那些看來或許無關緊要的小細節……它們才是重要的關鍵，它們才是偉大的線索！」

「豐富的想像力就像洪水一樣，既能載舟亦能覆舟，而且，最簡單直接的解釋，往往就是最可能的答案。」

「沒有任何謀殺行為是沒有動機的。」

還有，一個不討人喜歡的死者，一群各有理由不喜歡死者、因而也就都有殺人動機的人，這些人彼此之間構成複雜的關係，有的互相仇視、有的互相愛戀，麻煩的是，有些愛人其實貌合神離，有些仇人其實私下愛慕；更麻煩的是，不論是愛或是仇，都有可能是扮演出來的。

一個外來的偵探，必須周旋在這些嫌疑者之間，從他們口中獲取對於案情的了解，換句話說，他必須在很短的時間內，搞清楚誰是誰，誰跟誰吵架，誰跟誰偷情，然後判斷誰說的哪一句是實話，哪一句是謊言。常常謊言比實話對於破案更有幫助。

再偷偷透露一下，希望不至於影響閱讀推理的樂趣，也是從《史岱爾莊謀殺案》開始，克莉絲蒂由英國社會塑造的階級觀念就發揮作用了，基本上，僕人、園丁說的話遠比有頭有臉的人說的，可信多了。就算要說謊，僕人、園丁的謊言也往往比較天真，而且往往出於善良動機。

《史岱爾莊謀殺案》出版那年，克莉絲蒂三十歲，不過書稿其實早在五年前就寫好了，但畢竟要找到有人願意出版一個看來再平凡不過的家庭主婦寫的小說，並不是那麼容易。

所有和克莉絲蒂接觸過的人，都對於她的「正常」留下深刻印象。她看起來就和她那個年紀的典型英國家庭主婦一樣，害羞、靦腆，只能在社交場合勉強跟人聊些瑣事話題，完全無法演講，甚至連只是站起來對眾賓客說幾句客套話，請大家一起舉杯，她都做不到。她不演講，也很少答應接受採訪，就算採訪到她也很難從她口中得到有趣的內容。她會講的，幾乎都是記者本來就知道、或者自己就可以想得出來的。

例如說白羅這個神探的來歷。克莉絲蒂回答：他應該是個外國人，這樣就能在英國日常生活中看出英國人自己看不出的線索。她自己碰過的外國人，只有第一次大戰剛爆發時到英國避難的比利時人。比利時警察怎麼能跑到英國來？那一定是因為他已經退休了。他有潔癖，所以對於現場會有特殊的直覺，馬上感受到不對勁的地方。一個有潔癖的人，好像應該長得矮小些才相稱，一個矮小有潔癖的人最適當的名字，就是希臘神話裡的大力士「赫丘勒斯（Hercules）」，製造出荒唐的對比趣味。那白羅這個姓是怎麼來的呢？克莉絲蒂很誠實地說：「我不記得了。」

一切都如此順理成章，一切都如此合邏輯，不是嗎？有記者問她怎麼看自己的舞台劇〈捕鼠器〉，創下了英國劇場、甚至全世界劇場連演最多場紀錄的名劇？克莉絲蒂的回答也還是中規中矩，合理合節：那是一齣小戲，在一個小劇院演出，成本很低，任何人想到了都可以帶家人或朋友去看，老少咸宜，並不恐怖，也不特別荒謬打鬧，可是又什麼都有一點，包括恐怖和荒謬打鬧的成份。

她的身上，找不出一點傳奇、怪誕色彩，那她為什麼能在五十年間持續寫偵探小說，創造了那麼多謀殺，還創造了那麼多詭計？

或許她的婚姻反而可以給我們比較多的線索？克莉絲蒂一生結過兩次婚，第一次在一九一四年，婚後不久，丈夫就參加了歐戰，是英國皇家空軍最早一批飛行員。一九二六年，這個丈夫有了外遇，直率地向克莉絲蒂要求離婚，在那之前，克莉絲蒂的媽媽才剛過世，雙重打擊之下，又遇到車子無法發動，克莉絲蒂崩潰了，她棄車而走，忘記了自己究竟是誰，躲進一家鄉間旅館，登記時寫了她心裡唯一有印象的名字——她丈夫情婦的名字。

離婚後，一次在晚宴中，有人提起近東烏爾考古的最新收穫，克莉絲蒂就取消了原定要去西印度群島的計畫，改訂了跨越歐洲到君士坦丁堡的「東方快車」，是的，就是這趟旅程給了她寫《東方快車謀殺案》的靈感。不過更重要的是，在烏爾，她認識了一位年輕的考古學家，比她小十四歲，這個人後來成了她的第二任丈夫。

這位考古學家陪她去參觀在沙漠中的烏克海迪爾城，卻在沙漠中迷路困陷了。幾小時中克莉絲蒂卻沒有一點驚慌不安，當下考古學家就決定要向她求婚。

原來，克莉絲蒂的內心是有這種冒險成份的。要不然她不會兩次選到的，都是喜愛冒險的丈夫，而她本身大概也不會吸引一個在各種危險情境下挖掘古代寶藏的人，讓他願意向一個大他十四歲的女人求婚。

這樣說吧，維多利亞時代後期的英國環境，壓抑限制了克莉絲蒂冒險、追求傳奇的內在衝動，她只好將這樣的衝動寄託在丈夫和寫作上。她一邊陪著第二任丈夫在近東漫走，一邊在小說中寫各式各樣的謀殺與探案。謀殺和探案都是冒險，還有，偵探偵查中做的事——蒐集線索，還原命案過程——其實和考古學家的考掘，如此相似！

克莉絲蒂寫得最好的，正就是「藏在日常中的冒險」。她個性中的雙面成份，造就了特殊的偵探魅力。既嚮往非常傳奇，卻又有根深柢固的日常邏輯信念，兩者就都在克莉絲蒂的小說中扮演了重要角色。她的謀殺案幾乎都和日常習慣緊密編織在一起，日常環境成了兇手最重要的掩護。有些日常規律明顯地被破壞了，讓我們很自然以為那會是謀殺的線索，沿著這些線索形成了閱讀中的推理猜測，然而白羅早就提醒了，真正重要的反而是那些「細節」，也就是看來像是依隨日常邏輯進行的事，或說藏在日常邏輯中因而不被看重的事，那裡要嘛藏著兇手的核心詭計、煙幕，要嘛藏著兇手致命的破綻。

兇案的構想，就是如何讓異常蓋上日常、正常的面貌，又如何故意將日常、正常予以扭曲，製造假象；那麼偵探要做的，就是如何準確地在日常中分辨出真正的異常，將假的、明顯的異常撥開來，找出細節堆疊起來的異常真相。

克莉絲蒂最受歡迎的作品，大概都具備這樣的特質。她很早就完備了如此寫作的成熟技巧，一本一本試驗擴張著各種可能，因而二〇、三〇年代的小說，傑作輩出，十二本最暢銷的小說，十本是一九四二年之前出版的，一九四三年之後到她去世，克莉絲蒂還寫了將近四十本偵探小說，卻只有兩本列入最暢銷之列，讓我們可以清楚看出：寫了二十年後，聰明如克莉絲蒂者，畢竟還是會慢慢耗盡了她迷惑、驚異讀者的能量。

決定暢銷分佈的，還有另一項重要因素，那就是白羅的表現。讀者愛白羅、最愛白羅，再清楚不過。和克莉絲蒂筆下另一位名探瑪波小姐相比，白羅有很明顯的優勢，瑪波小姐的身分使她基本上只能進行「靜態」的辦案，案子的空間受到侷限，白羅卻可以跨越各種空間，恣意揮灑。而且白羅擁有警官的身分，可以合理出現在各種犯罪現場，瑪波小姐能出現的地方，相形之下常常就勉強、不自然多了。可是，克莉絲蒂自己偏愛瑪波小姐勝於白羅。雖然她前後寫了四十本白羅探案，但其中不少（愈到後期愈多）應付讀者的成分超過作者自己的創造熱忱。這種讓白羅看起來很沒勁的作品最不討好，最不容易給讀者留下印象。

讀者的集體智慧不能小覷，最暢銷的十二本，也幾乎都是克莉絲蒂最好的作品。不過當然還是有幾本我自己最偏愛的，不幸沒有在這份暢銷書單中。例如在結局反轉的巧妙上，可以和《史岱爾莊謀殺案》、《羅傑·艾克洛命案》等量齊觀的《褐衣男子》；還有在開創本格類型上大有影響力的《十三人的晚宴》，簡直像是毒物學論文的《絲柏的哀歌》，還有最陰森邪惡的《本末倒置》和《死亡終有時》。

不管後來的偵探、推理小說發展了多少巧妙詭計，克莉絲蒂卻不會過時，因為她的推理如此密切地和日常纏繞在一起；活在日常中，我們就無可避免被克莉絲蒂的「日常細節推理」吸引。至少，克莉絲蒂最好的作品，沒有過時不過時的問題，隨時讀來都充滿驚奇趣味。

達人名家謎戀同讚

既晴（恐怖、推理小說作家）

在推理小說新作如洶湧潮浪般不停襲來、過眼即逝、令人無法喘息的今日，重讀經典仍是讓我重新歸零、重新定位的最佳辦法。克莉絲蒂自是不朽經典，但全作品畢竟難以在短時間內逐一盡覽。所幸，九十年的悠悠時光替我們篩選出最好看、最暢銷的十二部，且再讓我們以紀念為名，重瞻復仰天后的身影。

鄧惠文（精神科醫師）

以推理小說作家而言，克莉絲蒂的風格相當獨樹一幟。她的偵探在辦案時，靠的不光是科學證據的搜集，而是大量運用犯罪心理學及對人性的深刻了解。例如在《五隻小豬之歌》中，白羅便是藉由聽取嫌疑犯訴說案情實索不自覺顯露的主觀意識及中心思想，而看出其中破綻，找出真兇。白羅是靠腦袋辦案，以心理層面去剖析案情，即使人們敘述的是同一件事，他也可以聽出不同角色因出發點及看待角度不同所透露的情緒觀感，從而抽絲剝繭，還原事實真相。

克莉絲蒂所塑造的人物也生動且各具特色，不同個性所出現的情緒反應描寫，皆細膩而準確，讓讀者產生豐富的想像空間，一展卷便欲罷而不能。

劉韋廷（文字工作者）

縱使我並未讀遍阿嘉莎．克莉絲蒂所有的推理小說，卻也始終難以忘懷初讀《一個都不留》、《羅傑．艾克洛命案》等經典作品後感到的震撼與驚豔。她在推理小說史上的影響力與開創性，讓她永遠都會是無人得以撼動其地位的推理女王。

顏九笙（推理文學研究會成員）

克莉絲蒂有八十本著作，我到底該先讀哪幾本，才能徹底體會她的厲害之處？在我剛開始接觸克莉絲蒂的時候，這個問題讓我傷透了腦筋。現在你們不用煩惱啦，從這十二本開始就對了。

電影珍藏版

尼羅河謀殺案

作者／阿嘉莎・克莉絲蒂（Agatha Christie）
譯者／宮英海

副主編／陳懿文
特約編輯／涂文貞
封面設計／謝佳穎
行銷企劃／鍾曼靈
出版一部總編輯暨總監／王明雪

發行人／王榮文
出版發行／遠流出版事業股份有限公司
地址/104005台北市中山北路一段11號13樓
郵撥/0189456-1 電話/(02)2571-0297 傳真/(02)2571-0197
2002年 4 月 1 日　初版一刷
2022年 1 月25日　三版三刷

定價／新台幣320元（缺頁或破損的書，請寄回更換）

ISBN　978-957-32-8863-3
YLib.com 遠流博識網 http://www.ylib.com　E-mail: ylib@ylib.com
阿嘉莎・克莉絲蒂官網 http://www.agathachristie.com

國家圖書館出版品預行編目資料

尼羅河謀殺案／阿嘉莎・克莉絲蒂（Agatha Christie）著；宮英海譯. -- 三版.
-- 臺北市：遠流, 2020.10
面；　公分
譯自：Death on the Nile
ISBN 978-957-32-8863-3（平裝）

873.57　　109013069